その国の奥で

J・M・クッツェー
くぼたのぞみ訳

IN THE HEART OF THE COUNTRY

J.M. COETZEE

河出書房新社

その国の奥で

1

今日、父が新しい花嫁を連れ帰った。一頭の馬が額に駝鳥の羽飾りを揺らしながら二輪馬車を牽いて、ぽくぽくと平地を横切る長旅の果てに、土埃にまみれて。それとも、ひょっとしたら牽いていたのは羽飾りをつけた二頭の驢馬だったかもしれない、それもありか。父は燕尾服にシルクハットをかぶり、花嫁は鍔広の日除け帽をかぶって、ウエストと胸元をきっちりしぼった白いドレスを着ている。それ以上の細部は粉飾しないかぎり提供できない。だってわたしは見ていなかったから。自分の部屋で、鎧戸を閉めた、遅い午後のエメラルド色の薄闇のなかで、本を読んでいたから。というか、仰向けになって濡れたタオルを両目にあてて、偏頭痛と格闘していた可能性が高い。本を読むにしても、ものを書くにしても、偏頭痛と格闘するにしても、自分の部屋のなかにいるのがわたしだ。植民地にはそんな女がごまんといるけれど、わたしほど極端な女はいない。黒いブーツで床板の上をゆっくりと、行ったり来たり、行ったり来たり、それが父だ。そしてそれから、三人目に新妻がいて、遅くまで寝ている。これが敵対する登場人物たちである。

2

新しい妻。その新妻は怠惰（たいだ）で、骨太で、色っぽい猫みたいな女で、大きな口にゆっくりと笑みを浮かべる。目は黒くて二つのベリーのように抜け目ない。二つの抜け目ないブラックベリーだ。大きな女だが手首は細く、長くぷっくりした先細（さきぼそ）の指をしている。女は満足げに食べ物を口にする。眠って、食べて、怠（なま）けてすごす。長くて赤い舌を突きだして、とろりとあまい羊脂のついた唇を舐（な）める。「ああ、これ大好き！」と言ってにっこり笑い、目玉をきょろりとさせる。わたしは魅入られたようにその口を見つめる。すると女は微笑（ほほえ）みながら、大きな口と抜け目ない黒い目をこちらに向ける。その微笑みを長続きさせるのがなかなか大変なのだ。わたしたちは、いっしょにいると幸福な家族ではない。

3

女は新妻だ、つまり前妻は死んだのだ。前妻とはわたしの母のことだけど、ずいぶん前に死んだのでほとんどなにも思いだせない。死んだときわたしはうんと小さかったか、ひょっとすると生まれたばかりの赤ん坊だったかもしれない。いちばん奥の記憶の地下牢（ろう）から、ぼんやりした灰色のイメージを引っ張りだす。ぼんやりした灰色の、弱々しくて穏やかで、情の細やかな母が床にうずくまっているところ、わたしみたいな立場の女が自分のために作りあげがちなイメージだ。

4

父の最初の妻である母は、弱々しくて、優しくて、情の細やかな女で、夫の言うがまま、なすがままに生きて死んだ。夫は、息子を産まない妻を絶対に許さなかった。容赦ない性的欲求のせいで、母は出産のために死んだのだ。父が望んだ、荒っぽくて粗雑な後継ぎ息子を産むには、母はあまりに虚弱で優しすぎた。だから死んだ。医者が来たときはもう手遅れだった。自転車で使いを遣ったのに、呼びだされた医者は驢馬の牽く馬車でごとごとと四十マイルの農道をやってきた。医者が着いたとき、母はすでに落ち着いて死の床に横たわっていた、辛抱強く、血の気をなくして、すまなそうに。

5

(でも、なんで医者は馬に乗ってこなかったの？　それにしても、あのころ自転車なんてあったのかな？)

6

父が平地を横切って花嫁を連れ帰るのを見ていなかったのは、わたしが暗い西翼にある自分の部屋で、悲痛な思いで、チャンスが来るのをじっと待っていたからだ。出ていってふたりを迎え、笑いながら挨拶して、お茶はいかが、と言えたらよかったのに、そんなふうにはならなかった。わたしはいなかったんだ。いないからといって淋しがられたことはない。わたしがいなくても父は気にかけない。父にとってわたしは生まれてからずっといないも同然なんだ。だからこの屋敷の奥にいるわたしは、女らしい温もりになれずに、ずっとゼロで、虚無で、すべてが内側へ崩れ落ちる真空で、くぐもった灰色の乱気流で、回廊を吹き抜ける冷たいすきま風みたいに無視されて、復讐心に燃えているんだ。

7

夜が来ると、父と新妻が寝室でいちゃつく。手に手をとって子宮を突ついて、それがちかちかと明滅を始めて開花するのを待つ。絡まりあう。女が肉の内側に男をたくしこむ。ふたりは押し殺した笑いを漏らして呻く。お楽しみの時間だ。

8

「H」の形になった屋敷に、宿命のようにずっと住んできた。何マイルも続く針金の柵に囲われた、石と太陽で造られた劇場だ。わたしは部屋から部屋へ歩きまわり、航跡を紡いで、ふいに使用人の前に立ちはだかる恐ろしい「行かず後家」で、陰気な父の娘だ。陽が落ちるたびに、わたしたちは羊肉と馬鈴薯と南瓜の、やる気のない手が料理した味気のない食べ物を前に顔を合わせてきた。話をしたことってあるかな？　ない。ことばを交わすなんて無理。黙って、顔を突きあわせて、それぞれのやり方で時を咀嚼しながら、わたしたちの目は、父の黒い目とそれを受け継ぐわたしの黒い目は、どこを見るともなくそれぞれの視界をさまよったはず。それから寝室に引きあげて、断ち切られた欲望の寓話を夢見た。でも幸いなことに、その夢を解き明かす能力はわたしたちにはなかった。そして朝になると、氷のような禁欲主義で、誰よりも早く起きることを競って、冷えた火格子に火を熾してきた。農場の暮らし。

9

薄暗い廊下で時計が夜も昼も時を刻む。時計のネジを巻いておくのがわたしの仕事だ。週に一度、太陽と暦に倣ってそれを修正する。農場の時間は広い世界の時間とおなじで、わずかな一部でも、ちっぽけな部分でもない。わたしは断固として、盲目的で主観的な心の時間を、ほとばしる興奮と尾を引く懈怠もろとも押さえこむ。だから鼓動は、とくんとくんと都市文明の安定した一秒一拍を刻むだろう。そのうち誰か、まだ生まれてもいない学者が、時計のなかには野生世界を手なずけてきた器械があると認めることになるだろう。でも、はたしてその学者にわかるだろうか？　涼しげな緑色の高天井の屋敷のなかで、植民地の娘たちが午睡の時間に横になって、目を閉じたままチャイムを数える惨めさが、彼にわかるだろうか？　この土地にはわたしのようなメランコリーに満ちた未婚者が大勢いて、歴史から見放されて、先祖が住んだ家のゴキブリみたいに鬱々としながら、銅製の器具をぴかぴかに磨きあげたり、作り置きのジャムを詰めたりしている。わたしたちは年端も行かないうちに、支配巧みな父親のあまいことばで一生を台無しにされて、憤怒を溜めこんだ処女だ。子供時代のレイプ——という幻想に宿る真実の核心を、誰か研究すればいいのに。

10

わたしは生きて、苦しみながら、ここにいる。必要とあらば狡猾に立ちまわり、人を裏切ってでも、歴史から忘却される者にならないためにたたかう。わたしは鍵のかかった日記をつける未婚者だけれど、それで終わりはしない。わたしは不穏な意識だけれど、そこで終わりもしない。灯りがすべて消えたとき、暗闇のなかでわたしは微笑む。歯がきらりと光る、誰も信じないだろうけど。

11

背後から女が近づいてくる。オレンジの花の香りと発情した生き物の臭いを放ちながら、わたしの肩を抱く。「怒らないで、不安なのはわかってる、嬉しくないのね、でもそれ、誤解だから。みんな幸せになれるといいよね。そのためなら、なんでもするわ、ホントになんでも。信じてくれる?」

わたしは竈の奥をじっとにらむ。鼻孔が膨れあがって赤くなる。

女は歩きまわりながら猫撫で声で「幸せな家庭を作りたいの。三人でいっしょに。わたしのことを姉だと思って、敵じゃなくて」と言う。

欲望が満たされた女の分厚い唇を、わたしは見つめる。

12

じっくり時間をかけて語れば自分でもきっとわかる、誰も知らない片田舎で腹立たしさにはち切れんばかりの未婚者でいるのがどういうことか、そう思ったこともある。でも、一つ一つのエピソードを、犬が自分の糞（ふん）を嗅（か）ぐみたいに詮索（せんさく）したところで、それを膨らませて、めくるめく「あれはまるで」みたいな、本物の二重生活が始まるきっかけにはならない。躍起になって、自分を神話とヒーローの世界へ移すことばをひねりだそうとしても、あいも変わらず、どんよりした夏の暑熱のなかにもとの自分がいるだけで、この壁は超えられそうにない。いったいなにが足りないの？　涙が出てきて歯を食いしばる。情熱？　つまらない世俗の存在から二重の意味をもつ存在へ自分を変貌させる、そんな情熱的な第二の存在を夢見ればいいの？　わたしが苛立ちという情熱で全身の毛穴を震わせていないとでも？　わたしの情熱には意志が足りない？　しこたま憤怒をためながら、とどのつまりは、悦に入ってる農場の未婚者が、皮膜みたいになった自分の憤怒に包まれているだけ？　わたしは本気で自分の枠を超えたいと思っている？　わたしの怒りの物語とその悲惨な結末というこの乗り物に乗りこんで、目を閉じて早瀬をくだって、ばしゃばしゃと水をはねかして、静かな河口でまっさらな自分になって目覚めるつもり？　それってどんなオートマティスム（シュールレアリスムで使われた「無意識」による芸術行為）で、どんな解放へわたしを導いてくれるの？　それに、解放がなければわたしの物語にどんな意味がある？　未婚者という運命に、わたしは本気で怒りを感じているのかな？　わたしの抑圧の背後にいるのは誰？　あなた、そしてあなた、と言って灰のなかにうずくまり、父と継母に向かって指を差す。でも、どうしてふたりから逃げださないの？　どこかに自分が生きていける場所があるかぎり、天の指はわたしをも指し示してくれるのだから。それとも、これまでは知らなかったけど、悲しくもいまでは知ってしまった、もっと複雑な運命が——十字架にかけられて首を垂れる運命が待ち受けているのか？　自分の怒りを愛するあまり、ほかの話を見通せない者への警告として？　でもほかの話って、いったいどんな？　隣家の次男と結婚する？　わたしはお気楽な農婦になんかなれやしない。わたしは惨めな昏い処女で、わたしの物語はわたしの物語なんだから。たとえそれが冴えなくて昏くて無自覚で愚かしい悲惨な物語でも、その意味がわからなくても、未使用のハッピーなヴァリアントがたくさんあることに気づかなくても。わたしはわたし。性格は運命なんだし。歴史は神なんだから。ちくり、ちくり、ふん。

13

天使だ、そう思われることがある。褐色の肌の子供たちをクループや発熱から救うためにやってきた黒衣の天使。家事で見せる手厳しさが、病人の世話ではかぎりない同情に変わる。夜な夜な、ぐずる子供や分娩中の女のそばに付き添いながら、彼女は眠気とたたかう。「天国から降りてきた天使！」と褒めそやす人たちの目がきらりと光る。すると彼女の心は歌いだす。戦時中なら、死にゆく負傷者の最期に、さぞや明るい光を投じただろうに。負傷者たちは微笑みを浮かべて、その瞳をじっと見つめながら、その手を握りしめて死んだだろうに。温めている同情は無尽蔵だ。自分が必要とされなければ生きてはいけない。自分を必要とする者がいなければ、取り乱し、困りはてる。それがすべてを物語っていないだろうか？

14

もしも父がもっと弱い男だったら、もっとましな娘になっていただろうに。でもこれまで父はなにかを求めたことがない。わたしは求められたいという思いにとらわれて、父のまわりを月のようにくるくるまわる。一気に解氷（デバックル）する心理状態になればいいと思っても、思うのはわたしだけなのが笑える。ことばを尽くすのは許すことで、ことばを尽くされるのは許されることだ。でもわたしは、希望と怖（おそ）れでいっぱいのわたしは、ことばを尽くせないし許されもしない。（でもわたしの内部で光を避けて萎縮（いしゅく）するものはなに？　わたしには秘密があるって本当？　それとも、こんな持ってまわった言い方をするのは、探求をやめない、より良き分身を煙に巻くための方法にすぎない？　こんな昏い嫌気のさした未婚者である理由を解く鍵が、柔弱な母と乳児の自分のあいだに広がる裂け目に詰まってると本気で思っているの？　あせっちゃだめ、あせっちゃだめ、とささやく声が心の奥の奥から聞こえてくる。）

15

わたし自身のもう一つの顔は、と自分語りへ突入すると、自然が大好きなことだ。とりわけ昆虫の生態には目がない。まるい糞（ふん）があればそのまわりで、石があればその下で、ささっと動きまわる虫たちの、目的をもった暮らし。まだ小さな子供だったころ（話を紡げ！　紡げ！）、フリルつきの日除け用ボンネットをかぶって、日がな一日、土埃のなかに座って、仲よしの甲虫と遊んだものだ、と物語は進んでいく。灰色の甲虫、茶色の甲虫、名前は忘れたけど百科事典を見ればすぐに調べがつく大きな黒い甲虫、それに優雅で小さな擂鉢状（すりばちじょう）の砂の罠（わな）を作る蟻地獄（ありじごく）とも仲よしだった。だから罠の底のほうに、手近にいる赤い蟻を転がしてやったんだ。ときたま、平らな石の下に白っぽい軟弱な蠍（さそり）の赤ん坊が潜んでたりして、それを棒切れで潰したんだ。だって蠍が悪いやつだってのはちゃんと知ってたから。虫が怖いなんて思わない。家の敷地を出たら裸足で歩いて川床へ向かう。熱くて黒い砂が足の裏でぐしゅぐしゅいって指と指のあいだに入りこむ。吹き溜まりにスカートを広げて座ると腿（もも）に、盛りあがった砂の温もりを感じる。いざとなれば、泥の小屋で暮らしたってかまわないと思った。どんなふうにいざとなるかはわからなかったけど、まあ大きな木の枝を屋根代わりにして、原野（フェルト）のまんなかで鳥の餌を食べながら、虫に話しかけながら暮らすことになるんだろうけど、それだってかまわないと思った。きっと、小さな女の子のなかに頭のおかしい老婦人の気質がちらちらと揺れてたんだ。ブッシュの陰に身を潜めながら、なにもかも見抜いていた褐色の人たちは、きっと、くすくす笑っていたんだろうな。

16

わたしは使用人の子供たちといっしょに大きくなった。こんなふうに話せるようになるまで、その子たちみたいにしゃべっていた。ドールハウスがあると知るまでは、棒切れと石で遊ぶゲームをやっていた。ドールハウスには父さん、母さん、ピーター、ジェーンが、それぞれ自分のベッドで寝ていて、きれいに洗濯した衣服が仕舞ってある整理簞笥には、引いたり押したりして開け閉めできる抽斗がついてて、犬のナンと猫のフェリックスが台所の熾火の前でとろりとろり眠っている。それまでは使用人の子供といっしょにフェルトで、先住民が薬草に使うカマの根を探したり、親のない仔牛に牛乳を飲ませたり、門につかまって身を乗りだして、羊たちが消毒液に浸されたりクリスマス用の豚が殺されたりするのをじっと見ていたんだ。子供たちが兎みたいにごっちゃになって寝る奥まったところの饐えた臭いも嗅いだし、歳をとって目が悪くなったおじいさんの足元に座って、おじいさんが洗濯ばさみを削りながら、過ぎ去りし昔話をするのを聞いたんだ——あのころは人も家畜もいっしょでなあ、冬場の草地から夏場の草地へ移動して、道中はいっしょに暮らしたもんさ。老人の足元でわたしは貪るように、動物も使用人も主人も、空にまたたく星のように純真で、おなじように暮らした過去の神話に聞き入った。笑い飛ばすなんて思いもしなかった。失われたものの痛みに、このわたしはどうやって耐えていけばいいの？　失われたものがなんであれ、汚れなき時代のメランコリックな、たぶん菫色に彩られた夢さえないまま、この痛みを解釈してくれる追放の神話さえないまま。そして母さん、柔らかな芳しい匂いをした情の細やかな母さんは、乳と羽毛布団のまどろみでわたしをとっぷり眠らせてから、夜中にベルが鳴って、手荒な手とごつい体格の人たちのなかにわたしを置き去りにして姿を消した母さんは、どこにいるの？　わたしの失われた世界は、男たちと、凍てつく夜々と、焚き火と、きらきら輝く目と、死んだ英雄たちの長い話が詰まった世界なんだ。それを語る言語をわたしはまだ、学びほどいて捨てられずにいる。

17

屋敷内に、敵対する複数の女主人がいるので、使用人たちは背中をまるめて、不機嫌のとばっちりに巻きこまれまいと縮こまって雑務をこなす。骨の折れる退屈な仕事に飽き飽きすると、いっそ派手にやりあう喧嘩(けんか)でも始まればいいと思っている。それでいて、喧嘩になったところで仲睦(なかむつ)まじいのとたいして変わりがないことを知っている。巨人たちのあいだで戦闘が始まり、小人たちが夜陰に紛れて逃亡する日はまだまだ先の話。逆巻く波が立てつづけに起きるわけじゃないけれど、怒り、悔い、恨み、ほくそ笑みがごった煮となった、怒濤(どとう)の情感をまるごと浴びると眩暈(めまい)がして、いっそ眠っていたいと思うらしい。屋敷にはいたいけど自分の家にいるほうがましとも思って、仮病を使ったり、日陰のベンチでまどろんだりしている。指からカップが落ちて床にぶつかり、粉々に砕ける。隅で口早にささやく。たいした理由もないのに子供たちを叱る。悪い夢を見る。使用人の心理学。

18

わたしは独り暮らしではない、人々に混じって暮らしてるわけでもない。まるで子供たちといるみたいだ。話しかけられても、ことばではなく、奇妙でもったいぶったサインを介してなのだ。

顔と手の組み合わせとか、肩と足の配置とか、声の抑揚やトーンに含まれるニュアンスとか、間のとり方や、省略とか、そんなものの文法なんかどこにも書いてない。褐色の人たちのことばをわたしが手探りしながら読みとるように、向こうもわたしのことばを手探りしながら読みとる。わたしが「いいこと、わたしに逆らわないで」「わたしがそうだって言ってるわけじゃないけど」と言うのをざっくり聞きながら、その声の裏にあるものや、眉毛の微妙な動きから、わたしが本当はなにを言っているか聞き取ろうとする。空間と時間の谷をいくつも越えて、たがいに青白い煙のように出し合う信号を読みとろうと、わたしたちは気を張り詰める。だから、わたしのことばは男どうしが使うようにはいかない。やることをやって自分の部屋で独りになり、ランプの火が揺らぐことなく燃えるとき、わたしは自分だけのリズムをひねりだして、他者の口から出るのをついぞ聞いたことのない語がならぶ岩肌に蹴つまずく。わたしを創ることばのなかに自分を創りだすわたしは、伏し目がちの者に混じって暮らすわたしは、他者の対等な眼差しのなかに自分を認めたことがなく、わたしの対等な眼差しのなかに他者を認めたこともない。思いっきり自分であることができるなら、不可能なことはないのに。自室の回廊の内側にいるわたしは、いずれそうなる運命を背負った、気のふれた魔女だ。服によだれの染みをつけて、背中をまるめて身をよじり、足には硬いタコのオンパレード。取りすましたこの声が、発表する当てのない文章を紡ぎ、なにも起きない農場なんてうんざりと大きなあくびをしながら、ぴしっと弾(はじ)けてじくじくと不機嫌で正気を逸した感情を滲(にじ)ませる。そんな夜更けは自己検閲官も高いびき、クレイジーな水夫の角笛に合わせて、わたしは自分と踊るんだ。

19

磨きあげたパラドックスに、肉欲の愛の代わりになるどんな慰めがあるっていうの？　わたしは欲望が満たされた寡婦の分厚い唇をじっと見つめて、静まりかえる屋敷のなかで、床板の軋む音と、大きなベッドから漏れる温いささやきを耳にして、愛しあう肉の香を全身に感じて、湯気を立てる肉体の匂い混じりの眠りに落ちる。でも、深くて暗い奥まりに生じるこの欲望を、どう解き放てばいい？　ささくれた処女のわたしは、戸口に立って、裸で、問いかける。

20

欲望が満たされて独り身になった女は、あいまいな身振りで、暗色の分厚い唇に指をあてる。黙って、とわたしに警告してるの？　媚を売れないこの体が面白い？　開いたカーテンのあいだから満月の光が射しこんで、女の肩にあたり、皮肉っぽい分厚い唇を照らしだす。女の片尻が作る影のなかで眠っているのは男だ。女は自分の口元へ謎めいた手をあてる。面白がってるのかな？　びっくりしてるのかな？　開いたカーテンのあいだから夜の微風がふわりと流れこむ。部屋は闇に包まれて、眠る者たちの姿はひどく静かで、高鳴るこの心臓の鼓動に負けて、息遣いさえ聞こえない。彼らのところへは服を着たまま行くのがいい？　あれはわたしが手を触れると消えてしまう幻影？　女は皮肉っぽい分厚い唇をしてわたしを見ている。わたしは戸口でするりと服を脱ぐ。皓々と照らす月明かりのなかで、女は、惨めに懇願するわたしの体を執拗にながめまわす。

わたしは目元を隠して泣きながら思う――語ればすっきりする身の上話があればいいのに、ほかの女たちのように、自分にも。

21

一日の仕事を終えて汗と埃にまみれて帰ってくるまでに、風呂の用意をしておけというのが父の言いつけだ。陽が沈む一時間前に火を熾して、玄関のドアから父が大股で入ってくる瞬間には、腰湯をする琺瑯の浴槽にお湯を注げるようにしておく、それが子供のころのわたしの仕事だった。それから花柄の衝立の暗い陰へ引っこんで父の服を受け取り、清潔な下着をならべたんだ。浴室から爪先立って出るとき、父が湯に入る音が聞こえた。ぴしゃぴしゃとお湯をかけて腋の下と尻のあいだを洗う音がして、石けんと汗の混じる、あまったるい、重たく湿った臭いを吸いこんだものだった。そのうちこの仕事はなくなったけど、わたしが男の肉体を、白くて大きな、物言わぬ肉体を思うとき、父のほかに誰の肉体がある？

22

カーテンのすきまからわたしはふたりを見ている。女が男の手につかまり、スカートを持ちあげて、二輪馬車から一段、二段、とステップを降りる。両腕を広げて微笑み、あくびをする。手袋をした手から小さな閉じた日傘がぶらさがっている。男が背後に立つ。低い声でなにか言う。ふたりは階段をのぼる。幸せいっぱいの女の目は、レースのカーテンを押さえる指には気づきもしない。女の脚は軽やかに、弾むように前後して、体との調和もすばらしい。ふたりはドアから入り、視界から消える。そぞろ歩きの散歩から、男と女のご帰還だ。

23

夕暮れが近づいて、影が長く伸びてやがて万物を覆いつくすころ、わたしは窓辺に立つ。ヘンドリックが庭を横切り納屋まで歩いていく。川床に蝟集(いしゆう)する鳥たちのさえずりが高まり、やがて消える。翳(かげ)る光のなかを燕(つばめ)たちは急降下して軒下の巣へ帰り、その日初めて蝙蝠(こうもり)がひらひらと飛びまわる。あちこちのねぐらから捕食動物が姿を見せる。ゾリラ（シマスカンクに似たイタチ科の動物）とミーアキャットだ。アフリカの夜に、苦悩、嫉妬、孤独がなにをしている？　窓から闇に目を凝らす女にどんな意味がある？　冷たい窓硝子(ガラス)の上に十本の指をならべる。胸の傷がゆっくりと開いていく。わたしがエンブレムなら、エンブレムでいい。わたしは不完全で、内部に空洞を抱えた存在だけど、なにかを意味し、それがなにかわからないけど、わたしは失語したまま一枚の硝子を透して、自足する完璧な闇を見つめる。蝙蝠を、ブッシュを、捕食動物を凝視する。すべて、わたしの姿には目もくれず、盲目で、なにかを意味することなどないまま、ただそこにあるものたち。もっと強く硝子を押せば硝子は砕けて血が滴り、蟋蟀(こおろぎ)の鳴き声がいっとき止(や)んで、また鳴きだすだろう。わたしは一軒の屋敷内の、一枚の皮膜の内側で生きている。世界に向かって自分を解き放つ行為があるかどうか、わからない。自分のなかに世界を取りこむ行為があるかどうかも、わからない。わたしは何千という微粒子が、泣きながら、唸(うな)りながら、歯を食いしばり、宇宙へ激しく流れこむ滝の音だ。

24

彼らは汗だくになって精を出す。夜通し農場の屋敷は軋みつづける。子種はもう植えつけられたはずだから、そのうち女は体内に生じる手加減なしの熱っぽさでぶざまに膨らみ熟しながら、ピンクの子豚がノックするのを待つんだろう。でもわたしが子を孕むとしたら、嗚呼、そんな惨事がこの身に降りかかればだけれど、その子は痩せこけて、不健康で、急所の痛みに四六時中泣きつづけて、はずれた安全ピンをつけて部屋から部屋へよたよた歩きまわり、母親のエプロンの紐にしがみついて、見知らぬ人から顔を隠すことになるんだろうな。でも、いったい誰がわたしに赤ん坊をくれるの？　初床でこの骨張った体を見るや、氷のように冷め切ってしまわない人がいるだろうか？　臍まで生えた毛、鼻を突く腋窩の臭い、黒い口髭みたいに生えた毛、目ときたら油断なく身構えて、これまで自分の体を手放したことのない女の目だ。わたしという屋敷を吹き倒すのに、いったいどれほど、はあはあふうふう息を切らさなければならないか！　わたしのまどろむ卵子をいったい誰が目覚めさせるのか？　それに産褥の床には誰が付き添う？　父か？　鞭を手に、顔をしかめて？　褐色の肌の者たちが、やれと脅された従僕となって、綱で縛った仔羊や、初採りの果実や、野生の蜂蜜を捧げてひざまずきながら、処女降誕の奇跡に忍び笑いをこらえるのか？　穴から鼻面を突きだして、父の息子が、荒野の反キリストが、躍る群衆を約束の地へと導くためにやってくる。群衆がくるくる舞って太鼓を叩き、斧とフォークを振って赤子に付き従うあいだ、台所では赤子の母が炎に向かって呪文を唱えて、雄鶏の内臓を抉(えぐ)りだし、血だらけの肘掛椅子で甲高い声をあげる。親殺し、偽の母殺し、そのほかどんな残虐な行為だってお手のものの狂った心なら、きっと、癲癇(てんかん)持ちの総統閣下だって、思いあがった農奴の一団が田舎町を行進するのだって想定内だ。となれば町の銀色の屋根々々から太陽の炎熱がぴかりと照り返し、いくつもの窓から漫然と発射される銃撃で農奴たちは木(こ)っ端微塵(ぱみじん)。ホッテントットの娘と息子たちが埃のなかに横たわり、傷口を蝿(はえ)が這(は)いまわるまま荷車で運ばれて山積みにされる。父の重みの下で産みの苦しみに耐えながら、必死でこの世に命を送ろうとしても、わたしが生みだすのは死だけのようだ。

25

風除けランタンの光で照らすと、彼らが満足しきって深く眠る姿が見える。仰向けになった女のナイトドレスが腰のあたりで皺(しわ)くちゃになり、うつ伏せの男の左手は女の手のなかに折りこまれている。使うつもりだった肉切り包丁をやめて、わたしは手斧を、ワルキューレの武器を握っている。心の底から詩を愛する者のように、静寂のなかに身を沈めて、彼らの呼吸に合わせて息をする。

26

父は裸で仰向けになり、右手の指を女の左手の指に絡ませている。顎はたるみきって、黒い目は閉じられて炎と稲妻に幕がかかり、喉から漏れるのは湿ったいびきだ。鼠蹊部から疲れた盲目の魚が、わたしのすべての苦悩の根源が垂れている（はるか昔に引き抜かれて根こぎにされていたらよかったのに！）。斧が肩の上に一気に振りあげられる。わたしが最初ではない。ありとあらゆる人たちが、妻、息子、恋人、相続者、敵対者たちがこれをやってきたんだ、わたしだけじゃない。紐つきの球のように、手斧が、この腕の端から宙を飛んで下方の喉元にざっくり沈むと、たちまち大騒動だ。ベッドの女がびくんと身を起こしてあたりをねめつけ、血だらけになって、傍らの激しい喘鳴と噴血に狼狽える。こんなときはさらに大きく立ちまわる動きがひとりでに湧いてくるので、取り仕切る者は冷静さしか求められない、なんて運がいいんだろう！　女はまくれあがったナイトドレスの皺を伸ばして、見苦しくないよう腰を覆う。わたしは前屈みになって、四つある膝頭の一つと思われるものをがっしとつかむと、女の脳天にさらに深い一撃を喰らわす。女は膝の揺り籠に向かってへたりこみ、身をまるめて左へ崩れ落ちる。わたしの劇的なトマホークが刺さったままだ。（わたしにそんな行動力があるなんていったい誰が思った？）でも指が、ベッドのこちら側から伸びてきて、わたしをひっつかまえようとする。不意をつかれる。冷静さを保たなければ、指を一本一本はずさなければ、と斧を（やや努力して）取り戻して、その手を、腕を、嫌々ながら叩き切り、自由になった一瞬を見て、このおぞましきものをすべてシーツで覆い、おとなしくなるまで叩きつづける。いまは安定したリズムで叩いている、たぶん必要以上に長く。でも、これでわたしの人生が完璧に新しい局面を迎えることになるんだから、それに備えて心を鎮めていることにもなる。だって、どうやって日々を埋めようかと悩む必要はもうなくなるんだから。戒律を破ってしまった。罪を犯した者は退屈などしていられない。始末しなければいけない大人の死体を二つも抱えているし、暴力の痕跡もいやというほど残っている。知らんぷりをしなければ、物語をでっちあげなければ、それを夜明けまでにすべてやりとげなければ、ヘンドリックが乳搾り(ちちしぼ)の桶(おけ)を取りにくる前に！

27

わたしは自問する——あの女が鍔広帽をかぶって、馬具に駝鳥(だちょう)の羽飾りをつけた一頭の馬が牽く二輪馬車で、ぽくぽくと平地を横切る長旅の果てに、土埃にまみれてやってきた瞬間から、なんで彼女とは口をきかないと決めて、かたくなに自分の人生のモノローグにしがみつこうとしてきたんだろう？　屋外では鶏たちがくっくっと鳴いて、台所では使用人たちが低い声でしゃべっている、そんな朝を、湯気の立つティーカップを前にして、身構えながらであれ穏やかな気持ちであれ、彼女といっしょにすごすなんて想像できる？　いっしょに型紙を切り抜いたり、手に手を取って果樹園を散策したり、くすくす笑ったりするなんて想像できる？　わたしは孤絶した農園と石ころだらけの荒野の囚人ではなくて、無情なモノローグの囚人ってことか？　わたしが斧を振るったのは、あの、わけしり顔のこざかしい目を塞(ふさ)ぐため、彼女の声を消すためだったのか？ひょっとしてティーカップの上にかがみこんで、優しく声をかけあうようになっていたり、午睡の時間に暑さで寝つけず、ふらりと出た暗い廊下ですれちがって、肌に触れて、抱擁(ほうよう)して、絡まりあったりすることだってありだったのか？　ひょっとしてあの嘲(あざけ)る目が和(やわ)らいで、もうダメと思ったわたしが降参して、たがいの腕のなかに身を横たえて、午後いっぱい、女がふたりでささやきあったりすることだってありだったのか？　わたしが彼女の額を優しく撫でて、彼女がわたしの手に鼻面をこすりつけて、わたしがあの暗い眼窩に身を沈める、そうなったってわたしはぜんぜんかまわないのに。

28

わたしは自問する——わたしのなかのなにが、入ってはいけない寝室にわたしを惹き寄せて、禁じられた行為に走らせるんだろう？　荒野で、漏斗みたいな黒布をコイルみたいに体に巻いて暮らしてきたことが、残忍なエネルギーを発生させて、つまらない行商人や訪ねてきた遠い親戚が、食べた肉の毒にあたったり、寝てるまに手斧で殺られたりすることになるのか？　ぎりぎりの生活が人をぎりぎりの状態に追いつめて、むきだしの怒り、むきだしの貪食、むきだしの怠惰に追いやるんだろうか？　わたしは生い立ちのせいで、もっと複雑な感情生活に適応できなくなっているのか？　農場から出たこともなく、街の生活を知らないまま、激しい欲情が自分の核のまわりで煙をあげて旋回しながら、果てしない空間と終わりのない時間のなかで、地獄堕ちする自分の形式を生みだすシンボルの風景に、どっぷり浸っているほうがいいと思うのはそのせいか？

29

わたしは自問する——でも、わたしは都会を公平に見ているだろうか？　屋根の上には秘かに燃える千の炎が浮遊して、通りからは罰あたりなことをまくしたてる押し殺した千の声があがってくる、それが都会だと思い描くことはできないか？　たぶんできる、でもそれじゃ絵画的すぎるか、わたしは絵描きじゃないんだし。

30

わたしは自問する――あの死体をどうするつもり？

31

地中深くに地下河川が流れていて、暗い洞穴に水晶のように澄んだ水が滴っている。そこへ到達できたらいいのに、世界中の家族の秘密をなにもかも葬ってくれるはずだから。わたしはぬるい貯水池に足を踏み入れて、摺り鉢穴（ドリーネ）を求めて水を漕ぐ。夢のなかで、穴が深みから手招きして地下王国へ誘っている。腰のまわりでスカートがぶわっと膨らんで黒い花のよう。両足にぬるりと赤い泥土と、緑の浮草が触れる。わたしの靴が捨てられた双子のように、土手からじっと見ている。自殺はどんな冒険よりも文学的で、殺人にもまさる。物語が終わりを迎えることで、遺稿となった下手な詩がどっと世に出るんだから。空と星々に別れを告げようと静かにじっと見あげると、空と星々もたぶん静かにじっと、からっぽの視線を返してくるはずで、わたしは最後の愛し（いと）い息を吐きだして（さよなら、霊魂（スピリット）！）、底知れぬ深淵をめざして潜る。やがて悲哀に満ちた忘我が終わり、すべては冷たく濡れたままで、笑劇めいてくる。下着が水で膨らむ。あっけなく水底に達しはしても、神話の渦は遠いままだ。鼻孔から意図して吸いこむ最初の水が、咳とパニックを引き起こす。生きたいという生体のパニック。手足をばたつかせて水面へ向かう。頭だけ出して、夜気に向かって喘ぎ、吐く。体を水平にしようとするが、くたびれている、くたびれすぎている。無感覚の腕をたぶん一回か二回、ばたつかせる。二度目に沈んで思い知らされる水の味は、おそらく、そんなに嫌じゃないはず。ふたたび水面に出て、もがきながら静けさの幕間を待っているのは、たぶん筋肉のだるさはどんな感じか味わってみたいからだ。水を打つのはいまやおそらく一箇所だけになっていて、そこにいない者に、そこにいないすべての者に、最後の取引をもちかけようと、水と懇願がないまぜになった一語を発するために息継ぎを諦めているのに、不在者はいまや天空に集まり、不在の渦巻きとなって連れ去られて、追及は中止で冗談は終わりだと訴えようにも姿さえなく、わたしはふたたび沈んで今際のきわを本気で探求せざるをえなくなる。

32

でもそんな深みを探求して、辛気臭い仕事にかまけているわたしに、いったいなにがわかる？　昼は煤だらけの台所の隅で鍋と格闘し、夜は両目に拳をあてて、光の輪が滝のようにあふれて旋回するのを見ながら、幻影を待ち焦がれる生娘に？　死ぬなんてたぶん、殺すのに似て、自分に語って聞かせるよりずっと退屈な話なんだろう。人との交わりを断たれたわたしは、否応なく想像力を過大評価して、想像力こそが陳腐な光に自己超越のオーラをあたえるのだと考える。でも、もしも自然が炎の舌でわたしたちに語りかけていないとしたら、なぜ日没はこんなに輝かしいの？（浮遊する粉塵をめぐる話には納得いかないけど。）なぜ蟋蟀が鳴くのは夜通しで、鳥は夜明けなの？　でももう遅い。熟慮のための時間があるとしたら、台所に戻る時間というのもあるんだ。それにいまこの瞬間、わたしには真剣に取り組むべきことがある、死体処理だ。だってもうすぐヘンドリックがやってきて裏手のドアを開けるだろうし、下僕たることの本質は主人の汚物に親しいこと、というのはその通りで、死体を汚物とする見方があるのもその通りだけど、ヘンドリックは本質であると同時に実体であり、下僕であると同時に未知なる者だ。最初にヘンドリックが乳搾りの桶を取りにきて、それから少し遅れてアナが、皿洗いと、床掃除と、ベッドメイキングのためにやってくる。もし屋敷中が静まりかえり、聞こえるのは主人の寝室の床を擦る音だけだったら、アナはどう思うだろう？　アナが躊躇い、耳を澄ませて、それからノックする。わたしはぎょっとなって叫ぶ。重たいドア越しに、アナがわたしのくぐもった声を聞く。「だめ、今日はいいから！　アナ、あなたよね？　今日はいいから、明日にして。あっちへ行ってて、お願い」。はたはたと立ち去る足音。ドアのすきまに耳をあてると、アナが裏のドアを閉める音がして、それから、もう音がとどかないところにいるはずなのに、砂利を踏む音が聞こえてくる。彼女、血の臭いに気づいたかな？　人に知らせに行ったのかな？

33

女は横向きになって横たわり、両膝をまるめて顎に引き寄せている。急がなければ、この姿勢で硬直してしまう。粘つく暗赤色の翼のように髪が顔にかかっている。恐ろしい斧にたじろぎ、目をぎゅっと閉じて歯を食いしばるのが彼女の最期の動作だった。なのにいまその顔はゆるんでいる。だが男は生命に執着して、動いた。最期が満足のいくものではなかったらしく、鈍った筋肉で架空の安全圏を手探りしている。ベッドの端からはみだした頭と両腕が、多量の血で黒ずんでいる。優しい幽霊に身をまかせてしまえばよかったのに、幽霊のあとについて、目を閉じて、燕が空から舞い降りて飛び立つイメージに乗って、この世から旅立てばよかったのに。

34

こんなときに解決すべき問題が一つしかないとは、なんて運がいいんだろう。きれいにすればいいんだ。この血まみれの後産が消えてしまわなければ、わたしには新しい生命も生活もありえない。シーツ類にはとっぷりと血が染みているから燃やすしかない。マットレスも燃やさなければ、でも今日ではない。床には血溜(ちだ)まりができているし、死体を動かせばもっとできる。死体はどうする？　それも燃やすか、土に埋めるか、水に沈めるか？　埋めるか沈めるなら、屋敷から運びださなければならない。埋めるなら土が柔らかなところ、となると川床しかない。でも川床に埋めると、次の豪雨か、その次の豪雨で押し流されて、腐敗した腕をだらりと絡ませあって、川を横切るフェンスにぶつかって、この世に戻ってくるだろう。錘(おもり)をつけて貯水池に沈めたら水を汚染することになるし、次の干魃(かんばつ)で、鎖を巻かれて空に向かって歯をむきだす骸骨(がいこつ)となってまた姿を見せるだろう。でも、埋めるにしろ沈めるにしろ、とにかく死体を、まるごとか小分けしてか、手押し車で運ばなければならない。わたしの頭はなんて明晰に働くこと、機械みたいだ。助けを借りずに手押し車にのせて運ぶ力がわたしにあるだろうか？　それとも持ち運べるよう切り分けなければならないのか？　切り分けずに胴体をまるごと運ぶ力がわたしにあるだろうか？　残虐で卑猥にならないよう胴体を分割する方法があるだろうか？　食肉処理の技術にもっと注意を払っておくべきだった。穴を穿たずに鎖で肉を岩に固定するにはどうすればいい？　なにを使って？　掘削ドリル？　ハンドル錐？　それとも蟻塚にさらしておこうか、農場内の遠く離れた場所に、洞窟なんかにさらすのはどうか？　裏庭に薪を積んで燃やしてしまうのはどう？　いっそ屋敷ごと燃やしてしまうのはどう？　そんなことがわたしにできるかな？

35

もちろんわたしはなんだってできる、そうよ、自由になったら、これからどうしようと狼狽えるのは目に見えてるけど、でも、この仕事に必要なのは忍耐力と細心の注意力だけで、忍耐力と注意力ならわたしには、蟻みたいに、ありすぎるほどあるし、おまけにわたしは図々しい。丘をほっつき歩けばそのうち、穴のあいた大きな石がきっと見つかる、穴は大昔の氷河期に滴る水で穿たれたか、火山の大爆発でできたものだ。馬車小屋に行けば、神の配慮か、それまで見えなかった何ヤードもの鎖が、いきなり目に飛びこんでくるに決まってるし、樽に入った火薬と白檀の薪束まである。でもいまわたしが考えてるのは、四の五の言わずに死体を一気に肩にかついで大股で運び去り、手っ取り早く処理してしまう強靭な筋肉をもった共犯者を見つけられるかってことで、そんな男がいれば、水の枯れた掘り抜き井戸に死体を放りこませて、びくともしない岩で塞（ふさ）がせてしまうんだけど。だってそんな日が来れば、わたしの世界にもうひとり別の人間があらわれて、悪態しかつかないとしても、別の声が聞ける。自分だけのこのモノローグは、誰か先導する人がいなければ抜けだせないことばの迷路だ。わたしは眼球をぎょろりとまわし、口をすぼめ、耳を引っ張ってみる。でも鏡のなかの顔はどこまでもわたしの顔で、たとえ火中に、溶けるまでかざしたってわたしの顔だ。どれほど熱狂的に死と戯れながら生きようと、血と石けん水の泡にまみれて転げまわろうと、夜中に狼（おおかみ）の咆哮（ほうこう）をあげようと、わたしの行為は、死の舞踏を踊るわたしという劇場内では、身振りの域を出ない。わたしは誰の気分も害していない、だって相手は使用人と死人しかいないんだから。どうしたらわたしは救われる？　これは本当にわたしか？　膝をむきだしにして床をごしごしやってるこのレディはわたしか？　ことばを超えた真の深淵にいるわたしが、こういう出来事に、いまこの瞬間に、一点の空間にいるよりさらに深く、一連の暴力と、それに続く一連の床掃除作業に関わってしまったのか？　ばたばたとどこからともなくあらわれてどこかへ立ち去った使用人のことを考えて？　もしもわたしがその場に背を向けて歩き去ったら、火明かりに照らされたこの血まみれのシーンは記憶のトンネル深く落ちていって、角（つの）の門を抜けて、[*1] 廊下の端にある陰鬱な小部屋でわたしが目に拳をねじこむのを放っておいてくれないだろうか？　ねじこんでいるうちに父の眉毛が合体して、その下の黒い溜まりも合体して、

*1　夢の真偽を区別する二つの門のうち、角の門を抜けた夢は正夢で、象牙の門から出てきた夢は偽りの夢とされる、ホメロスの叙事詩参照。

口腔から次々とこだまする果てしない「ダメだ」を待つことになる？

36

だって父はどのみち、そうあっけなく死にはしないのだから。不機嫌な父が、鞍ずれを作りながら馬に乗り、夕陽を背にして帰ってくる。出迎えると、ふむ、とうなずいて大股で家に入り、自分の肘掛椅子にどさりと座って、わたしが手を貸してブーツを脱がすのを待っている。とどのつまり、これまでの日々が終わることはないのだ。父は新しい花嫁を家に連れ帰ったりしなかったし、わたしはいまも父の娘で、さんざんな前言を取り消せるなら、たぶん父の良き娘だ。父が上手くいかなかったことをくよくよ考えてるあいだは邪魔しないほうがいい、それはわかってる。でも、寵愛を受けるコツにうとく、経済にずっと昏かったわたしは、これからも理解しそびれるんだろう。またとないやりなおしのチャンスに心臓がぴくんとなるけど、わたしは慎ましく進みでて、首を垂れる。

37

父が食事に手をつけずわきに押しやる。居間に腰を下ろして暖炉の火格子をにらんでいる。父のためにランプを点けても、手を振ってわたしを追い払う。わたしは自分の部屋で服の裾をいじりながら、父の沈黙に耳を澄ます。時計が鳴るあいまにため息をついてるのかな？　わたしは服を脱ぎ、眠る。次の朝、居間はからっぽだ。

38

半年前にヘンドリックが新しい花嫁を家に連れてきた。アルムダから驢馬の牽く荷車で、ぽくぽくと平地を横切る長旅の果てに、土埃にまみれて。ヘンドリックはわたしの父から譲り受けた黒いスーツを着て、古いフェルト地の鍔広帽をかぶり、シャツのボタンを喉元までびしっとかけていた。花嫁がその隣にショールをぎゅっとつかんで、無防備に不安そうに座っていた。ヘンドリックは山羊（やぎ）六頭と五ポンド札一枚で彼女をその父親から買ったのだ。さらに五ポンド追加する約束なのか、追加するのは五頭の山羊なのか、この手のことはよく聞き取れないことが多いものだ。わたしはアルムダを見たことがない。どこかへ行ったことがないらしく、はっきりしたことはどうもわからない。たぶんわたしはただの幽霊で、ある経度とある緯度が交差する点に漂う蒸気の粒で、想像もつかない裁きによってある行為が実行されるまではここに宙吊りになっているんだ。たぶん、杭が十字路に埋めた死体の心臓を貫通するとか、それとも、どこかで城が崖下の湖に崩れ落ちるとか、もうなんだっていい。わたしはアルムダに行ったことがないけど、努力なんかぜんぜんしなくても荒涼とした吹きさらしの丘に息を吹きこめる（これはわたしの才能の一つ）。戸口に粗い麻布を垂らしたバラックにも、凶運の下に土埃のなかで地面を引っかく鶏にも、寒さで洟（はな）を垂らして貯水池から重たいバケツの水を運ぶ子供にも息を吹きこめる。そしてその鶏がいま荷車の前方へ四散して、荷車にヘンドリックがスカーフ姿のおどおどした子供の花嫁を乗せていて、どこかで婚資の六頭の山羊が鼻面を刺草（いらくさ）にこすりつけ、黄色い目で、わたしには絶対に知りえない完全無比のシーンを見つめている。棘だらけのブッシュ、糞の山、鶏、荷車の後ろで跳ねまわる子供たち、すべてが純真無垢なまま、陽光の下でまとまってはいても、わたしにはただの名前、名前、名前だ。疑いようがないのは（ほら、涙が鼻の横を流れていく、涙がページまで落ちないのはもっぱら形而上学のおかげで、わたしが泣いているのは失われた純真さのため、わたしの、そして人類の、純真さのためで）、そのわたしを前進させるのはわたしの決意、鉄の決意だ。その依怙地で失笑をかう鉄の決意によって、名前だらけのスクリーンを突き破って、いきなりアルムダと石ころだらけの荒野を目にする山羊の視点になって、それらをひたすら名づけよう、哲学者たちがこれまで述べたどんなことにもめげずに。（それに、この哀れな田舎者の未婚女ごときに哲学のなにがわかるっていうの、ランプは消えかかり時計が十時を告げるときに？）

39

眠りに閉じこめられた新妻はヘンドリックのそばに夜通し横たわる。まだ育ち盛りの子供は膝のあたりでぷくり、手首のあたりでぷくりと成長しながら、プロポーションはすでに典雅。その昔、過ぎ去りし日々、ヘンドリックやその仲間たちが牧草地から牧草地へとぷっくりした尾をつけた羊を追っていたころ、罪悪感という虫がやってくる前の黄金時代に、ワームはきっと猛り狂う嵐の翼に乗ってやってきて、わたしが座っているこの場所で（なんという偶然の一致）キャンプをたたんだにちがいない。たぶんそのころは、ヘンドリックは誰にも膝を屈したりしない家長で、ふたりの妻を連れてベッドに入っても、ふたりは彼を敬い、彼の意のままに振る舞い、彼の欲望に合わせて自分たちの肉体を順応させて、傍らに年長の妻が、もう一方に若い妻がぴったり寄り添って眠ったんだ、というのがわたしの想像。でも今夜、ヘンドリックの妻はひとりだけで、旧(ふる)い校舎に住む老ヤーコブにも妻はひとりだけで、その妻が口を尖らせてぶつぶつ言っている。夕暮れの風に運ばれて不機嫌なその声が聞こえてきても、幸いなにを言っているかまでは聞き取れない。でも喧嘩(けんか)の種には事欠かないのか、なじる調子ははっきりと聞こえる。

40

ここはヘンドリックの故郷ではない。石ころだらけの荒野を代々の住処(すみか)とするものはいない、といっても昆虫は例外で、その仲間がわたし。偽物の翅(はね)をつけた痩せた黒い甲虫は産卵もせずに陽の光にたじろいでいる。昆虫学にとっては解けない謎だ。ヘンドリックの先祖は懐かしき時代に、家畜の群れと家財道具をたずさえて荒野を縦横に行き来していた。地点Aから地点Bへ、地点Xから地点Yへ、水の匂いを嗅ぎつけて、落伍者は見捨てて強行軍を貫いた。するとある日、行手にフェンスがあらわれて――もちろんわたしの推測だけど――馬に乗った男たちが近づいてきて、腹に一物(いちもつ)ありそうな顔で、移動をやめて定住してはどうかと誘ってきた。それは命令だったかもしれないし、脅迫だったかもしれない、よくわからないけど、とにかくそれで牧夫となり、その子供たちが跡を継いで、女たちは洗濯仕事を引き受けた。すばらしきかな、この植民の歴史は。推論による哲学、推論による神学のように、推論による歴史は可能だろうか、と考える。推論による昆虫学はどうやら可能らしい、といってもどれもわたしの独断独創だ。石ころだらけの荒野の地理学と畜産学は言うまでもない。それに経済学か——偏頭痛と午睡と、倦怠と、推論のものの憂さはあっても、羊に食べるものがなければ（ここは結局、昆虫の飼育場じゃないんだから）、わたしの存在をめぐる経済学をどう説明するつもり？　羊にはこれまで石と低木の茂みしかあたえてないのに？　わたしの栄養分となるその羊が栄養を摂取するのは低木の茂みにちがいない、陽にさらされた藪草と灰色の低木の茂みが、わたしの目にはつまらなく見えても、羊の目にははちきれんばかりに瑞々しく効能あらたかに見えているんだ。それに植民の歴史には、いま一つ偉大な瞬間がある。最初のメリノ種の羊が船から荷下ろしされた瞬間だ。胴体を粗布地のベルトで縛られた羊が滑車装置で吊るされて、恐怖にめえめえ鳴きながら、それと知らずにこの約束の地にやってきて、そこで何代も何代も滋養に富んだ低木の茂みを食べて、こんな人里離れた屋敷に住む父やわたしのような者の経済的基盤となり、そのおかげでわたしたちは、羊の毛がもっこり生えるのをいまかいまかと待ちながら、失われたホッテントットの残党をまわりに駆り集めて、芝刈り、水汲み、羊飼い、身辺の世話をする召使いとして未来永劫働かせながら、倦怠に呑みこまれて蠅の翅をむしっているんだ。

41

ヘンドリックはここの生まれではない。どこからともなくやってきた。だからその父も母もわたしは知らない。祝福されてかかされずにか、厳しい時代にこの世に送りだされたために、食い扶持を自分で稼がなければならない。ヘンドリックはある午後やってきて仕事が欲しいと言った。なぜここなのかは想像もつかないけれど、わたしたちのいる路上は、Aじゃない地点からBじゃない地点へもへったくれもない。そんな運命がトポロジカルに可能ならだが――このことば遣いが正確でありますように。だってわたしは家庭教師についたこともないし、流れ者の家庭教師がいそいそと椅子を近づけてくるような、脚の長いおてんば娘でもなく、気難しくて、汗臭くて、いつも不安で愚かな娘なんだから。ある日の午後にやってきたときヘンドリックは十六歳で、手に棒切れを握り、肩に袋を担いでいたから、当然埃まみれだったはずで、階段のいちばん下のところに立って見あげる先には、父が座って煙草を吹かしながらじっと遠くを見ていた――そうするのがここの風習なんだ。それこそがわれらが推論によるバイアスの起源――遠くをじっと見つめること、火をじっと見つめること。ヘンドリックが帽子を脱いだ。十六歳の少年が、脱いだ帽子を胸に当てる、典型的な身振り。ここの男は老いも若きもみんな帽子をかぶっている。

「旦那さま（バース）」とヘンドリックは言った。「こんにちは、バース。仕事を探しています」

父は咳払いをして唾を呑みこむ。父の言ったことをここに書いておこう。そばにいたわたしの耳に聞こえたことをヘンドリックの耳が聞きとったかどうかはわからない。わたしにしても、たぶんあの日に聞いたんじゃなくて、いまになって心の耳に聞こえるのは、どっちつかずの不機嫌さ、あるいは物言いに滲む相手への侮蔑だ。

「どんな仕事を探している？」

「なんでもやります――仕事なら、バース」

「どこの生まれだ？」

「アルムダです、旦那さま。でもいまはコブスの旦那のところから来ました。ここの旦那さまのところに仕事があると、コブスの旦那に言われまして」

「コブスのところで働いているのか？」

「いいえ、コブスの旦那のとこで働いてはいませんで、あそこへ仕事を探しにいきました。それでコブスの旦那に、ここの旦那さまのところなら仕事があると言われて、それで来ました」

「どんな仕事ができる？　羊のことは知っているか？」

「はい、羊のことなら知ってます、バース」

「年齢はいくつだ？　数えられるか？」

「力はあります。働きます。旦那さまにもわかっていただけます」

「独りか？」

「はい、バース。いまは独りです」

「この農場に知り合いがいるのか？」

「いいえ、バース、このへんに知り合いはいません」

「じゃあ、よく聞け。名前はなんという？」

「ヘンドリックです、バース」

「いいか、よく聞くんだ、ヘンドリック。台所へ行って、アナにパンと珈琲(コーヒー)をくださいと言え。寝る場所を作ってもらえ。明日の朝早く、ここへ来い。そのときおまえの仕事のことを教える。さあ行け」

「はい、バース。ありがとうございます、旦那さま」

42

流れるようなやりとり、なんて心地良いこと。わたしの人生もまるまるこんなふうだったらいいのに。問いと答え。ことばとエコー。責め苦みたいな、それで？　それで？　じゃなくて。男たちの会話って波風が立たなくて、すごく静かで、共通の目標にあふれている。男だったらよかった、そうすればこんなに依怙地にならずにすんだのに。毎日太陽の下で、なんだってかまわないから、男たちがやることをやって暮らしていけるのに、穴を掘ったり、フェンスを立てたり、羊の頭数を数えたり。台所でわたしにあてがわれたものときたら？　メイドたちのおしゃべり、ゴシップ、病気、赤ん坊、湯気、食べ物の匂い、くるぶしに猫の毛――そんなものでいったいどんな人生が編みだせるっていうの？　何十年も食べてきた羊肉と南瓜と馬鈴薯では、立派な顎も、豊かな胸も、これぞ田舎の煮炊き女みたいな腰まわりも引きだせなかった。せいぜい両脚の後ろに貧相な尻が垂れ下がってるだけ。わたしの意志の力はクレープに包まれた針金みたいだと思っていたのに、とどのつまり脂肪の分子に逆らってわたしをどこまでも汚れなき状態にしておく威力はなかった――分子たちは血の微粒子とのたたかいのさなかに、百万単位で死滅しながら、それでもじわじわと前進をやめない。寄せては返す盲目の口たちか、と想像しながら、来る年も来る年も沈黙する父とテーブル越しに向きあって座り、この体内の小さな歯音に聞き耳を立てているんだ。肉体に奇跡を期待しちゃいけないよね。わたしだって死ぬんだし。なんてひどい罰ゲーム！

43

鏡。ずいぶん前に死んだ母から受け継いだもの。母の肖像といえば食堂の壁にかかっているあれかな、黙りこくる父と黙りこくるわたしの頭上にかかっているあれにちがいない。その壁を思い起こそうとすると、どういうわけか、ピクチャーレールの下の灰色の染みばかり浮かんでくる。細い灰色の染みなんてものが想像可能ならだけど、壁上をたどる目が見つけるのは……母のことはいつかきっとわかる日が来る。ずいぶん前に死んだその母から受け継いだ鏡が、ベッドの真向かいにある衣裳簞笥の扉一面を埋めている。鏡に映る自分の体をながめても楽しくもなんともないけど、ナイトガウンにすっぽり身を包んで——ガウンが白いのは、夜は白を、昼は黒を着ることにしているからで——それに冬は寒いからソックスをはいて、すきま風が吹くからナイトキャップをかぶって、ときどき灯りを点けっぱなしにして片肘ついてベッドに寝そべり、その鏡像に、というか彼女に話しかけたりする。そんなとき気づくのは（鏡って物事を誰の目にも明らかにするためにはとても有用な装置(デバイス)だよね、まあ装置と呼べるならだけど、たいした仕掛けもなくて、いたってシンプル）、わたしの眉間の毛ってこんなに濃いのかってことで、この怖い顔を、齧歯類(げっしるい)みたいな顔を、ぶっちゃけ、好きになる理由がぜんぜん見あたらないけど、それでもメイクすれば多少ましにならないともかぎらないか、毛抜きで少し毛を抜いてみるか、いっそ人参(にんじん)を引き抜くみたいに、ごっそりプライヤーで引き抜いてしまおうか、そうすれば両目がすっと離れて、ひょっとしたら品良く落ち着いた感じになるかもしれない。髪にしても昼用のネットとピンをはずして、夜用のキャップもやめて、洗髪したあとそのまま垂らせば、最初はせいぜい首筋か襟足までだけど、死体から髪が伸びるならわたしの髪が伸びないわけはないから、そのうちたぶん肩までとどいて、顔の感じも和らいでくるかもしれないよね？　それにこの歯をなんとかすれば、もう少し見栄えが良くならないかな？　余計な歯があるから何本か犠牲にして、後から生えてくる歯に場所を譲る、まだこれから成長する余地があればだけど。歯並びを良くするために歯を抜くことを何度もすごく冷静に考えてみる。不安は山のようにあるけど痛みはどうでもいいみたい。鏡の正面に座って（と自分に言う）、プライヤーを握り、これは要らないと宣告された歯をはさんで、ぐいと引いて抜けたかどうか見る。それから次の歯に取りかかる。歯と眉毛のことが終わったら、次は血色をなんとかしなくちゃ。毎朝、果樹園まで駆けていって、杏、桃、無花果の木の下に立って、お腹いっぱい食べる。体操する。朝は川床まで、夕方は丘の麓まで歩く。わたしの肌はくすんで青白く、筋肉は弱くて重たい（そんな組み合わせが可能ならだけど）、その原因が身体的なものであれば――でも血はわたしの体内を流れているんだろうか、澱んでるだけじゃないのか、自分の皮膚は書物にあるように七層じゃなくて二十一層じゃないのか、なんてふと思いながら――原因が身体的なものであれば、治癒は身体的なものでなければならない。そうでなければ信じるに足るものなんて残らないでしょ？

44

でも、ただただ平凡ってすっごく楽しそうじゃない？　平凡で、おとなしくて、頭がからっぽの跡取り娘になって、売れ残るのだけは嫌だ、誰でもいいから、行商人だっていい、渡り歩くラテン語教師でもいい、最初に通りかかった気のある男に身も心も投げだそうという気満々で、それで男に娘を六人産んでやって、男が殴ろうが侮辱しようが、キリスト教徒の不屈の精神で耐え抜いて、傍目（はため）にはそこそこ立派だけれど内実は暗い人生を送るってのはどう？　鬱々と破滅へ向かう気分のなかで片肘ついて寝転んで、鏡のなかの自分の姿に見とれたりする人生じゃなくて、まあ、本気でそう思えばの話だけど。朝の五時にぬくぬくしたベッドから抜けだして、足先を寒さで青くしながら、氷のような鉄器に指をかじかませて、竈（かまど）の火を熾せるほど容赦ない実力があるなら、なんでいますぐ起きあがり、月明かりのなかを道具箱や果樹園まで駆けていって、脱毛、抜歯、果実食といった養生法をかたっぱしから、手遅れにならないうちに始めないの？　自分には陰鬱さとか、おぞましさとか、破滅へ向かいたがる嗜好性（しこうせい）みたいなのがあるのかな？　その巣を嗅ぎつけて、暗がりで鼠（ねずみ）の糞や鶏の骨にまみれて、ちんまりとまるまってるほうが、恰好つけたりするよりいいのかな？　そうだとしたら、そんな嗜好はどこから来たんだ？　わたしを取り巻く単調さから？　長年、直近の隣家まで二十マイル以上あるような大自然のどまんなかで暮らしてきたから？　棒切れや石ころや昆虫なんかと遊んできたから？　ちがうな、そう言っちゃなんだけど。じゃあ両親から？　怒りっぽくて情の薄い、あの父から？　それとも父の頭の後ろでぼんやりかすむ楕円のなかの母から？　たぶんそう。たぶんあのふたりからだ。混じりながらも個別に、さらにその背後にいる四人の、もう忘れてしまったけど、必要なときはしっかり思いだせる祖父母から。そして曾祖父母の八人、そのまた父母の十六人、系譜に近親婚がなければ、そのまた背後の三十二人へ遡（さかのぼ）って、アダムとイブまでたどりついて、最後は神の手へいたるプロセス、となるともう神の数学なんて追いきれない。原罪と、系譜内の道徳的退廃——それがわたしの不細工な顔と暗い欲望を説明する適正かつ大胆な二つの仮説で、いまこの瞬間ベッドから起きあがって自分を矯正するなんてやりたくない、というのもそれで説明がつく。でもわたしは説明に興味はないんだ。自分は、なぜとか、なにゆえとかの彼方（かなた）にいるんだから。関心があるのは運命についてであって、いや、しくじる運命というか、なんであれ、これからわたしに起きることなんだ。ナイトキャップをかぶった女が鏡からわたしを見つめている。ある意味わたしであるその女が、この国の奥で次第に衰えて消滅しようとしている。まがりなりにもなにか些細（ささい）な事件が起きなければ生きていけないじゃないか。鏡に姿が映らなかったり、太陽の下を歩いても影ができなかったり、そんな人間になることに興味はない。のるかそるかは自分にかかってるんだ。

45

ヘンドリック。ヘンドリックの給料は現物と現金で支払われる。以前は月末に二シリングだったのが、いまでは増えて六シリングだ。それに屠畜用の羊二頭がついて、週ごとに一定量の小麦粉、玉蜀黍粉（ミーリーミール）、砂糖、珈琲がもらえる。自分用の小さな野菜畑もある。着ているのは父から譲り受けた上質の古着だ。靴は自分でなめして加工した革で作る。日曜日は自由。病気になれば世話をしてもらえる。歳をとって働けなくなったら、それまでやっていた仕事を若い者にまかせて、隠居して陽あたりのいいベンチに腰かけて、孫たちの遊ぶところを眺めるんだろう。墓は墓地に割り当てられている。彼の娘たちがその瞼（まぶた）を閉じてやるんだろう。ほかにもいろいろやり方はあるけど、こんなに穏やかなやり方は聞いたことがない。

46

ヘンドリックは自分の家系図を作りたい。わたしの祖父や父の家系図にならぶ、自分のささやかな系譜を身内で語り継ぎたい。ヘンドリックは息子や娘たちであふれる家が欲しい。それが結婚した理由だ。次男坊は従順な子で家に留まり、農場の仕事を覚えて片腕になる、と彼は考える。いい娘と結婚して家系を継いでいくだろう。娘たちは農場の屋敷の台所で働くことになる、と彼は考える。土曜の夜ともなれば隣の農場から、肩にギターを紐でくくりつけて、自転車に乗ってフェルトを横切り、語り草になる遠距離をはるばるやってくる若者に言い寄られて、婚姻外の子を産むのだろう。最初の息子は、喧嘩っ早くて言うことをきかない子で、家を出て鉄道で仕事を見つけるものの、乱闘中に刺されて孤独に死んで、母親を悲しませるだろう。ほかの息子たちは影が薄く、たぶん彼らも仕事を探して家を出ていき音沙汰がなくなるか、それとも幼いうちに死んでしまうか、娘にしても似たようなもので、だから家系は枝分かれしてもそれほど多岐にはわたらない。ヘンドリックの野心はそんなところだ。

47

ヘンドリックが妻を見つけたのは、自分がもう若者ではないからだ。この世から自分の血筋が途絶えてほしくないから、夕暮れが嫌いになったから、独り暮らしが向いてなかったからだ。

48

ヘンドリックのことはわからない。理由は、この農場でいっしょに暮らすようになってからずっと、彼は彼の持ち場を守り、わたしはわたしで距離を置いてきたから。この持ち場と距離という二つの組み合わせのおかげで、彼に対するわたしの視線とわたしに対する彼の視線には、寛容、無関心、素っ気なさが保たれてきた。説明としてはそれで十分だ。ヘンドリックは農場で働く男だ。背の高い、いかつい肩をした茶色い肌の男にすぎない。頬骨は高く、切れ長の目をして、庭を横切るときは、とても真似のできない疲れ知らずの早足で、膝を曲げずに腰からじかに両脚を動かすようにして歩く。金曜の夕方にわたしたちのために羊を屠(ほふ)り、屠った羊を木から吊るして薪を割り、朝になると牛の乳を搾って「おはようございます、ミス」と言って帽子を軽く持ちあげて、やるべき仕事に取りかかる。わたしたちは、つまりヘンドリックとわたしは、ものすごく古い規則(コード)に従って役割を担っている。流れるように滑らかに動きながら、自分たちのダンスステップを踏んでいるんだ。

49

わたしは伝統に従って距離を保っている。良き女主人であり、公正な心で、公平に分け、寛容で、どう考えても悪女ではない。使用人にはわたしの外見などはどうでもいい、それは願ってもないことだ。そんなわけで、明け方、微かな風に乗ってやってくるとわたしが感じるものは、わたしだけが感じているんじゃないんだ。みんながそれを感じ取って、みんなが憂鬱になっている。目が覚めてじっとしたまま、わたしはその押し殺した声に、くぐもった叫びに、耳を澄ます。欲望と、悲哀と、反感と、煩悶の叫び、そう、悶え苦しむ叫びが高所からいきなり襲いかかってきて、この屋敷に滑りこみ、家中をぶるぶる震わせている。家が蝙蝠の棲家になったみたいだ。それも悶え苦しみ、反感を抱き、悲哀に満ちて焦れる蝙蝠が、失われた巣を求めてきぃきぃと鳴き叫び、犬を萎縮させ、わたしの内なる耳に焼きついて、半睡状態のときでさえ、耳は父の出す合図に共鳴しようとする。その叫びが父の寝室から、より高く、激しく、悲痛な響きとなって聞こえてくるようになったのは、ヘンドリックがアルムダから少女を連れ帰ってからだ。荷車を牽く驢馬が、背後にものうげな土埃を残しながら、長い旅路の果てに小屋までの細い小道を必死で上りきると、ヘンドリックはドアロで荷車を止めて鞭受けに鞭を差しこみ、まず自分が降り立ち、次に少女を抱きおろして、彼女に背を向けて装具をはずしはじめる。そこから六百ヤードほど離れたストゥープ[*1]に立った父が、ここで初めて重たい双眼鏡越しに目にする——赤いスカーフ、大きく見開かれた目、尖った顎先、鋭く小さな歯、こずるそうな顎、細い腕、ヘンドリックのアナのすらりとした肢体を。

50

わたしの強烈な幻視の光が右へ左へ大きく揺れて、つかのま驢馬の牽く荷車から降りるヘンドリックの幼い花嫁を照らしだす。それから、自分の椅子に紐で縛りつけられて危険な第七波に抗う灯台守さながら、わたしは暗闇に滑りこむ少女にじっと目を凝らす。すると歯車がまわってカチッとランプの点く音がして、待っているとヘンドリックが、あるいは父が、あるいはあの女が視界にゆらりと入ってきて、つかのまおぼろに浮かびあがる。照らしているのは彼らが発する光ではなくわたしから出る光で、いや、光ではなく炎かもしれない。あとはただ、わたしを縛る紐を振り切って、手にしたレバーを引いて歯車の回転を止めて、安定した光が少女を照らして細い腕とすらりとした肢体が浮かびあがるようにすればいい、と自分に言い聞かせる。でもわたしは臆病について語るだけの臆病者で、光は大きく左右に揺れつづけて、一瞬のうちにこの目に映るのは石ころだらけの荒野か、山羊か、鏡のなかの自分の顔になって、そんなオブジェに向かってなら酸味を帯びたからからの息を、必死でこらえてきた息を、嬉々(きき)として吐きだせるのだけれど、息というのはわたしの霊魂(スピリット)であり、わたし自身であることはどのみち否定できず、光にしてもそう。わたしは意識の王座を放棄して、山羊や小石によって実践される存在様式に入りたいと痛いほど願っていても、それに伴う痛みに耐え切れないとは思わない。ここに座りながら、山羊も、小石も、農場ごと自分の知るかぎりその周辺までまるごと抱きしめて、わたしのものであるこの

＊1　ダッチ様式の家の正面に、地面より数段高く作られた屋根つきベランダ。

冷たい、疎外する表現手段(メディア)の内部に宙吊りにして、一項目ずつ変換して自分の語彙表にならべていきたい。一陣の熱風が吹いて、黄土色の土埃がひらりと舞う。風景が再構成されて落ち着く。するとヘンドリックが花嫁に手を貸して、驢馬の牽く荷車から降ろすところだ。双眼鏡のレンズ越しに見えるのは、潑剌(はつらつ)と、無頓着に、コテージに向かって最初の一歩を踏みだす花嫁の姿で、萎れた花束らしきものを手にして、爪先は慎ましく内向きにして、硬いキャリコのスカートの内側で柔らかな肉と肉が擦りあわされて、となると、ことばはまたしても勢いを失う。ことばは硬貨。ことばは疎外する。言語は欲望には不向きな表現手段だ。欲望は歓喜のあらわれであって相互にやりとりすることではない。言語は欲望の対象を、疎外することによって初めて制覇する。ヘンドリックの花嫁は、そのずるそうな、若鹿のような目と細い腰は、欲望が観察者の好奇心へ突然変異してもいいと認めないかぎり、ことばのまさぐりの彼方にある。ことばという表現手段のなかで燃え立つ欲望の炎はカタログマニアを生む。わたしは地獄の箴言(しんげん)とたたかっているんだ。

51

夜明け前にヘンドリックは目が覚める。風向きの変化や、鳥が目覚める前に立てるくぐもったさえずりなど、わたしの耳が感知しない微かな音で目が覚めるのだ。まだ暗いなかでズボンと靴をはいて上着をはおる。埋(うず)み火をかき立てて珈琲を淹(い)れる。背後で、まだ暮らしに馴染(なじ)めない者がカロス(動物の皮で作った伝統的な衣類)を耳まできっちり引っ張りあげて、横になったまま見ている。目がオレンジ色に光っている。窓は閉めてあり、コテージ内の空気は人間の臭いに満ちている。彼らは夜通し、目覚めていても眠っていても、混じりあった体臭をいくつも放ちながら裸で横になっていたのだ。茶色の肌の人たちの、酸味を帯びた、鼻につんとくる臭い。その臭いをわたしが覚えているところをみると、わたしにはきっと茶色い肌の乳母がいたんだ、どんな人か思いだせないけど。(もう一度息を吸いこむと、ほかにもいくつか強烈な臭いがして)血に混じる鉄の臭いはもちろん、その血から刺すように臭うのは少女の興奮をうっすら伝える気配と、そして最後に、白濁したあまさで空気をしっとり濡らす、ヘンドリックからのほとばしりだ。問うべきは、どうしてわたしが、孤独な年増女が、そんなことを知るようになったかではない。われながら夜ごと辞書の上に身をかがめているだけのことはあるんだから。ことばはことば。夜の営みは体験済みなんて知ったかぶりをしたことはない。仲介者として、記号を扱うだけだ。本当の問いは、こういうことを自分が知っているなら父はもっと知ってるはずだから、膨れあがる嫉妬に悶えて、彼の心臓を包む熱い殻がなぜ破裂してしまわないかということだ。わたしは拾いあげて、臭いを嗅いで、描写して、捨てる。ある事柄から別の事柄へ移動しながら、着実に自分のことばで世界に番号をふっていく。とはいえ父は、欲望というドラゴンを寄せつけないために、どんな武器を使ってるんだろう？　わたしは預言者ではない、それでも風に運ばれる冷気が、災厄がやってくると告げている。この屋敷のがらんとした廊下に響く暗い足音が聞こえる。わたしは身をかがめてじっと待つ。幾十年の眠りのあとに、なにかが襲いかかろうとしている。

52

ヘンドリックが火の前にしゃがんで、煮立ったお湯を珈琲の粉の上から注ぐ。ロマンチックな気分が続くうちは、珈琲は自分で淹れるんだろう。そのうち少女が、妖精もどきの来訪者から妻に変われば、夫より先に起きることを覚えて、間違いなくすぐに怒鳴られて殴られることになるんだ。それをまだ知らない少女は食い入るように見ている、温かい両足の裏を揉(も)みながら。

53

ヘンドリックが夜明け近くの夜陰のなかへ足を踏みだす。川床の樹木で鳥たちがざわざわと動きはじめる。きらめく星は氷のよう。踏み締める靴の下で小石がさりさりと鳴る。納屋の石の床にごとんと桶がぶつかると、間髪を容れず大股で牛舎へ向かう足音が聞こえる。父が毛布をはねのけてベッドから身を起こし、靴下をはいた足を冷たい床につける。わたしはといえば、とうに自室で着替えはじめている。父が血の気の失(う)せた険しい顔で、大きな足音を立てながら台所に入ってくる前に、珈琲を淹れておかねばならない。農場の暮らし。

54

ヘンドリックが農場に妻を迎えるための暇乞(いとまご)いにきて、父が「好きにするがいい」と答えた日から、ヘンドリックと父のあいだで結婚についてことばが交わされたことはない。結婚式はアルムダで執(と)り行われたし、初夜が道すがらなのかここでなのか、わたしにはわからない。ヘンドリックが仕事に戻ってからかもしれない。父は彼の賃金と配給を増やしてやったが、結婚祝いは渡さなかった。ヘンドリックの結婚宣言のあと初めて顔を合わせたとき、わたしは「おめでとう、ヘンドリック！」と声をかけた。すると彼は帽子に手をやり、にっと笑って「ありがとうございます、ミス」と言った。

55

ストゥープにならんで腰を下ろして、沈む夕陽の最後の光を見とどけながら流れ星を待っていると、ときおりヘンドリックがかき鳴らすギターの音が聞こえてくる。不器用ながら柔らかな弦の音が川向こうから響いてくる。ある夜、あたりが静まり返っているとき、ゆっくりと彼が奏でる「山の向こうへ（ダール・ボ・オブ・ディ・ベルク）」が全曲聞こえたことがある。でもたいていの夜は、あえかな音を風が吹き消して、わたしたちは別の惑星にいるようだ。わたしたちはわたしたちの、彼らは彼らの惑星に。

56

ヘンドリックの花嫁を見かけることはまずない。ヘンドリックが出かけているとコテージから出てこないのだ。外へ出るのは貯水池に水を汲みにいくか川へ薪を拾いにいくときだけで、そんなときわたしの目はいつも決まって、木々のあいまに見え隠れする深紅のスカーフに引き寄せられる。彼女は新しい生活に馴染もうとしている。料理や洗濯といった日々の仕事に、四方を取り囲む壁に、夫への義務に、自分自身の体に、正面のドアから見える眺めとそのまんなかに鎮座する大きな白漆喰（しろしっくい）の屋敷に、いかつい男に、そしてきびきびと立ちまわる痩せた女が、夕べになると外へ出てきてストゥープに座って、じっと虚空をにらんでいることに。

57

ヘンドリックと妻は日曜日になるとヤーコブとアナを訪ねる。一張羅を着て驢馬にまたがり、旧校舎まで半マイルの道をとろとろと進んでいく。わたしはアナに少女のことを聞いてみる。アナは、あの娘（こ）は「可愛い」けれどまだ子供だという。もしも彼女が子供なら、わたしはなに？　アナが彼女を庇護したがっているのがわかる。

58

帽子を手にしたヘンドリックが台所のドアのところに立って、わたしが顔をあげるのを待っている。ボウルと割れた卵の殻をはさんで、彼と目が合う。

「おはようございます、ミス」

「おはよう、ヘンドリック。うまくやってる？」

「はい、なんとか。ちょっとおたずねしたいんですが。ひょっとして家のなかの仕事、なんかないですか？　うちのやつができることで」

「あら、たぶんあると思うけど、どこにいるの？」

「ここにいます」と言ってヘンドリックは肩越しにうなずいてから、もう一度わたしの目を見る。

「入ってくるように言って」

　ヘンドリックが振り向き、「ほら（ヘー）！」と言って、硬い笑みを浮かべる。深紅の色がちらりと見えて、少女はすっと男の後ろに身を隠す。ヘンドリックがわきに身を寄せて、彼女をドア口に立たせる。両手をぎゅっと握ってうつむいている。

「そう、あなたがもうひとりのアナね。これでアナがふたりになったわけだ」

　彼女はうなずくが顔はまだ横を向いたままだ。

「ちゃんと話をしろよ、ご主人（ミス）に！」とヘンドリックが耳打ちする。声はきついが他意はない。みんなわかっている、たがいにわかりきってやっているゲームだ。

「アナです、ミス」とぼそぼそと言う。遠慮ぎみに咳払いをする。

「じゃあ、あなたは小さな（クライン）アナということにしようか――おなじ台所にアナがふたりいるのは困るもの、でしょ？」

　美しい。頭部と目が子供みたいに大きくて、唇と頬骨の輪郭がくっきりと鉛筆で描いたよう。今年、来年、おそらくその次の年も、あなたはまだ美しいはず、とわたしは秘かに思う、ふたりめの子供が生まれて、出産、病気、惨めったらしい単調さに蝕（むしば）まれるまでは。そしてヘンドリックが、こんなはずじゃなかったと言って辛（つら）くあたり、あなたと彼が大声で言い争うようになって、肌に皺が寄って目がどんよりしてくる。そしてわたしのようになっても、怖がっちゃだめよ、とわたしは心のなかでことばを紡ぐ。

「こっちを見て、アナ、恥ずかしがらなくていいから。家のなかで働きたいのね？」

彼女はこっくりとうなずく。足の甲を大きな爪先でごしごしやってる。わたしはその爪先と、細いけれど強靭（きょうじん）そうなふくらはぎをじっと見る。

「入って、ほら、返事をして、取って食べようってわけじゃないんだから！」

「返事をしろよ！」とヘンドリックがドアのところから小声で言う。

「はい、ミス」

エプロンで手を拭きながら前へ歩み寄る。アナはひるまないが、目でヘンドリックにちらちら合図を送る。人差し指を彼女の顎の下にあてて顔を上向かせる。

「ほら、アナ、怖がらなくてもいいの。わたしが誰だかわかる？」

まっすぐにわたしの目を見つめてくる。口元が震えている。目は黒ではなくて黒っぽい焦茶色で、ヘンドリックの目よりも黒い。

「さあ、わたしは誰？」

「ミスはミスです」

「そう、それじゃ、なかに入って！……アナ！」

でもアナは、前からいるアナは、さっきからずっと廊下にいて耳をそばだてていたらしい。

「アナ、ほら、小さな（クライン）アナよ。あなたは物知りの先輩だから、これからは大きい（アウ）アナって呼ぶのはどうかしら？　そうすればこの子は小さな（クライン）アナってことになる。どう？」

「いいと思いますよ、ミス」

「それじゃ、この子のためにマグにお茶を淹れてあげて。それで仕事に取りかかれるでしょ。掃除用具がどこにあるか教えてあげて、まず台所の床をごしごしやってもらいたいから。それで、クライン・アナ、あなたは明日は自分のマグと皿を持ってくること。覚えていられる？」

「はい、ミス」

「ヘンドリック、もう行きなさい、この辺をうろうろしてるのがわかると、ご主人の機嫌が悪くなるから」

「はい、ミス。ありがとうございます」

こういったことすべてが、わたしたちの言語でやりとりされる。ニュアンスの伝わる言語で、しなやかな語順と微妙な不変化詞をもつ言語で、部外者にはわからないけれど、幼いころからこの言語で育った者には、濃密に、仲間意識を伝える瞬間と、距離をはかる瞬間が感得されている言語で。

59

今朝は雨が降った。何日も、空には雨雲が地平線から地平線まで数珠(じゅず)を繋(つな)ぐように連なって、遠くから雷鳴が天空のドームに鳴り響き、蒸し暑い鬱陶しさが立ちこめていた。朝も半ばをすぎたころ鳥たちが輪を描いて飛びはじめて、落ち着き場所を見つけると、くぐもった鳴き声で巣に戻れと呼びかけた。風がぴたりと止んでそよとも吹かない。すると空から巨大な、生温かい水滴がざざあっと垂直に落ちてきて、ちょっと躊躇い、やがて激しい雷雨をともなう本降りとなった。稲妻が空を切り裂き、雷が執拗にいつまでも鳴りつづけ、北へ向かって頭上を通り抜けていった。

雨が降っていたのは一時間。雨が止んで、鳥が歌い、大地から湯気が立ちのぼって、やがて最後の小さな流れが勢いをなくして地面に染みこんでいった。

60

今日は父のために靴下を六足も繕った。繕い物はアナにやらせないことになっている。わたしが生まれる前からの古いしきたりだ。

61

今日の羊の腿肉はすばらしかった。柔らかくて汁気もたっぷり、ほどよく焼けて。どんなものにもしかるべき場所がある。荒野でも暮らしていける。

62

貯水池のそばの丘を越えて父が帰ってくる。頭と肩のあたりに夕陽の光輪をのせて、オレンジ、ピンク、ラベンダー、モーヴ、クリムゾンと幾重にも取り巻く光の渦をのせて。今日、父がなにをしていたか知らないけど（父は絶対に言わないし、わたしも絶対に聞かない）、とにかく誇りと栄光に包まれて帰還する姿は、男としてはなかなかの絵になる。

63

怠惰への強い誘惑にもめげず、父はいつだって紳士たることを貫いてきた。乗馬に出かけるときはかならず乗馬用のブーツを履く。だから脱ぐときはわたしが手を貸さねばならないし、アナがワックスをかけねばならない。二週間ごとの巡回視察に出かけるときは、上着を着てネクタイまで締める。飾りボタンを入れる箱にはかならず襟用ボタンを三つ入れておく。食事の前は石けんで手を洗う。儀式めいた仕草でブランデーを飲む。ランプのそばの肘掛椅子に座って、ひとり、ブランデーグラスから四杯飲むのだ。月に一度、台所のドアから出したスツールに、銃身掃除の棒のように背筋を伸ばして座り、わたしの鋏（はさみ）の規則的な動きに身を委ねる。それを鶏がちらりと見ながらくっくっと鳴くなかで、わたしは鉄灰色の髪を短く切りそろえて、手のひらで撫でつける。終わると父は立ちあがって布を振り払い、礼を言って大股で立ち去る。こんな決まりきった日常を、毎日毎日、毎週毎週、毎月毎月、毎年毎年のように父がくり返してきたなんて誰が思うだろう。夕べに燃え立つ空を背にして馬にまたがるその瞬間を待って、日がな一日、馬を丘の真上に生えた荊（いばら）の木の陰に繋いで自分はサドルにもたれて寝転び、洗濯ばさみを削りながら煙草をくゆらし、歯のすきまから息を漏らして笛のように奏でて、懐中時計を握りながら顔に帽子をのせてまどろんでいたなんて。わたしの目がとどかないときの、父の隠された生活なんてこんなものか？　いや皮肉がきつすぎるかな？

64

六日に一度、わたしたちのサイクルが一致する。父のサイクルは二日、わたしのサイクルは三日、自分以外の人間の真新しい糞便の臭いを嗅ぎながら、腹の中身を無花果の木陰にある便所に置かれたバケツに放出する。わたしの糞便の悪臭のなかで父が、父の糞便の悪臭のなかでわたしが用を足す。木製の蓋（ふた）を横にずらして、父が放（ひ）りだした身の毛のよだつ一発の上にわたしはまたがる。父のは血の混じった、生々しい、蠅が狂喜するタイプで、まだらなのはきっと、未消化の肉がそのまま押しだされたからだ。それに比べてわたしのは（ここで父がズボンを膝まで押し下げて鼻を思い切り高くしてるあいだに、尻の下の暗がりで黒蠅が猛烈な唸りをあげているところを考えてしまうが）胆汁で黒ずんだオリーブ色で、長いあいだ溜めこまれてこちこちに固まり、古くて疲れている。めいっぱい息を吸っていきむ。店で買ったトイレットペーパーを四角くたたんで、育ちの良さを示しながら、それぞれのやり方で尻を拭いて、服を整えて、大いなる屋外へ帰還する。そのあとはヘンドリックの出番だ。バケツを調べて中身があれば、屋敷からうんと離れたところに穴を掘って中身を捨てて、からになったバケツを洗って元の位置に置く。どこにバケツの中身を捨てるのか、確かな位置は知らないけれど、農場のどこかに大きな穴があって、そこで父の赤い蛇と娘の黒い蛇がとぐろを巻いて絡み合い、抱擁し、眠り、溶融する。

65

ところが、パターンが変わる。父が午前中に帰ってくるようになったのだ。そんなことはこれまでなかった。恐る恐る台所に入ってきて自分でお茶を淹れる。わたしを押しのける。ポケットに手を突っこんで立ったまま、ふたりのアナがいるときは背を向けて、茶葉が開くまで窓から外をながめている。メイドたちは肩をすぼめて押し黙り、そこにいないかのように息を殺す。実際にいないと、父はカップを手にしてクライン・アナが見つかるまで屋敷中を歩きまわる。掃除をしたり、床を磨いたり、なんであれ仕事をしている彼女のそばに立って、無言でじっと見ている。わたしは口を出さない。父が立ち去ると女たちは安堵してどっと脱力する。

66

むきだしの土地で秘密にしておけることはない。鷹(たか)のような目でたがいを丸裸にして生きているのだ。でも好きでそうしているわけではない。たがいに憤怒を胸に溜めこんで、窒息しそうになることもある。そんなときは指の爪を手のひらに食いこませながら、長い散歩に出る。秘密を秘密にしておくには、自分のなかに閉じこめておくしかないのだ。無口なのは一気に噴出したがるものが多いから。わたしたちは怒りをぶつける相手を探して、見つけると猛然と襲いかかる。使用人たちは父の激怒を恐れている。度を超すほどいつも極端なのだ。父に家畜さながらの扱いを受けると、彼らは驢馬を鞭打ち、羊に石を投げる。家畜は怒りを感じない、ひたすら耐えてるだなんて、都合が良すぎる！　支配者の心理学だ。

67

午後の暑熱のなか、ヘンドリックがなにやら骨折り仕事で外へ出ているあいだに、父はその妻を訪ねる。コテージのドアまで馬で乗りつけて、馬から下りずに待つ。そのうち女が外へ出てきて、陽の光に目を細めながら父の前に立つ。父が話しかける。女ははにかむ。顔を隠す。父が機嫌を取ろうとする。笑いかけているのかもしれないが、わたしには見えない。父がかがんで女に茶色の紙包みを渡す。格言のついた、ハートとダイヤモンドというキャンディがたっぷり入った包みだ。女がそれを手にして立っているあいだに、父は馬で遠ざかる。

68

あるいは——クライン・アナが午後の暑熱のなかを家に向かって帰ろうとすると、不意に父があらわれる。女が立ち止まると、父は馬の首ごしに身をかがめて話しかける。女ははにかみ、顔を隠す。父が機嫌を取ろうとして笑いかける。ポケットから茶色い紙包みを取りだして女に渡す。ハートとダイヤモンドと呼ばれるキャンディがたっぷり入っている。女は包みを小さく折りたたんで歩いていく。

69

父が馬の首越しに身をかがめて女に話しかけて、機嫌を取ろうとする。女は顔を隠す。父がポケットに手をやると、この目に飛びこんでくるのはきらりと光る銀貨。しばし銀貨が女の手のひらにある。シリング銀貨、いや、フロリン銀貨かも。ふたりしてそれを見ている。やがて手が握りしめられる。父は馬を進め、女が自分の家に向かって歩きだす。

70

父が食べ物を突ついてわきへ押しやる。ブランデーを飲むのも、肘掛椅子には座らずに、月明かりの庭を行ったり来たりしながらだ。わたしに話しかけるときは、つっけんどんな、がなり声になる。恥ずかしいんだ。鎧戸の後ろに身を潜めなくても、父の罪深い考えなどすぐにわかる。

71

いったいどこで、あの娘はお金が使えるっていうの？　どこに隠して夫に見つからないようにするの？　キャンディはどこに隠す？　いや、その日のうちにぜんぶ食べてしまうのかも？　まだそんな子供なのか？　夫に対して秘密を一つ保てば、二つ目まではあっけない。抜け目ない、悪賢い贈り物！

72

わたしが邪魔さえしなければ、父は首尾良くことを運べると思っている。あえて口にしないけれど、わたしが偏頭痛で寝室に入って、そのまま出てこなければいいと思っている。父は心のうちで、本気で、わたしもヘンドリックも邪魔者はみな消えろと思っているんだ。そう考える心の準備はわたしにもできてはいる。でも、老年にさしかかる男と使用人の若い女が、それも愚かな子供が、農場でふたりだけで暮らすロマンチックな田園物語がどれほど続くと思ってるんだろ？　そんなとち狂った勝手気儘（きまま）ができることで、父はおかしくなってしまうだろうに。来る日も来る日も来る日もふたりいっしょになにをする？　相手になにを言う？　じつは、父が必要としているのはわたしたちから反対されることであって、それも度重なる反対なんだ。反対されて女を遠ざけて、女への自分の欲望を確かめることだ。どれほど反対されようが、自分の欲望の前には無力なことを確かめたいんだ。本当に望んでいるのはプライバシーじゃない。仕方がないと傍観する者の共謀だ。父がどうやってわたしの夢に入りこみ、どれほどの力で、どんな行為をするか知らないとは思えない。この屋敷には一方の棟に父の寝室があり、もう一方の棟にわたしの寝室がある。二つの棟を結ぶ長い廊下には夜な夜な亡霊が大挙してあらわれて、父とわたしもその仲間だ。亡霊たちはわたしの創造物でも父の創造物でもなく、わたしたちふたりが生みだしたもので、その亡霊を介してたがいに取り憑（つ）き、取り憑かれているのだ。一枚の盤面がある。盤上のクライン・アナは一個の歩兵（ポーン）にすぎず、本物のゲームはわたしたちふたりのあいだでたたかわれていて、両者はそれを百も承知だ。

73

父の願いにわたしは白旗をあげて、気分がすぐれないと告げる。緑色の鎧戸（よろいど）は閉めてある。日がな一日、角張った爪先をベッドカバーの上に投げだして、枕を両目にのせて寝ている。必要なものはすべてそろっている——ベッド下のポット、ベッドわきには水の入った水差しにコップがかぶせてある。大きいアナが食事を運び、部屋の掃除をする。わたしは少食だ。偏頭痛を治すなにかを飲むこともない。効き目がないのも、自分が痛みのカルト的崇拝者であることも知っているから。楽しいことは滅多にないけど、痛みならいまじゃいたるところにあるから、それを糧に生きるすべを学ばなければならない。午後にしては空気が涼しく爽(さわ)やかだ。ときどき痛みが額の裏で固い塊になる。頭蓋骨の内側で一枚の円盤が傾いて大地の動きに共振したり、瞼の裏でざぶんざぶんと果てしなく押し寄せる波になったりする。わたしは何時間も横になったまま頭のなかの音に意識を集中させる。我を忘れて没頭するうちに、こめかみがずきんずきんと拍動しはじめ、細胞が急増して消滅する音や骨の軋みが聞こえてきて、皮膚が篩(ふるい)にかけられて砕片となって落ちるのが聞こえる。自分の内部にある細胞世界に、有史以前の外部世界に対するのとおなじ注意力で耳を澄ます。川床まで歩いていけば無数の砂が滝のように流れ落ちるのが聞こえるし、陽の光にさらされた岩から立ちのぼる鉄の臭いがする。昆虫について自分が理解しているのは、食べ物の分子は間違いなく山の向こうへ運ばれて穴のなかに蓄えられること、卵は六角形にならべられること、敵対する集団は絶滅させなければならないことだ。鳥の習性もまた一定不変だ。だからわたしは人間の欲望のまさぐりに対抗するのは気が進まない。薄暗い室内で、枕の下で歯を食いしばり、痛みの中核に意識を集中させながら、自分の存在の内部に迷いこむ。それがわたしの存在理由だ——内面性の女性詩人、つまり石の内部を探り、蟻の感情を探り、脳の思考をつかさどる部分の意識を探る者。どうやらそれが、死を除けば、荒野の生活がわたしにあてがった唯一の職業らしい。

74

父がクライン・アナと禁じられたことばを交わしている。自分の部屋から出なくても、わたしにはわかる。「俺たち」と父は少女に言ってる、「俺たちふたり」と。するとことばがふたりのあいだに鳴り響く。「さあ、いっしょに来るんだ」と父が少女に言ってる。それを使って生活を築きあげていく、真の、確かなことばはすごく少なくて不十分なのに、父がそれを壊している。父は自分と少女がことばを選んで、「おれ／おまえ／ここ／いま」を自分たちだけで使えば、プライベートな言語にできると思っている。でもプライベートな言語なんてありえない。ふたりが親しげに使う「おまえ／あなた」はわたしが使う「おまえ／あなた」でもあるんだから。ふたりしてなにを言い合っても、寝静まった真夜中に最高に親密になったときでさえも、ふたりが使うのは誰もが使うことばなんだ、猿みたいにきゃっきゃやるなら別だけど。わたしが口にすることばをあのふたりが堕落させているときに、どうやってヘンドリックにこれまで通り話しかければいいの？　どうやって彼らに話しかければいいの？

75

昼と夜がめぐりめぐってゆく。鎧戸（よろいど）を閉めた室内の光が灰緑色に明るんで、それから漆黒へと翳（かげ）る。ポットと皿の世話のために、大きいアナの姿があらわれては消え、またあらわれてはぶつぶつつぶやき、舌打ちをする。わたしがここに横たわり、世界の現実時間の外で時の周期にかまけているうちに、父とヘンドリックの妻は矢のように直進する小道を旅して、肉欲の疼(うず)きから捕縛へ、無力感から屈服による脱力へと進んでいく。あまいことばをかけて贈り物を渡したり、恥ずかしそうに首を振ったりする時期はとうにすぎた。ヘンドリックは羊のダニ退治のために、農場のいちばん遠くの土地へ進撃を命じられている。父が使用人の家の外で馬を繋ぐ。家に入ってドアに鍵をかける。少女は父の手を払いのけようとするが、なにが起きるのかと恐れ慄(おのの)いている。父が彼女の服を脱がせて、使用人のコイア製マットレスに寝かせる。父の腕のなかで少女はぐったりしている。父が隣に横たわり、少女とともに行為のさなかに、激しく体を揺する。それもまた法(コード)を犯すものと、わたしだって重々承知している行為のさなかに。

76

「終わりだね……どんなに貧しい男だって、正直な心と美しい妻をもち、権力者の隣人までいる不運に見舞われたら、終わりだよ」と声がささやく（孤独なときはそんな声が聞こえてくるんだから、わたしが魔女だっていうのはたぶん本当なんだ）。哀れなヘンドリック、終わりだよ、終わり。わたしは泥酔したように泣く。それから痛みに顔をしかめて、目を細めて、三つの人影が溶けて筋と波と渦になるのを待つ。遠く荊の木の下でハーモニカを吹くヘンドリック、狭苦しい小屋できつく絡まるカップル。最後はわたししかいなくなって、とろとろと眠りに落ちて、痛みが遠ざかる。自分のやるべきことをやってわたしは世界を変える。この力はどこで尽きるのか？

たぶんわたしが突き止めようとしているのはそれだ。

77

アナが来ない。朝のうちずっと横になって、控えめにドアを叩くのを待っていたのに。お茶とラスクのことを考えると唾が出てくる。わたしは純粋な霊魂（スピリット）なんかじゃない、それは疑いようがない。

78

室内履きのまま誰もいない台所に立つ。長い引きこもりのせいで眩暈がする。竈（かまど）は冷たい。ずらりとならんだ銅器に光があたってきらきらしている。

79

自分の椅子の後ろに立って、椅子の背をつかんで父に話しかける。
「アナはどこ？　今日は姿が見えないけど」
　父は皿の上にかがんで、フォークでライスとグレイヴィソースをすくって口いっぱいに運ぶ。旨（うま）そうにもぐもぐやる。
「アナか？　アナの居場所が俺にどうしてわかる？　俺の知ったことか。メイドはお前の領分だろ。どっちのアナのことだ？」

「わたしたちのアナのことです。もうひとりのアナじゃなくて、わたしたちのアナ。どこにいるか知りたいんです。旧校舎には誰もいないし」

「出ていった。今朝方、行ってしまった」

「出ていったって、誰が？」

「アナとヤーコブだ。驢馬の荷車もいっしょに」

「でもなんで急に行ってしまったの？　どうして教えてくれなかったんですか？　どこへ行ったの？」

「出ていった。そうしてもいいかと聞くから、かまわないと言った。ほかになにが知りたい？」

「なにも。ほかに知りたいことなどありません」

80

あるいはたぶん、わたしが部屋に入っていくと、ことばはすでにあの聳え立つ黒い円柱から発せられていたんだ。

「アナとヤーコブは出ていった。俺が休暇をやった。しばらくアナなしでやってもらうことになる」

81

あるいはたぶん、誰もいない台所があるだけなんだ。竈は冷たく、鈍く光る銅器の列と、不在、ふたりの不在、三人の不在、四人の不在。父は不在を作りだす。どこへ行っても父は後に不在を残す。とりわけ彼自身の不在を——存在があまりに冷たく、あまりに暗く、不在と見紛うほどよそよそしく、心を荒(すさ)ませるだけの動く影。それに母の不在。父は母の不在であり、母の陰画(ネガ)であり、母の死だ。母は穏やかで公平だ。父は冷酷で暗い。父は、わたしのなかの母のような優しさをすべて殺して、こんな、脆(もろ)くて扱いにくい殻のなかで死んだことばの粒がからから鳴るものにしてしまった。わたしは誰もいない台所に呆然(ぼうぜん)と立ったまま、父を憎悪する。

82

過去。自分の頭のなかを手探りして、トンネルの入り口を探す。そこから入って時間と記憶を遡り、どんどん若く、どんどん新鮮に、青春から子供時代を経て母の膝へ、自分の源へ続くイメージがたどれそうなトンネルを探す。でもそんなものありはしない。頭蓋骨の内側には硝子みたいな壁があって、そこに映る、冴えない、不機嫌な自分の姿が見返してくるだけだ。この生き物がかつては子供だったなんて、人間として生まれたなんて、どうやって信じろっていうの？　石の下の深緑色の翅鞘(ししょう)から這いだして、自分を包むぷるぷるの粘着物を舐めつくして、現在地を確かめて、じりじり這ってこの屋敷までやってきて、羽目板の裏に住み着くところを想像するほうがずっと簡単だ。

83

でもたぶん、屋根裏の物置で一日、古いトランクをひっくり返せば、信頼できる過去の証拠が見つかるかもしれない。飾り扇、カメオのロケットペンダント、トゥシューズ、贈り物やお土産、洗礼式に着た衣裳、それに写真。写真があるとすればあのころはたぶん銀板写真（ダゲレオタイプ）で、そこには顰（しか）めっ面（つら）の巻き毛の赤ん坊が、地味で躊躇いがちな表情の女の膝に座り、後ろには身を硬くした男がいて、そばにレース飾りのついたスーツ姿のこれまた顰めっ面の少年がいたかもしれなくて、それが、流行性感冒（インフルエンザ）とか天然痘とか、あのころ大流行した疫病で死んだ兄だったかもしれなくて、それでわたしには保護者がいなくなったんだ。そしてそれから、うら若き母としてまだ初々しさも消えないうちに、女は三番目の子を出産するとき、ひょっとしたら死ぬかもしれないと恐れながら、自分の体内で嫌になるほど執拗な快楽を貪る男を拒めなくて死んでしまったんだ、きっとそうだ。女の死はおぞましい恐怖の嵐となって、産婆は室内でおろおろと両手を揉みながら、最後の切り札に吐根（トコン）シロップ（催吐剤に用いる薬草）をすすめるしかなかったんだ。

84

この土地のいたるところに、鍵を握る親が衰えるのをじっと待っている中年の子供たちがいるはずだ。父の手を胸元で組み合わせて顔にシーツをかける日、鍵を引き継ぐ日、わたしは蛇腹を巻きあげる机の鍵を開けて、父が隠してきた秘密をすべて暴いてやる。取引台帳、紙幣、権利証書、遺言、死んだ女が「愛をこめて」と手書きした写真、赤いリボンできつく結ばれた手紙の束。そして抽斗のいちばん下段のさらに奥まった小仕切りにある、屍となった者のかつてのエクスタシーを暴いてやる。それは三つ折りか四つ折りにしてマニラ封筒に入れた詩句、「希望と喜び」に捧げるソネット、愛の告白、熱烈な献身の誓い、結婚後のラプソディ、「わが息子へ」という四行連詩、それで終わり、あとは沈黙、詩脈は尽きはてる。若者から夫になり、父になり、主人になっていくどこかで、心が石になってしまったにちがいない。そうなったのは、虚弱な娘の出現のせい？　父のなかの生命を殺したのはわたしか？　父がわたしの内部の生命を殺しているように。

85

グロテスクなピンクの室内履きをはいて台所の床のまんなかに立つ。射し貫く陽の光に思い切り目を細める。後ろには薄暗い部屋にベッドという逃げ場があるけど、目の前にはしゃくにさわる一日の家事がずらっとならんでいる。どうすれば、眠たくなるようなこんなつまらない暮らしから、無知無能から、怒りを溜めこむ娘の威嚇力（いかくりょく）をかき立てて、決まり悪そうにしてるかと思うと横柄になる父や、図々しかったりおどおどしたりする使用人の小娘に立ち向かえるって？　およびじゃないよ、そんなの、だってそのための心の準備なんかできてないから。荒野の生活が教えてくれるのは、なんだって許されるってことだけだ。わたしはベッドに戻って親指をくわえてひたすら眠っていたい、そうでなければ、うんと古い日除け用ボンネットを引っ張りだして、ふらふら歩いて川床まで行きたい、そのうち視界から家屋が消えて、聞こえてくるのは蟬（せみ）の鳴き声と顔の近くを飛ぶ蠅の唸りだけになる。わたしにとって大事なのは、眠りと覚醒の流れに身を委ねつづけることで、人と人が衝突する騒ぎじゃない。この屋敷は荒野にあるから、暴風雨があり、竜巻があり、自分が産み落とされた大嫌いなブラックホールがある。ブッシュの木陰にいるほうがずっとよかった、卵嚢（らんのう）のなかに産みつけられて、千の妹たちといっせいに膜を破り、むしゃむしゃ食べる顎を武器に世界へ分け入るほうがずっとよかった。四方の壁にはさまれて怒りは出鼻をくじかれる。わたしからあふれでるものが漆喰、タイル、板、壁紙といった平面に反射して、雨滴のように撥（は）ねかえり、わたしに付着して皮膚から染みこんでくる。わたしはものをつかめる指のついた家事用マシンみたいに見えるかもしれないけど、本当は荒々しいエネルギーを秘めた震える球体で、わたしを破砕しにくるものにはなんであろうと襲いかかるつもりだ。わたしのなかには、爆発するなら外に転がりでて広大な野外でやれ、なにも傷つけるな、と告げる衝動がありながら、不安なのはまた別の衝動もありそうなことで——わたしは矛盾の塊だから——それが黒後家蜘蛛（くろごけぐも）みたいに隅に隠れて、通りかかる者を手あたりしだいに毒まみれにしろとわたしに命じ、「あいつを捕獲しろ、奪われた青春の代償だ！」と叫んで唾を吐く、蜘蛛が唾を吐けるならだけど。

86

でも本当は、自分では覚えていないくらい昔から、わたしは寡婦の黒い喪服を着てきたんだ。だって自分の知るかぎり、黒いおむつをした危なっかしい小さな足でよたよた歩く赤ん坊が、幼児用の黒い毛糸靴をつかんで泣き叫んでいるのがわたしだったんだから。もちろん六歳のときは、明けても暮れても、喉元から手首まで垂れる深緑色のみっともないフロックを着て、がりがりの向こう脛はたまにちらりと見えるだけで、その先は黒い編上靴にすっぽり包まれていた。間違いなくその年齢で写真に撮られたんだ、ほかに説明のしようがない。その写真はトランクか机のどこかにあるはずで、リストを作ったとき見落としたにちがいない。そうでなければ、ほんの子供がこんなに冷静沈着に自分を見つめる自意識をもてるだろうか、きゅっと結んだ口、青白い顔、鼠の尻尾みたいなお下げ髪まで？　それとも、ひょっとしてわたしは幻影を見たのか。写真を根拠にしすぎてはいけない。わたしが子供だったころ、あの写真家たちは荒野でいったいなにをしてたのか、わたしが目当てじゃなかったのは確かだ。わたしはいつも考えごとをしているような子供だったから、おそらく一瞬、自分から抜けだして、幻影として、深緑色の服を着た自分のありのままの姿を見たんだ。その服もきっと屋根裏のどこかに押しこまれているはずだ。でもそのあと、ご親切にも幻影をもたらしてくれた誰かによって、わたしはものを考えない動物の全体性へ引き戻されてしまった。あれは守護天使だったのか、それともあまたいる、自分に高望みしてはいけないと戒める天使だったのか、たぶん現実を重んじる天使、威嚇的な天使だったんだろう。それともひょっとするとわたしには動物の全体性などまったくなくて、あっても六歳までに失ってしまったんだろう。たぶん六歳ころには、すでに庭をとことこ歩きまわる小さな肉体をもった機械になって、石囲いを作ったり、蠅の羽を引きむしったり、子供がやることをあれこれやってて、それを小さな影のような分身が厳めしい顔で観察していたんだ。あるいは残念ながら天使なんかいなくて、いつも持ち歩いている自分の子供時代の写真はどれも、その小さな観察者の創作で（ほかに彼女はなにをすればよかった？）、たぶんうんと小さいころに彼女はわたしから分裂したんだ。胸焼けや頭痛なんか起こして、幼児用の黒い毛糸靴をつかみながら泣き叫ぶ赤ん坊という幻影にしても、あるいはその分身が見た幻影かもしれない、ベビーベッドのわきでごちゃごちゃ考えながら、代わりに頭痛を感じながら、その分身が見た幻影かもしれない。もちろん、それはひとりの彼女だったとは思う。それに、袋小路はあらゆる方角へ分岐すると考えるのは、このさい無視する。わたしは哲学の諸問題よりも大きなものを追いかけているんだから。

87

わたしは自分に課せられなかった役割を思って嘆き悲しむ黒い寡婦だ。生まれてからずっと、埃にまみれて忘れられた古い靴の片われみたいに、なおざりにされてきた。課せられたのは家のなかをきちんとして、使用人を厳しく管理する道具として働くことだった。でも自分についてはぜんぜんちがう考え方をしていて、心の奥で躊躇いがちに明滅するのは、自分が鞘であり、鋳型（マトリックス）であり、からっぽの内部空間を容れる保護容器（プロテクトリクス）であるという考えだ。世界を移動するときのわたしは、風を切る刃先ではなくて、あるいは父のように眼球を備えた塔ではなくて、一つの穴になる。体がそのまわりを包んでいる穴、細長い二本の脚がだらりと垂れて、骨ばった腕が両脇ではたはたと動いて、てっぺんにゆらりと大きな頭がのっている穴、まったき存在でありたいと泣き叫ぶ穴だ。ある意味、これが方便なのはわかっているし、自分について考える一方法にすぎないこともわかっている。でも自分のことをことばにして、イメージにして考えることができないとしたら、なにを使って考えればいいの？　自分は藁（わら）の女だ、案山子（かかし）だと考えてみる。詰め物はほどほどにして、顔には鴉（からす）を脅かす顰めっ面を描いて、内部には空洞を残す、つまりうんと賢い野鼠なら利用できるすきまを残しておく。でもここにはイメージ以上のものがある、それは否定しない、自分は解剖学に無知ではないし、自分の身体構造に無関心なわけじゃない。なんと言ってもわたしは大自然のどたばた騒ぎのどまんなかで生きてる農場の女で、荒野で起きてる例のくだらないどたばた騒ぎのさなかで生きてるんだ、この両脚のあいだに決して満たされない穴があるのも、それが満たされない別の穴へ繋がっているのも知らないわけじゃないんだ。もしもわたしが一つの０（ゼロ）であれば、それってきっとわたしが女だからだと納得するときもある。これはめちゃくちゃ腹が立つ――思想家としての名に恥じない瞑想（めいそう）をしたあと、いっしょに寝て赤ん坊をくれるいい男がいさえすれば万事好調、元気溌剌（はつらつ）、にこやかに微笑むようになって、四肢に力が満ちて、肌も艶やかになり、頭のなかの声も途切れ途切れになって押し黙る、としぶしぶ認める罠にはまってるんだから。農場育ちの男を農場育ちの女と結婚させることで、わたしが救われるとは思えない。救いにどんな意味があるにしても、せいぜい当座のもので、どんな急場しのぎの策に追いこまれるかわかったもんじゃない。とりあえず、自分にはもっと高貴な運命が待っていると信じることにしよう。だから千載一遇（せんざいいちぐう）の好機で、近隣に住む粗野な男が、ある日馬を走らせてやってきて、手にフェルトに咲く花を束にして握り、恥ずかしそうに顔を赤らめ汗をかきながら、遺産目当てにわたしを口説（くど）き落とそうとしても、わたしはベッドに入るか、自作の下手なソネットを読んで聞かせるか、思いっきり足を踏んづけてやる。そいつがそそくさと逃げだすことならなんだってやる。隣人がいることをいつも想定してるけど、そんな形跡は見あたらなくて、わたしたちは月に住んでるのとおなじかもしれない。

88

話は変わるけど、わたしは神に選ばれたという感覚をなくしてしまうことがある。ときには何日も延々と。自分はただの孤独で不美人な年増女にすぎないんだから、結婚という人間社会の決まりごとによって、それなりに孤独から、独りであることから救出されることだってありかと思ったりする。結婚によって、もうひとりの孤独な人に、想像を絶するほど貪欲で、愚かしく、醜悪で、理想の男性にはほど遠い人に——でも、じゃあわたしはどんな理想の女性かってことだけど——ほかの女よりちょっと低く身をかがめて、ちょっと熱心に隷従してみる、となれば土曜の夜が来るたびに、相手をびっくりさせないために暗闇で服を脱ぐことになって、それから相手を興奮させて——興奮させる手練手管が学習可能ならだけど——正しい穴へ導いて、ベッドわきの瓶のなかの鶏脂を使って挿入しやすくして、それから、ぜいぜいはあはあをやりすごして、それで最後は、ご期待通り子種（こだね）なんかに満たされて、いびきをじっと聞きながら横になっているうちに心慰む眠りに落ちる。自分が未経験なことは空想で補うだけだ。男と女の交わりがそんなんじゃないとしても、まあそんなところじゃないか。何か月かして妊娠するところも想像できるけど、妊娠しなくてもべつに驚かない。わたしは俗にいう不妊女のイメージにぴったりの外見をしてるから。そしてそれから、七か月か八か月がすぎて子供を産むときは、産婆はいないし、夫は隣の部屋でぐでんぐでんに酔っ払ってるしで、自分で臍の緒を噛み切り、内出血で青黒くなった赤ん坊の顔に、平たい、汗ばんだ胸をばしっとあてがう。そしてそれから、十年間の閉じこもり育児の末に、野鼠のひと腹さながら先頭に立って光のなかへ出ていくちびの女の子たちは、みんなわたしの生き写しで、陽の光に顔をしかめて、自分の足に蹴つまずいて、みんなおそろいの深緑色のスモックを着て、先のまるい黒靴を履いている。そしてそれから、女の子たちのきゃあきゃあばたばたをまた十年ほど聞いたあとで、ひとり、またひとり、外の世界へ荷物といっしょに送りだしてやると、そこで器量良しに生まれなかった女の子がやる仕事をなんでもいいからやることになって、たぶん下宿に住んだり、郵便局で働いたりしてるうちに、婚外に野鼠の子を産んで、聖域で庇護してもらうために農場へ送り返すことになるんだろう。

89

たぶんそれがわたしにとって選ばれた者であることの意味だ——右に書いたような牧歌的な喜劇にする必要はない。貧困、堕落、無気力、怠惰を使って説明される必要もない。わたしの物語には始まりと、中盤と、終わりがなくてはならない。ぐだぐだ続く中盤はおよびじゃない、それでは父の女遊びを黙認して老後を看取ったり、田舎男の手で祭壇に導かれて、月日がたてば揺り椅子で皺くちゃのおばあちゃんになって死ぬのと大差ない、と脅されてるみたいだ。人生の中盤で眠りこむわけにはいかない。わたしを取り囲む空白から、次から次へ、さらに次へと出来事を拾いあげて、その小さな爆発によって、わたしは先へ進みつづける。精神が居眠りする空間で思い出の機を織るような物語はお引き取りいただく。わたしの人生は過去ではない。わたしの芸術は記憶の芸術にはなりえない。これからわたしに起きることはまだ起きていないんだから。わたしは一つの盲点だけど、がっと開いた未来の口へ向かって、両目を開いて突進する盲点だ。合言葉は「そしてそれから？」この瞬間、自分があたかも突進しているように見えないとしたら、それはただ、誰もいない家のなかでしばし躊躇っているからで、銅器の列から反射する陽の光がこの世に生まれる前もおなじ銅器の列から反射していたことに安らぎを覚えるからだ。涼しい石造りの家に、古くからの暮らしの心地よさに、古めかしい封建的なことば遣いに、魅力を感じないとしたらそれはわたしではない。たぶん黒ずくめの服を着て鋼の心をしていても（それとも石か、遠くからじゃはっきり見えはしない）わたしは破壊者ではなく保護者なんだ。たぶん父への怒りは、古いことば遣いへの、正しいことば遣いへの侵犯に対する怒りにすぎない。父が接吻を交わして親密な代名詞を、昨日は床を磨き今日は窓を拭いているはずの少女に対して使うときに起きる侵犯への。

90

でもこれはただの理論だ。自分のことではほかのことも似たり寄ったり。なんとしても避けたいのは、目をぎらつかせて剣を高く振りあげた、古めかしい仇討ちの型に自分をはめこむことだ。それじゃ宿借だ。宿借は体が大きくなると殻を脱いで別の殻に移動するって本で読んだことがある。怒りの剣を振りかざす厳格なモラリストなんて、一時しのぎの休憩所にすぎない。目に隈を作ってストゥープで編み物をする主婦よりやや長命で、真昼の太陽をものともせずにフェルトを散策しながら、友達の昆虫に話しかける野良育ちの女よりやや短命だけど、どれもこれも一時しのぎ。現時点で誰の殻にこそこそ隠れているかはどうでもいい、どっちにしても死んだ生き物の殻だ。問題は、気がかりなこの柔らかな体そのもののために、深海に棲む捕食者から、烏賊や鮫や鬚鯨や、なんであれ宿借を餌食とするものから身を守る場所がなければいけないことだ。海のことは知らない、でもある日わたしが寡婦になったら、小金持ちの未婚女になったら、絶対に海辺で一日すごそう。バスケットにサンドイッチを詰めて、財布にお金をたっぷり入れて、汽車の階段をよじ登り、車掌に、海が見たいのと告げる――わたしがどれほど初心か、これで想像がつくかもね。靴を脱いで、砂浜をざくざく歩いて、消え去って砂となった無数の小さな死者のことに思いをはせながら。スカートをたくしあげて浅瀬に踏みこみ、足をぱちっと嚙まれる、蟹だ、宿借なら凄い冗談、それから水平線をじっと見つめて、その広大さにため息をついて、持ってきたサンドイッチを食べる。ぱりっとした天然酵母のパンも、あまい緑無花果のジャムもほとんど味がわからないまま、自分の存在の卑小さに思いをめぐらす。それから神妙な、冷めた気分でまた汽車に乗って、家に帰ってストゥープに腰を下ろして、クリムゾン、ピンク、ヴァイオレット、オレンジ、血の赤と、炎のように色の変わる夕陽を見ながら、大きなため息をついてうなだれ、みずからの黄昏を思って涙を流す。自分が生きることのなかった人生のために、歓喜と幸福を知らないまま、いまではくすんで、乾いて、芳しさのかけらもない体のために、弱まるばかりのこの脈拍のために涙を流す。粗布地（キャンバス）の椅子から立ちあがり、重い足取りで自分の寝室へ引きあげて、灯油を節約するために暮れなずむ陽の光を頼りに服を脱いで、ため息をついて、もう一度ため息をついて、すとんと眠りに落ちる。石ころの夢を見る。海辺に転がる小石が果てしない白い砂浜で、穏やかな青い空をじっと見ながら波に揺られている夢を。でも本当に夢を見たかどうか、自分では絶対にわからない。だって夜ごと起きることはすべて、朝を告げる雄鶏の声で記憶から洗い流されてしまうから。あるいはぜんぜん眠れなくて、あの、あまったるい緑無花果のジャムをぜんぶ食べてしまったせいで、歯痛に見舞われて寝返りばかり打つことになるかもしれない。だってここじゃ口腔衛生なんて考えもしないから、臭い息のまま歩きまわり、そのうちひどい虫歯に歯根までやられて、それでも自力でなんとかしようとあれこれ考え、はては蹄鉄工（ていてつこう）のトングはどうかと極端な方法に走ったり、マッチ棒で丁子油を塗ったり、それでもだめならひたすら泣く。これまでわたしは泣くことだけは避けてきたけど、でも、あらゆるものには分相応の時と場所があるんだ。きっと農場にひとり取り残されて泣くことになる日がやってくる、そのときはみんないなくなって、ヘンドリックと妻も、アナとヤーコブも、父も、母も、野鼠みたいな孫もみんないなくなって、わたしはシュミーズ姿で気にもせずに家のなかをうろついたり、庭に出たり、遺棄された広い牧羊場へ行ったり、丘をあてもなく歩きまわったりできるから、そのときこそは髪をかきむしって、歯軋りして泣くんだ。露見したり、報復されたりする心配もないし、体裁を繕わなくてもいいんだから。この肺を試すのはそのときだ、まだ一度も試したことはないけど、この肺から金切り声と、呻き声と、ため息を一気に吐きだして、丘という丘に反響させられるかどうか試す。ついでに平地でも試す——平地で反響が起きればだけど。それって、ひょっとしたら着ている服を破り捨てるときかもしれない。屋敷の前で大きな火を熾して、衣服も家具も、父や母の写真も、ずっと前に死んだ兄の写真も、肘掛椅子の汚れ除けカバーもろとも炎のなかへ放りこんで、めらめら燃やすときかもしれない。夜空に燃えあがる炎に狂喜して、大声で叫んで、それからたぶん燃える木切れを屋敷のなかへ持ちこんで、マットレス、衣裳箪笥、イエローウッドの天井、形見のいっぱい詰まったトランクのある屋根裏にも火を点ける。そのうち誰かしら隣人が、地平線上にあがる火柱を目にして、闇を突いて全速力で駆けつけて、わたしを安全な場所へ移してくれる、早口にわけのわからないことを言いながらけらけら笑う老いた女を、自分のことを気にかけてほしかった女を、きっと。

91

旧校舎には誰もいない。竈の灰は冷たい。上方の鍋掛けはからっぽ。ベッドはシーツが引き剝がしてある。鎧戸がばたばた音を立てている。ヤーコブとアナは出ていった。追い払われたんだ。わたしに声もかけずに出ていった。埃の微片が一筋の陽の光のなかでゆらめくのをじっと見つめる。鼻の奥で血のような味がするけど、血ではない。出来事には、最悪の事態を想像していても、それさえおよばぬ力があるって本当なんだ。戸口に立っているわたしの息が荒くなる。

92

旧校舎。大昔ここは本物の校舎だった。子供たちが農場内の小屋からやってきて、ここに座り、読み書き計算を学んだんだ。夏は耳のなかで暑さがじんじん音を立てるあいだ、子供たちはあくびをし、伸びをして、そわそわと落ち着かなかった。冬の朝は霜の降りた地面に裸足の足をつける場所を選びながら登校して、讃美歌のあいだじゅう、凍えた足先を擦り合わせていた。近隣の子供たちもやってきて、現金や現物で授業料を払った。女性教師がいたけれど、困窮した牧師の娘で、おそらく自分の食い扶持は自分で稼げと送りだされたんだ。そしてある日、通りがかりの英国人と駆け落ちして、それからとんと音沙汰なし。それ以来もう女性教師が来ることはなかった。何年も校舎は使われぬまま、蝙蝠（こうもり）、椋鳥（むくどり）、蜘蛛の棲家となって、それからある日アナとヤーコブに引き継がれた。あるいはその前代のアナとヤーコブだったか、とにかく人が住むようになった。それ以外は考えられない。もしもこの歴史をわたしが親指くわえてひねくりだしたとするなら、部屋の奥に積み重ねてあるあの三つの木製ベンチや、その後ろの、ヤーコブが外套（がいとう）掛けに使っていた黒板立てをどう説明する？　誰かが校舎を建てて備品をそろえて、「ウィークリー・アドヴァタイザー」や「コロニアル・ガゼット」に教師募集の広告を出して、停車場まで迎えにいって、まずは客用寝室に泊めて、それから教師の俸給を払った。そうやって荒野に住む子供たちが野蛮人にならないよう、すべての時代をも継承するようにしたんだ――地球の自転、ナポレオン、ポンペイ、凍てつく荒野のトナカイの群れ、水の異常膨張、天地創造の七日間、シェイクスピアの不滅の喜劇、等差数列と等比数列、長音階と短音階、堤防の穴を指で塞いだ少年、『ルンペルシュティルツヒェン』、パンと魚の奇跡、遠近法、そのほかたくさんのことを学べるようにしたんだ。でもいまや、過去の知恵を喜んで取り入れようとする姿勢はどこへ行った？　九九を唱えるその子供たちと、このわたしという怪しげな存在のあいだに、いったい何世代がはさまっているのか？　あの父もそのひとりだったのか？　あのベンチを陽光のもとへ放りだせば、埃をかぶった木目にペンナイフで刻まれた父の名前の頭文字が見つかるのか？　見つかるとしたら、そこで学んだ人間としての教養はどこへ行ってしまった？　父は『ヘンゼルとグレーテル』から、自分の娘を深い森のなかに連れこむ父たちのなにを学んだ？　ノアの物語は姦淫（かんいん）についてなにを教えた？　九九の計算表は宇宙を支配する鉄則のなにを教えた？　このベンチに座って九九を唱えたのが、かりに父ではなく祖父だったとしても、なぜ祖父は父に人間としての思いやりを伝えずに、野蛮人のまま放置して、それをわたしが引き継ぐことになったのか？　それともわたしたちは、わたしの系譜は、ここにもとから住んでいた人間ではないのか？　ひょっとしたら父か祖父が、肩に弾薬の帯をかけて、ぱんぱーんとピストルを撃ちながら馬を駆り、ある日、どこからともなく農場へやってきて、金塊の入った煙草入れを投げつけて校舎から女教師を追い払い、後釜に農場管理人を据えて、粗野が支配するようにしてしまったのか？　それとも、わたしが間違ってるのか？　まるきり違ってるのか？　この学校に通って、蜘蛛の巣のかかった暗い隅に座っていたのがわたしなのか？　兄や姉たちは、大勢の兄や姉たちは、近隣の農場からやってきた子供たちといっしょに、わあわあ騒ぎながらノアの物語を語る順番を待ったんだろうか？　わたしが兄や姉のことを心からすっかり追い払ってしまったのは、あんまり嬉しそうに大声で笑ってたから？　ぶすっとしてゲームを毛嫌いしたわたしへの罰に、深緑色のスモックの背中に青虫を詰めたから？　わたしとはもう二度とやりとりしないと決めて、父とわたしを荒野に残して、さっさと街でひと財産こしらえようとしたから？　そんなのおよそ信じられない。わたしに兄や姉がいたとしたら街になんかいないはずだ。髄膜炎の大流行で全員あっけなく死んだに決まってる、だって兄たちとの交わりがわたしに痕跡を残さなかったわけがないし、どう見てもそんな痕跡は残っていない、残っているのは野生世界との交わり、孤独と空漠との交わりだけだ。ノアの話にかぎっても、ほかの子供たちと車座に座ってノアの話を聞いたことはない。わたしの知識には印刷物の嫌な臭いがつきまとい、物語を語る人間の声が醸しだす共鳴音はない。でも、たぶん良い教師にあたらなくて、たぶんその教師が不機嫌な顔でどさりと机について、手のひらに鞭をぱしぱし打ちつけながら、誰を侮辱してやろうか、どうやって逃げだそうか、と思いめぐらしているあいだ、生徒は針の落ちる音さえ聞こえそうな静けさのなかで、教科書をぽつりぽつり判読しようとしていたのかもしれない。そうでなければ、どうやってわたしは読み方を覚えたんだろう、書き方はもちろんのこと？

93

それともひょっとするとあれは腹違いの兄たちだったのかもしれない、それならすべて説明がつく、おそらくそれが真実だ、自分の耳が信用できるなら、そのほうがずっと真実っぽい響きがする。たぶんあれは腹違いの兄と姉だったんだ。豊満で、金髪の、うんと愛された妻の子供たち、妻は人生の絶頂期に死んでしまったけれど。おそらくその子供たちも厚かましくて、金髪で、豊満で、それで、はっきりしない自信なげなものはすべて嫌って、出産で死んだ内気で愛されなかった後妻の子にひっきりなしに喧嘩をふっかけた。それから、女の家庭教師から教えてもらえることを吸収しつくすと、無愛想な母方のおじさんにまとめて(アン・マッス)引き取られて幸せに暮らしたのに、わたしだけが置いてけぼりを喰らって、老いた父親の世話をすることになった。わたしがあの連中のことをすっかり忘れていたのは嫌いだったからじゃなくて、大好きだったのに奪われたからだ。わたしは暗い隅に座ってあんぐりと口を開け、彼らの飾らない陽気さを貪り、大声で叫んで笑うのをしっかり記憶に留めて、あとから独り寝のベッドであの日を生きなおし、抱き寄せられるようにしたんだ。でも腹違いの兄や姉のなかでいちばん好きだったのはアーサーだ。アーサーに思い切り叩かれても、わたしは嬉しさに身悶えしただろう。アーサーが石を放り投げたら、走って取ってきただろう。アーサーのためなら靴墨だって食べたし、おしっこだって飲んだだろう。でもあああ、光り輝くアーサーはわたしのことなど眼中になくて、競走に勝つこと、球を捕ること、九九を唱えることに夢中だった。アーサーが行ってしまった日、馬車小屋の奥の暗い隅に隠れて、もう食べ物を絶対に口にしないと誓ったんだ。何年すぎてもアーサーは戻ってこない、そのうちアーサーの記憶はどんどん遠くへ押しやられて、いまでは思いだしてもお伽話(とぎばなし)めいた他人事(ひとごと)のよう。それで話は終わり。矛盾だらけだけど、それをいちいち追跡して破棄する暇はない。なにかがわたしに、この校舎から外へ出て自分の部屋に戻らなければだめだと告げているから。

94

ドアを閉めて腰を下ろして、泣いたりしない目で、じっと机上方の壁紙を見ると、そこには光り輝くアーサーとわたしが手に手を取って海辺を走るイメージはなくて、あるのは二枚の緑葉のついたピンクの薔薇（ばら）だ。あたりにおなじピンクの薔薇が咲き乱れ、妥協をこばむ空間に、この小寝室に、永遠にその光を投げかけながら、残りの壁で咲く薔薇を照らしている。これ以上切り詰められないもの、これがわたしの部屋だ、これが変わればいいなんてゆめゆめ思わない（と椅子に深々と身を沈める）。わたしがすごす暗い日々の慰めとなるのは、目を閉じないで、腕を組んだり身をゆすったりしないで、永遠の空虚へ陥らずにすむための慰めとなるのは、知識だ。この花たちはわたしから、わたしだけからエネルギーを引きだして、そのエネルギーで、自分たちが純粋存在であるというエクスタシーのなかで交感しあうと知る知識だ。フェルトに転がる石やブッシュが、生き生きと、幸福はことばじゃないと幸福そうにハミングするように。だってわたしがここにいる理由は、石やブッシュが、独自の多様な物質的認識によって共振するよう仕向けるためなんだから。わたしは永遠に石やブッシュではなくて、石やブッシュはわたしではなくて、わたしは決して石やブッシュのように純粋自己の歓喜ではありえなくて、わたしのなかでぶくぶく泡立つことばによって石やブッシュとは永遠に切り離されて――涙！――ことばがわたしを織りあげてはまた織りなおし、なにか別のものに、別のものにしているね、とハミングしている。農場、荒野、地平線まで続く全世界は、それ自体の交感のエクスタシーのなかにあって、その内部に住みつこうとするわたしの意識の虚（むな）しい衝動を知って得意満面だ。それが、壁紙をじっと見ながらわたしが、息が落ち着くのを、不安が消えるのを待ちながら、考えたこと。読み方なんか学ぶんじゃなかった。

95

でも野獣はわたしのくだらないおしゃべりに聴き惚れたりしない。午後じゅう刻一刻とわたしをつけまわす。滑らかな足音が聞こえて、悪臭ふんぷんの息の臭いがする。無駄だ、わたしがいくら走りつづけても屈辱的な非業の死を遂げるだけだ。背後から押さえつけられて次々と下着を剝ぎ取られ、金切り声で叫んでいるうちに、情けある野獣ならこの首をへし折り、そうでなければ臓腑をかきだす。父が恥の感覚に悶えながら農場のどこかをうろついている。自分に向かって人差し指を振って非難するやつがいれば、誰かれかまわず即座に叩き殺すつもりでいる。父が野獣なのか？　農場のどこかほかの場所にヘンドリックとアナがぼうっとあらわれる。ヘンドリックは木陰でハーモニカを吹いている、それがいまだにわたしが思い浮かべるヘンドリックの姿だ。アナは鼻歌まじりに足の指をつまみながら、次になにが起きるか待っている。ヘンドリックが野獣なのか？　侮辱された夫が、主人に足蹴にされた農奴が、復讐のために咆えかかろうとしているのか？　鋭い小さな歯をして、腋窩を熱くしたアナが野獣なのか？　狡猾で、扇情的で、飽くことを知らない女が？　わたしが自分を鼓舞するために立てつづけに話すあいだも、彼らはわたしのまわりで円を描きながら、にやにや笑ってパワー全開だ。わたしを圧するそのパワーの秘密は？　わたしの知らないなにを彼らは知ってる？　どっちを向いても八方塞がり。わたしにはわかる、ひと月もすれば、父と自分のメイドにベッドまで朝食を運ぶことになって、ヘンドリックがぶらりと台所に入ってきてビスケットを食べながら、折りたたみナイフをテーブルにがっと突き刺し、そばを通るわたしの尻をつまむんだ。父がアナに新しいドレスを買いあたえているあいだに、わたしはアナの汚れた下着を洗うんだ。父とアナが終日ベッドにならんで横になり、怠惰な官能に耽っているうちに、ヘンドリックは酒浸りになって、胡狼が羊を貪りくらい、何世代も続いた仕事が廃れていく。アナは父にオリーブ色の肌をした子供を産み、その子たちが絨毯におしっこを漏らして廊下を駆けまわる。アナはヘンドリックと共謀して父の金と銀時計を盗みだす。使いを遣って、親戚一同、兄弟姉妹から遠い縁者まで呼び寄せて、農場に住まわせる。土曜の夜、わたしが鎧戸の割れ目から見ていると、彼らは大勢でギターの音楽に合わせて踊り、老いた主人はストゥープに阿呆のように腰を下ろして、にやにや笑いながらうなずく祭りの長となるんだ。

96

いったいわたしたちの誰が野獣なのか？　わたしの物語はどこまでも物語だから、そんなものにわたしは怯えたりはしない。物語なんて、問いを発するべき瞬間を先送りしているだけだ——聞こえるのは藪のなかの自分の唸り声ではないのか？　怖れるべきは獰猛で節度を欠いたわたし自身ではないのか？　なぜなら空間が自分から地上全方向へ放射状に延びるこの国の奥では、自分を制止するものは皆無だから。腰を下ろして薔薇を見つめながら午後が終わるのを待っていると、それは受け入れがたいと気づく。でもわたしは目に見えるものをそのまま信じるほど馬鹿じゃない。自分の内部を通りすぎるものに注意深く耳を澄ませば、遠くで、わたしの子宮が萎れた林檎（りんご）になって浮きあがり、病んでいく予兆が確かに感じられる。わたしは淋しさで頭がおかしくなった体重四十キロの独身女にすぎないかもしれないけれど、自分は無害ではないかもと疑っているのだ。だから、たぶんそれが自分の不安を正しく説明しているのだろう。不安は期待でもあり――自分がこれからなにをするか怖いのだ、そうはいっても、自分はどんなことだってやるつもりだ、だって行動せずに、良き日々がやってくるまでおとなしくしていたら、わたしの人生はずっとこのまま、どこからともなく滲みでてどこへともなく消えていく、始まりも終わりもない、一本の細い滴りのままだから。わたしは自分の人生が欲しい。父だってハートとダイヤモンドのキャンディの包みを買ったとき、自分の人生が欲しいと自分に言い聞かせたんだ。世界には自分の人生は自分で決めたいと思う人が大勢いる。でも荒野から一歩外へ出ると、そんな自由が認められることは滅多にない。こんな、どこでもない場所のどまんなかなら、どこまでも自分を拡張できるし、蟻のように身を縮めることもできる。わたしの手に入らないものは山のようにあるけど、自由だけは違う。

97

でもここに座って白昼夢に浸っているあいだに、たぶん両手で握り拳を作って歯茎を見せて頬杖ついているあいだに、午後は滑るようにすぎて、光はすでに緑色から灰色へ変わっている。びくっとなって目が覚めたのは足音と声のせいだ。事態が呑みこめなくて、心臓がばくばくする。午後の鈍い眠りから覚めたあとの粘つくような不快感で、口のなかがいがらっぽい。

ドアを細く開ける。声は家の向こう端から聞こえてくる。一つは父の声で、指図している。口調でわかる、でもなにを言っているかは聞き取れない。別の声もする、父の声のあいまにようやくそれとわかる声だ。

怖れていた通りだ。最悪の事態を想像する魔法は効かなかった。いまや最悪の事態になっている。

ブーツを履いた足が廊下をやってくる。ドアを閉めてしっかり押さえる。あの歩き方は、生まれてからずっと聞いてきたんだ、そんなことわかっているのに、わたしは口をあんぐり開けて突っ立っている、脈はどんどん速くなる。父がわたしをまた子供にしようとしている！　あのブーツ、ごっごっという靴音、黒い額、黒い眼窩、黒い口の穴から躍りでる、凄まじい「ダメだ」が、鉄の冷たい雷鳴が、わたしを吹き飛ばし、わたしを埋めて封じこめる。わたしはまた子供になって、乳児に、幼虫に、不定形の白い命になる。腕も脚もなく、吸盤や鉤爪（かぎづめ）といった地面をつかむ器官さえない。わたしが身をよじらせると、ブーツがふたたび頭上を覆って、ぱっくり口が開いて、そこから烈風が吹きだし、わたしをぞっとさせて心臓をぐだぐだにする。全身でドアを支えているのに、父が押せばわたしはあっけなく倒れるだろう。内なる怒りの核は消滅した。わたしは怖気（おじけ）づく――容赦なく、わたしは罰を受けて、そのあと二度と慰められることはないだろう。二分前まで自分が正しく、間違っているのは父だった。わたしは硬い椅子に座るまどろむ怒りとなって、沈黙と、不在と、軽蔑と、あらゆる手段を使って父と対峙しようと身構えていたのに、いまはまた間違っているのはわたしで、間違っているのは、間違っているのははこれまで通りわたしで、生まれてからずっと間違っているのはわたしで、生まれた頃合いも間違いで、場所も間違いで、生まれついた体も間違いだった。涙がこぼれてほおを伝い、鼻が詰まり、もうだめ、ドアの向こうにいるあの男が、今夜わたしにどんな苦痛を耐えさせるか決めるのを、わたしはじっと待っている。

98

ノックが三回、父が指先を木のドアに軽く打ちつける。また口中がいがらっぽくなる。身をまるめて息を詰める。すると父が立ち去る。均等な足音が一、二、三、と廊下を遠ざかっていく。ということはこれが罰か！　顔さえ見たくないと、一晩中わたしを遠ざけて閉じこめておくのが！ひどい、ひどい、ひどい！　わたしは自分の独房にこもって泣く。

また声がする。ふたりは台所にいる。父が彼女に食べ物をテーブルに置くよう命じている。女がパンケースからパンを取りだし、食器棚から脂とジャムの瓶を出す。父がお湯を沸かすよう命じる。女は灯油コンロの使い方がわからないと言う。父が代わりにコンロに点火する。女がその上に薬缶をのせる。両手を握ってお湯が沸くのを待っている。父が女に座れと言う。女が父とテーブルにつくところだ。父がパンを一切れ切って、それをナイフの先で女のほうへ押しやる。食べろと父が言う。ぶっきらぼうな声だ。優しさを表現できないのだ。みんなが理解して大目に見るのを父は期待している。でも誰も理解なんかしない、わたし以外は誰も。生まれてこのかたずっと隅に座って父を見てきたわたしだけはわかる。父の憤怒と陰気な沈黙は、優しさを覆い隠す仮面にすぎない。優しさは、下手に見せたりするととんでもないことになるので、おもてに出さない。父が憎むのは愛する勇気がないからだ。憎むのは自分を見失わないようにするためだ。いろいろあるけど、悪い男じゃない。不公平ではない。たんなる年老いた男で、ずっと愛する相手がいなかったけれど、いまは自分の女がいると思って、この娘といっしょにパンと桃を食べ、珈琲を淹れるお湯が沸くのを待っている。辛辣（しんらつ）な子供が屋敷のはずれでドア越しに耳をそばだてていることを無視すれば、これほど穏やかな光景は想像できない。ふたりがやっているのは愛餐（あいさん）（初期キリスト教に由来する友愛の会食）だ。でも愛餐よりもっと高貴な祝宴がある、家族の食事だ。わたしも招かれるべきだった。わたしも食卓につくべきだ、いちばん端の席にきちんとついているべきなんだ、この屋敷を切り盛りする女主人なんだから、それに食べ物を運ぶ役は、わたしではなく、あの女であるべきだ。そうすればわたしたちは穏やかにパンを分かち合い、たがいに異なるやり方で、わたしだって、愛することができるかもしれない。ところが線が引かれて、わたしは聖餐（せいさん）から締めだされた。そんなわけで、ここは二つの物語の住処になってしまった。一つは幸福の物語、あるいは幸福へ突き進む物語、いま一つは哀れな嘆きの物語。

99

スプーンがちゃりんちゃりんと仲良く音を立てている。ふたりとも、あまいものが大好きだ。ふわりと立ちのぼる湯気ごしに、目と目が合う。女はこの未知なる男を知って一週間。聳えるように大きく、毛深く、筋肉は締まりなく、衰えゆく一方だが権力をもつ男が、今夜はめいっぱい虚勢を張って、女に、おまえは俺の妾であり、俺の所有物だと大っぴらに告げている。新しい持ち主の膝がテーブルの下で女をはさみこんでいるとき、その女は、冷たい星の下で毛布にくるまるか、侘しい小屋で悔しさに呻吟する夫のことを少しは考えるんだろうか？　この人が夫の怒りからどれくらい自分を守ってくれるか自問するんだろうか？　将来のことを少しでも考えているんだろうか？　それとも母親の胸にぶらさがる乳飲み子のころから、その場かぎりの贅沢に溺れる自堕落を身につけてしまったのか？　この新しい男は女にとってどういう存在なのか？　なにも感じないまま、鈍麻した神経で、腿を開くのはただ男が主人だから？　それとも制圧されることには、婚姻の愛からは得られない絶妙な快楽があるのか？　女は身分の急上昇によってくらくらしているのか？　硬貨とか、キャンディとか、贈り物に夢中になって、男が自分の妻の遺したものから羽毛の襟巻きやラインストーンのネックレスや、なんであれ女のために選んだものに目が眩んでいるのか？　なんでそういう遺品がわたしにまわってこなかったんだ？　なぜ、なにもかもわたしには秘密なんだ？　なぜ、わたしも台所のテーブルについてにこやかに笑い、温かい珈琲の湯気の向こうから、にこやかな笑いを返してもらえないんだ？　この孤独の煉獄のあとに、わたしになにが残る？　寝室に引っこむ前に彼らは皿を洗うだろうか？　それともわたしが真夜中にゴキブリみたいに這いだして、後始末をしなければいけないのか？　女が自分の力を試しはじめるのはいつ？　ため息をついてテーブルから立ちあがり、伸びをして、ふらっとどこかへ行ってしまって、あとに残る雑務は召使いに残して？　女がそうする日、父は女に向かって怒鳴るだろうか？　それとも女に熱を上げすぎた男にとっては、寝室のほうへぷるぷるとさざなみのようにそそる、女の臀部の性的魅力だけが重要なのか？　かりに女が召使いであるのをやめたら、召使いは誰になる？　わたし？　わたしが非難がましく、夜中に逃亡して二度と帰らないなら話は別だけど、それにしたって荒野で野垂れ死んで鳥たちにきれいさっぱりついばまれて、あとを蟻が引き受けるのが落ちか？　はたして父は気づくだろうか？　ヘンドリックがあちこち歩きまわっているうちに偶然わたしを見つけて、袋に入れて家に持ち帰ることになるんだろう。みんながわたしを穴に放りこんでその穴を塞ぎ、お祈りを唱えるんだろう。それからは女が火を熾し、エプロンをつけて皿を洗うことになる。わたしが置き去りにした山のような皿と、積み重ねられた珈琲カップを洗い、ため息をついて、死ぬなんてずるいとわたしを妬むんだ。

100

闇のなかで寝返りを打ちながら、なんとか必死で気を紛らわそうとする。あまりに惨めで、あまりに孤独だと、人は動物になる。わたしは人間として均衡の取れた視野を失ってしまいそうだ。かつてのわたしなら一時的な気まぐれを振り切って、蒼白な顔を涙に濡らして、うつけたように、重い足を引きずりながら廊下を突っ切り、立ち向かっていたかもしれない。そうすればエロチックな呪文が解けて、女は座っていた椅子からさっと立ちあがり、父がわたしを椅子に座らせて飲み物を出してくれて、わたしは自分を取り戻しただろう。女は夜陰に紛れて姿を消してしまったかもしれない。そうすればまたすべて元通りになって、ふたりが部屋に入ってドアがかちりと閉まる瞬間が先へ延びて、自分がそこに入れるほど良い子だった試しがない部屋から締めだされたとわかる瞬間も先へ延びただろう。でも今夜はじたばたしすぎて、力が尽きて、自分を納得させることに疲れてしまった。今夜はリラックスしよう、諦めよう、溺れる快楽に浸ってみよう。この体がわたしから滑りでて、別の体が滑りこみ、この四肢の内側に四肢が、この口の内側に口が入りこむのを感じてみよう。わたしは死を、自分ではなくなる生の一バージョンとして歓迎する。ここに詭弁があるのは理解すべきだけど、理解なんかするもんか。だってわたしが海底で目を覚ましたとき、自分からぶーんと出ていくのはいつもながらのわたしの声で、ぶーんであれ、ぶくぶくであれ、とにかくことばが水中で立てる音なんだから。めちゃくちゃ退屈！　いつまでやるの？　冷たい底に身を折りたたむ女の黒い姿を月が照らす。女から瘴気のように立ちのぼるのは蒼ざめた顔の悪霊。その蒼き唇からささやきとなって漏れるのがわたしのことばだ。溺れていく、自分のなかに溺れる。幻影、わたしは幻影ではない。身をかがめる。この皮膚に触れると、温かい。この肉をつまむと、痛い。これ以上確かな証拠は望めないか？　わたしはわたしなんだ。

101

ふたりのいる部屋の外に立つ。ありきたりの三枚の羽目板とドアの陶器の握り、伸ばした手が宙に浮く。ふたりにはわかってるんだ、ここにわたしがいるってことが。空気がぴりぴりしてるのは、わたしがいるせいだ。罪深い体位で動きをぴたっと止めて、わたしの出方を待っている。

ドアを叩いて声をかける。

「父さん……聞こえる？」

音を立てずに、自分たちのやけに大きな息遣いに耳を澄ましている。

「父さん、あたし、眠れない」

ふたりはたがいの目をのぞきこむ。男の目は、どうしたものか？　と言い、女の目は、わたしの知ったことじゃない、と言っている。

「父さん、あたし、変な感じがして。どうすればいい？」

102

とぼとぼと台所まで戻る。カーテンのない窓から月明かりが射しこんで、なにものっていないテーブルを照らしている。流しには皿が一枚、カップが二つ、これから洗われるのを待っている。珈琲ポットはまだ温かい。その気になればわたしも珈琲が飲める。

103

白いドアの握りを撫でる。手がべたついてる。

「父さん……ちょっといい？」

わたしはノブをまわす。掛け金は動くけれどドアは開かない。鍵をかけたんだ。

ドア越しに父の息遣いが聞こえる。わたしは握り拳を作って思い切りドアを叩く。父が咳払いをして、冷静を装う声で言う。

「もう遅い。話は明日にしよう。行って寝なさい」

父が口をきいた。わたしが入れないようドアに鍵をかけなければと思った父が、いま、わたしに話しかけなければと思っている。

わたしはまた、どんどんとドアを叩く。父はどう出るか？

鍵がかちりという。微かにドアが開いて、そのすきまから腕がくねるようにこっちに向かってくる。黒い毛の生えたところから上は乳白色の、その腕が、即座にわたしの手首をつかみ、あのごつい手の力でわたしを押しつぶさんばかりだ。わたしはひるむが絶対に泣き声はあげない。玉(とう)蜀黍(もろこし)の皮を一気にひんむくような、きしきしと耳障りな音は、父のささやく声だ。怒り狂っている。

「寝なさい！　言ってることがわからないのか？」

「わからない！　あたし、寝たくない！」

これはわたしの涙ではない、わたしを通過する涙にすぎない、わたしが通過させる尿が尿にすぎないように。

ごつい手がわたしの腕を這いのぼって肘をつかむ。わたしは下へ下へと押さえこまれて、頭が扉の枠にぶつかる。痛みは感じない。わたしの人生でなにかが起きてる、孤独よりはましだ、わたしは満足する。

「止めなさい！　もうこれ以上俺をイライラさせるな！　行きなさい！」

いきなり突き放される。ドアがばたんと閉まる。鍵がかかる。

104

ドア向かいの壁を背にして、わたしはしゃがみこむ。がっくりと首を垂れる。喉から出てくるのは泣き声ではない、呻き声ではない、声ではなくて風だ。星々から吹きはじめて、荒れすさぶ極地を撫でるように吹いて、わたしを吹き抜けていく風。風は白く、風は黒く、なにも語らない。

105

父が立ってわたしを見下ろしている。きちんと服を着て、主人としての完璧な姿に戻っている。わたしはドレスがずりあがり、膝も、黒い靴下も、脚先の靴もまる見えだ。父になにが見えているか、そんなことはこの際どうでもいい。風はいまもひゅうひゅうとわたしを吹き抜けている、でもいまは優しく吹いている。

「さあ、いい子だから、もう寝よう」

口調は柔らかだけど、なんでも聞こえるわたしには、尖った怒りが聞き取れて、あれは見せかけの柔らかさだとわかる。

父はわたしの手首をつかみ、だらりとした人形のような体を引っ張りあげる。もしも父が手を放せばわたしは崩れ落ちる。この体になにが起きているかなんてどうでもいい。もしも父が靴の踵で踏みつけてぐしゃぐしゃにしたいというなら、逆らうつもりはない。わたしは肩をつかまれ、廊下を通って家の端にある独房まで連れていかれるモノだ。廊下は延々と続き、足音は雷のように響いて、冷たい風が着々とこの顔を蝕(むしば)みながら、わたしから滴る涙を貪り喰らっている。風はいたるところに吹いて、どの穴からも起きて、あらゆるものを石に変える、はるか彼方の星々の、氷河のように芯まで凍った石に。わたしたちが決して目にすることがないその星々は、闇と無知のなかで無限から無限へみずからの命を生きている。恒星と惑星を混同していなければいいのだけれど。風はわたしの部屋から吹いて、鍵穴をくぐり、すきまを抜ける。あのドアが開くとき、わたしはその風に呑みこまれる。あの黒い渦の口元に立って、聞かれもせず、触れられもせず、この体の原子と原子の空間で唸りをあげる風に、この目の奥の眼窩で吹きすさぶ風に、すっぽり呑みこまれてしまう。

106

見慣れた緑色のベッドカバーの上に、父はわたしを横たえる。足を持ちあげてなんとか靴を脱がせる。ドレスをきれいに整える。それ以上父になにができる？　大胆になにかする気か？　またあの優しい口調に戻っている。

「さあ、おやすみ、いい子だから、もう遅い」

　わたしの額に手をあてる。針金をじかに曲げるごつい手だ。すごく柔らかい、すごく気持ちがいい！　でも父の知りたいのは、熱があるかどうか、わたしが荒れ狂った理由が細菌のせいかどうかだ。細菌はいない、わたしの肉は細菌には棲み心地が悪すぎる、と教えてあげたほうがいいかな？

107

父はわたしを置き去りにした。ぐったり疲れて横になっていると、ベッドのまわりで世界がぐるぐるまわる。話しかけ、話しかけられ、手で触れて、触れられた。だからわたしはもう、頭のなかでどこからともなくあらわれて、どこへともなく消えていく、ことばの痕跡にすぎないわけではない。宇宙の虚空を貫く一筋の光、流れ星（今夜はやけに星の話が多くなるけど）以上のものだ。だとしたら、このまま寝返りをうって、服を着たまま眠ってしまわない理由はなんだろう？朝になって目が覚めて、控えめな態度で皿を洗い、ご褒美を待てばいいじゃないか。もしも正義が宇宙に行きわたるなら、ご褒美は間違いなくもらえるんだから。そうせずに、心のなかで、なぜこのまま服を着て眠ってしまわないのかという疑問を何度も何度も転がしている理由はなんだろう？

108

夕食を知らせる鐘が食器棚のいつもの位置にある。もっと大きいのがよかったのに、じゃらんじゃらんとうるさいくらいの音を出すやつが、学校の鐘みたいなのが好きなのに。そういえば屋根裏の物置のどこかに学校で使っていた古い鐘が仕舞いこまれていなかったかな、埃をびっしりかぶって、命を吹き返すのを待っているんじゃないか。過去に学校があったならだけど。でもわたしには探す暇はない（とはいえ鼠がかさこそ走る音や、蝙蝠が翼を動かす音や、復讐をもくろむ者がベッド上方を幽霊のように歩きまわる音を聞いたら、あの人たち、度肝を抜かれたりしないかな?)。わたしは裸足で、猫のように音無しの構えで、鐘の舌を包み、廊下を忍び足で進み、鍵穴に耳をつける。物音がしない。彼らは横になって息を殺し、ふたりして固唾を呑んで、はらはらしながらわたしの出方を待っているんだろうか？　もう眠ってしまったのか？　それとも横になって抱き合っているのか？　ことはそのようになされるのか？　糊づけされた蝿みたいに、聞き取れないほど小さな動きで？

109

ちりんちりん――鐘は連続した、軽い、上品な音を立てる。
　右手でそれを鳴らすのに疲れると、左手に持ち替える。
　前回ここに立っていたときより気分はいい。気持ちがずっと落ち着いている。ハミングを始める。鐘に合わせようとする。音程が最初は定まらないけれど、ぴたっと合うところを見つけて安定する。

110

いつのまにか時がすぎて、霧が濃くなり薄くなり、やがて行手の闇に呑みこまれる。苦痛だと思っていたものが消えはじめる、それは淋しさにすぎないのだけれど。固まっていた顔がほぐれていって、わたしはまた柔らかくなり、柔らかい人間という動物になり、哺乳動物に戻る。鐘が韻律を見つけてくれた。四つの弱拍、四つの強拍、それに合わせて、最初は太い筋肉に、それから微細な筋肉にビブラートをかけはじめる。深い悲しみがわたしから離れていく。小さな小枝のような生き物が、わたしから這いだして、消滅へ向かう。

111

すべてがまた上手くいきそう。

112

殴られる。それが起きたことだ。わたしは思いきり頭を殴られる。血の臭いがして、耳がどくどく鳴る。鐘がわたしの手からもぎ取られる。鐘が床にぶつかって、すさまじい音を立てて廊下のはるか向こうまで、右へ左へ転がっていくのが聞こえる。鐘ならそうなる。意味のわからない怒鳴り声が廊下いっぱいに響きわたる。わたしは壁をずり落ちて床に座る、でも気は抜かない。血の味がする。鼻から血が出ている。血を飲みこみながら、舌を突きだすときは、唇の上で血の味も確かめる。

最後に殴られたのはいつだったか？　思いだせない。たぶんこれまでに殴られたことは一度もなかった、大切にされてきただけなんじゃないのか、信じがたいけど。大切にされて、叱られて、殴られた。殴られても傷つかない、でも侮辱は受ける。わたしは侮辱されて憤慨する。一瞬前のわたしは未経験(ヴァージン)だった、いまは違う、殴打のことだけど。

怒鳴り声の余韻があたりにこもっている、熱のように、煙のように。その気になれば手を伸ばして、濃密な塊をかき混ぜることもできそう。

じわじわと巨大な白い帆布がわたしの上に張りだしてくる。空気には雑音がぎっしり詰まっている。目を閉じて開口部をできるだけ塞ぐ。雑音が漏れてわたしの内部に侵入してくる。わたしはじゃらじゃらと音を立てはじめる。胃から吐き気がこみあげる。

また殴打の音がする、木と木がぶつかる音だ。遠く、はるか遠くで、かちゃかちゃと鍵の音がする。空気がまだ震えているけど、わたしはまたひとりだ。

わたしは罰せられた。邪魔者だったからこうして罰を受けている。手持ちの時間があるうちに考えなければいけないことはそれだ。

まだ壁にもたれたままだ。心地良く、ぼんやりして、気だるいくらい。思考力が戻ってきても、それは思考なのか夢なのか、見分けがつかない。

自分の読書経験を信頼するなら、世界には広大な地域があって、そこではいつも雪が降っている。

シベリアかアラスカのどこかに、あたり一面に広がる雪原があって、そのまんなかに一本の柱があり、斜めにかしいで朽ちている。真昼かもしれない、でも光はとてもおぼろで、夕方のよう。ただ粉雪が降りしきる。見はるかす雪原が続くほか、なにも見えない。

113

玄関のドア近くに帽子掛けがある、本来雨傘が差してある場所だ。といっても雨が降ったらこの土地の人が顔をあげて、口に熱い雨滴を嬉々として受けたりせずに、雨傘を使ったらの話だけど、そこに二丁の銃が立ててある。一丁は山鶉(やまうずら)や野兎をしとめる二連発の猟銃、もう一丁はリー・エンフィールドとして知られるライフル銃だ。リー・エンフィールドには二千ヤード（約一八二九メートル）まで射程距離を定める目盛りがついている。驚異的だ。

散弾銃のカートリッジがどこに仕舞ってあるかは知らない。でも帽子掛けの小さな抽斗には、長年放りこまれてきた不揃いのボタンやピンといっしょに、先の尖ったブロンズの.303カートリッジが六個入っている。手探りでそれを見つける。

人はわたしを見ても銃の使い方を知っているとは思わないだろう。でも知っているのだ。わたしには人が思いもよらないことがいくつかある。暗闇で弾倉に弾を装填できるかどうかとなると自信はないけど、銃尾にカートリッジを滑りこませてボルトをスライドさせることはできる。いつもはかさかさに乾いている手のひらが不気味なほど粘ついている。

114

落ち着かない、でも自分が行動しはじめたことはわかっている。空虚がわたしのどこかに滑りこんでしまった。これから起きることに少しも満足できない。暗闇に立って、鐘(ベル)を鳴らしながらハミングしていたときは、満足していた。でも、もしも戻っていって家具の下を手で探り、鐘(ベル)を見つけて蜘蛛の巣を拭き取り、立ちあがってそれを鳴らしながらハミングしても、あの幸福感を取り戻せるとは思えない。二度と取り戻せないことってあるんだ。たぶんそれが過去の実感の証なんだ。

115

落ち着かない。自分に起きていることが信じられない。首を横に振ると、突然、なんで今夜は自分のベッドでぐっすり眠ってないのかわからなくなる。なんで父が今夜は自分のベッドでぐっすり眠ってないのかわからない、なんでヘンドリックの妻にしても、今夜はヘンドリックといっしょに自分たちのベッドでぐっすり眠ってないのかわからない。やっていることの裏にある必然性がわからない。わたしたちなどふっと浮かんだ気まぐれにすぎないのに、次から次へ移る気まぐれなのに。こんな暮らしなんてからっぽだと、こうして暮らしてる荒野みたいにからっぽなんだと、なんで認めようとしないんだろう？　羊の頭数を数えながら、のんきにカップを洗いながら一生暮らせばいいじゃないか。なんでこの人生の物語が興味深いものでなくちゃいけないのか、わからない。すべてを再考してみる。

116

銃弾は薬室にぴたりと収まった。わたし自身の堕落はどこに収まっているのか？　立ち止まって再考しても、自分は間違いなくやるなと思うんだから。たぶんわたしに欠けているのは立ち向かう決意だ。鍋やら皿やら今夜もまたおなじ枕かとうんざりすることにではなく、語っているとうんざりしてきて、黙っているのと大差なくなる歴史に立ち向かう決意だ。わたしに欠けているのは、語ることをやめる勇気であり、死んで、生まれる前の沈黙へ戻る勇気だ。この重たい銃を担いで作りだす歴史は、逆上して嘘八百をならべる戯れ言にすぎない。わたしもまた、銃弾を使わなければ自分から外部世界に関われないほど中身のない人間なのか？　ありえない人物、武装したレディ、星明かりの夜にするりと外へ出ながらそんな不安に駆られる。

117

庭は銀青色の光に満ちている。倉庫と馬車小屋の水漆喰を塗った白壁が幽霊のように蒼白く浮かびあがる。はるか遠くの畑で風車の羽根がきらりと光る。ピストンが低く唸ってどんと地響きを立てるのが夜風に運ばれて、微かながらはっきりと聞こえる。自分が生きているこの世界の美しさに息を呑む。これと似たようなことは書物でも読める。死刑を宣告された男たちが絞首台や断頭台へ向かうときは、目から鱗が落ちて、大いなる純化の瞬間に、自分が死ななければならないことを痛切に嘆きながらも、この世に生を受けたことに感謝するというのだ。ひょっとすると忠誠を誓う相手を太陽から月へ鞍替えすべきかもしれない。

物音が聞こえるが、ここの音ではない。ときに微かに、ときに強く、ジステンパーに罹った犬がくんくん、きゃんきゃんと鳴き、ぜいぜい喘ぐような音が休みなく続いている。でもそれは犬ではなく、猿か、人間か、複数の人間がどこか屋敷の裏手で立てている音だ。

銃をトレーのように体の前に構えて、砂利のあいだを忍び足で進み、馬車小屋の横をまわって裏手に出る。屋敷の壁づたいに見えるのはひと塊の影だ。その影のなかに台所のドアを背にしているのは、犬でも猿でもなく人間で（近づくと見えてきた）、なんとヘンドリック、ここにいてはいけない男だ。わたしを見て、彼が立てていた雑音というかぶつぶつ言っていた声が止む。近づくとヘンドリックは一瞬立ちあがるそぶりを見せて、がっくりとしゃがみこむ。両手を、手のひらを、こっちへ突きだしている。

「撃たんでくれ！」とヘンドリック。ジョークだ。

わたしの指は引き金から離れない。さしあたり見かけには騙されない。ヘンドリックから立ちのぼる臭いはワインではなくブランデーだ。ブランデーを誰かから手に入れるとしたら、父しか考えられない。ということは、買収されたのか、出し抜かれたんじゃなくて。

後ろ手に台所のドアを支えに彼は立ちあがろうとする。帽子が膝から地面に落ちる。手を伸ばしてそれを取ろうとするが、ゆっくりと横に倒れる。

「俺です」と言って空いている手を銃口に向かって突きだすが、とても銃までとどかない。わたしは一歩後ろに下がる。

ヘンドリックがドア口に横向きになって寝ころび、膝を抱えあげて、わたしがいるのを忘れておいおい泣きだす。そうか、雑音の正体はこれだったのか。しゃくりあげるたびに踵がちょっと蹴りだされる。

彼のためにわたしにできることはない。

「それじゃ風邪ひくよ、ヘンドリック」

118

父の部屋のドアはわたしが入れないよう鍵がかかっているけれど、窓はこれまで通り開いている。今夜は、ほかの人間の立てる音をさんざん聞いた。だから考えたりせずにすばやく行動しなければ、それに耳は塞げないので自分にそっとハミングしなければ。ライフルの銃身をカーテンとカーテンのあいだにするりと差しこむ。銃床を窓枠に固定して銃口を上げていき、照準を室内の遠くの天井にきっちり合わせて、目を閉じて引き金を引く。

これまで、屋内で銃が発射される音を聞く機会に恵まれなかった。銃声が丘から丘へこだまして、寄せては返す波のように聞こえることに慣れてきたのだ。でも今回は銃の台尻が肩にがつんとくるだけで、衝撃はどうってことはなく、ありきたりで、それから一瞬の沈黙があって最初の叫び声があがる。

その叫びを聞きながらコルダイト爆薬の煙を嗅ぐ。鉄鉱石に鉄鉱石をぶつけると火花が散って、これに似たくらくらするような煙が立つ。

119

じつは、これまでこんな金切り声を聞いたことがなかったのだ。声は暗い寝室を華麗な輝きで満たし、突き抜けていく壁が硝子のよう。疲れるとひっくひっく小さな嗚咽（おえつ）になり、すぐにまた爆（は）

ぜるように叫びが始まる。これはすごい。こんなに大きな金切り声をあげられるなんて。

ボルトが戻って、からの薬莢（やっきょう）が足元でからんと音を立てる。二つ目の、冷たく、違和感のあるカートリッジが銃尾に滑りこむ。

叫び声が短くなってリズムがついてくる。ほかにも低い怒ったような音がいくつも聞こえるがリズムはない。この違いはあとで時間のあるときに、思いだせたら考えよう。

銃身を持ちあげて、目を閉じて引き金を引く。その瞬間、ライフルが勢いづいて手から飛びだす。爆音はさっきより単調だ。ライフルがすっぽり手から抜けてしまうなんてびっくり。するりとカーテンのすきまに消えてしまった。がっくりと膝をつくわたしの手はからっぽだ。

120

ここから離れたほうがいい。厄介（やっかい）な事をやらかしたんだから、胃のあたりが興奮でむかむかする。彼らにとって夜は台無し。間違いなくわたしはこの代償を払うことになる。とりあえずいまは独りになるのがいちばんだ。

121

ヘンドリックが月明かりの照らす庭のまんなかに立って、わたしを見ている。なにを考えているか見当もつかない。

彼には、冷静で、きちんとしたことばで話しかける。「寝なさい、ヘンドリック。もう遅いから。明日という日があるんだから」

ヘンドリックが左右に大きく身を揺らす。顔は帽子の影になって見えない。

金切り声がだんだん小さくなってきた。わたしが立ち去るのがみんなにとっていちばんだ。

ヘンドリックをぐるっと迂回して、農場の屋敷から遠ざかる道をたどる。視点を変えれば、より広い世界へ向かう道と言ってもいいいか。最初は背中が無防備に感じられたけど、それもだんだん薄らいでいく。

122

やったことをすべて説明することができるだろうか？　説明することばはわたしのなかにあって、缶に入れた鍵みたいに、からんからんと音を立てながら、取りだされて謎解きに使われるのを待っているんだろうか？　その鍵とは、父との対立を媒介に、付き合う相手さえいない自分について、ぐだぐだといつまでも考える瞑想からこの身を引きあげて、山場と大団円を備えた本場ギリシア喜劇の論争（アゴーン）にしたい、という願望だろうか？　そうであれば、その鍵をわたしは使いたいのか？　それとも鍵なんか黙って道端に捨てて、二度と見たくないと思っているのか？　それにしても、立ちまわりのシーンを後にして、銃撃と金切り声と邪魔の入った快楽の場から歩み去ろうとしてるなんて、大したもんじゃないか？　靴が小石にぶつかって音を立て、月光が銀格子のように重くのしかかり、夜の微風がだんだん冷たくなってきて、次の瞬間わたしはモノの世界で迷子になって、早口でしゃべりまくることばの世界へ戻っていくのか？　わたしって、あまたあるモノとして見ると、筋力と骨の梃子で軌道に乗せられた体なのか？　それとも、地面から約五フィートの高さで時を駆け抜けるモノローグなのか、その地面もまた別の一語にすぎないとわかれば、今度こそわたしは本当に迷子になってしまうのか？　いずれにしても、自分はそうありたいと思うほどはっきりした自分ではない。いつになったら今夜やったことを忘れてしまえるんだろ？　黙って口をつぐんでいればよかった、やるんなら、もう少し気合いを入れるべきだった。ヘンドリックがやけに悲しそうにしてるのが嫌だったんで、および腰になってしまった。赤い血が流れる女なら（わたしの血は何色？　水っぽい桃色？　墨っぽい紫色？）彼の手に手斧を押しこみ、さっさと屋敷に入って復讐してこい、と尻を叩いていただろう。自分の人生の物語は自分で書くと断固決意した女なら、ひるまずにさっとカーテンを開けて、罪業の場にたっぷりと光を、月の光を、松明の光を浴びせたはずだ。でもわたしは、自分でも心配した通り、活劇の立ちまわりと瞑想の気だるさのはざまで宙吊りになってる。銃の狙いを定めて引き金を引きはしたが、目は閉じていた。そうさせたのは女としての意気地のなさのせいだけではない。秘かな論理、心理があったからで、目をつぶれば父の裸体を見ずにすんだからだ。（手を伸ばしてヘンドリックを慰めてやれなかったのも、たぶんおなじ心理だ。）（あの娘の裸体のことにぜんぜん触れてないのは、なぜだ？）心理学を手にしているのは大いなる慰めだけれど――だって心理を理解する能力に恵まれながら存在を欠いた生き物がこれまでいただろうか？――そこには不安を引き起こす要因もある。わたしは無意識の動機を語る話のなかで、誰が創った生き物になるのか？　わたしの自由は危うく、自分で制御できない力が働いて、わたしは窮地に追い詰められてへたりこむ、となれば筋肉をひくひく痙攣（けいれん）させながら泣くしかなくなる。その窮地とやらが、いまこの瞬間、公道を延々と歩くことだとしても大差はない。だってわたしは道の果てで地球がまるいことを発見することになるんだし、窮地っていろんな形をしてるんだから。でも路上生活の装備がないじゃないか。つまり、足腰が立つうちは物質的必要に迫られても無視して、蝗（いなご）と雨水と予備の靴さえあればどこまでも歩いて行けるとたかをくくってるけど、本当は、これから出会う宿屋の主人とか、騎乗御者とか、追い剝ぎなんかと丁々発止とやり合う胆力がないってことだ。でも、もしもわたしが投げこまれているのが、冒険とか、強姦（ごうかん）と強盗とか、そういうのがある世紀だとしたら、剝ぎ取る価値のあるものをわたしが持ってるってことでも強姦する価値があるってことでもなくて、記憶される場面になるってことで、でもそれは予期しなかった人たちに起きることだ。それで、もしも道がこんなふうにずっと続くなら、いまは暗くて曲がりくねって石ころだらけでも、もしも蹴つまずきながら月光の下であれ陽光の下であれ、どっちだってかまわないけど、アルムダや駅や娘たちが身を滅ぼす都市なんて場所に出ないでずっと歩いていけるなら、もしもびっくり仰天、何日たっても、何週間たっても、季節がいくつめぐっても、道がどこにも出なかったら、たぶんそれはなさそうだけど、かりにわたしが幸運にも世界の縁（へり）まで達したら、路上生活を語る話にこの身を捧げることになるかもしれない。心理学なしで、冒険なしで、形式とか様式もなしで、とぼとぼとこれまで通り古い編上靴で歩いていく話にこの身を捧げることになるかもしれない。でも靴はもうぼろぼろ、でもすぐに、黒い乳房みたいに首から紐でぶらさげてきた新しい編上靴に履き替えて、たまに蝗（いなご）や雨水のために立ち止まって、ごくたまに生理的欲求のために立ち止まって、それでも、うとうと夢見るための休みはしっかり取る。眠らなければ人は死んでしまうから。そうやって白地に黒のわたしの瞑想リボンが、地上五フィートのところを霧のように浮遊しながら地平線まで伸びていく――そう、そんな人生にならこの身を捧げてもいいかもしれない。もしもそれが自分に求められたすべてだとわかったら、たちまち歩調が早まり、歩幅もぐんと広がり、腰は思い切りスウィングして、感謝と微笑みを道連れに前途洋々の旅路をたどりそう。ところがわたしには疑う理性があって、いや理性じゃないか、ここは理性の出番じゃないな、なんだか怪しいと思う純粋で単純な猜疑心（さいぎしん）というか、いわれなき疑念があって、この道の行き先は、もし分岐点で右に曲がればアルムダなんて黒人居住区（ロケーション）へ、もし左に曲がれば駅へ出てしまいそうだ。もし枕木に沿って南へ行くならそのうち海辺に出るだろうから、そのときは波の音を聞きながら海岸を歩くことができる、それともまっすぐ海まで歩いていけば、奇跡は起きないにしても、海に付随するメカニズムに容赦なく駆り立てられて、わたしの頭部は海中に沈み、ことばのリボンはついに、永遠に、逆巻く波の泡と消えるだろう。それに、首から予備の靴をぶらさげて、蝗が飛びだすハンドバッグを持ったわたしを、訝（いぶか）しげに見る汽車の乗客たちになんて言うつもり？――親切そうな白髪の老紳士、黒い綿の服を着て上唇の汗をハンケチでひどくお上品に拭うふくよかなご婦人、全身をしゃちこばらせて一心にわたしを見つめる若者、じつはそれが、世紀にもよるけど、大昔にいなくなった兄の片割れか女たらし、いや、兄の片割れで女たらしだと判明しそうなときに？　彼らにどんなことばをかければいい？　わたしが口を開く、虫歯だらけの歯が見える、腐った歯茎が異臭を放つ、彼らが蒼ざめると、どこからともなく吹いてきてどこへともなく去っていく風が、お馴染みの冷たくて黒い風が、このわたしから彼らに向かって吹きつける、唸りをあげていつまでも。

123

父は床に座っている。巨大なダブルベッドの足元の板に背中を支えられて。このダブルベッドでわれらが家族の、じつに多くの繁殖行動が展開されてきたのだ。腰まで裸の父は肌が百合のように白い。顔は、前腕とおなじ茶褐色をしているはずだが、黄色い。まっすぐこっちを見ている。口に手をあて、早朝の光をあびながら立っているわたしを。

下半身が緑色に覆われている。緑色のカーテンを引っ張りおろしたんだ、カーテンレールまで。部屋がこんなに明るいのはそのせいだ。父が腰に巻きつけているのはそのカーテンだ。

わたしたちはたがいに見つめ合う。父の顔からなんとか表情を読み取ろうとするが、無理だ。読み取る能力がわたしから消えている。

124

家のなかのドアを閉めてまわる——居間の二つのドア、食堂の二つのドア、寝室のドア、寝室のドア、裁縫室のドア、書斎のドア、浴室のドア、寝室のドア、台所のドア、食料貯蔵室のドア、わたしの部屋のドア。いくつかのドアはすでに閉まっている。

125

カップはまだ洗われていない。

126

父の部屋に蠅がいる。あたりかまわずぶんぶん飛びまわる音がむさ苦しい。蠅が顔を這いまわっているのに、父は追い払おうともしない。いつだって潔癖なほど小うるさい男だったのに。蠅の群がる手が血で赤く染まっている。血は床に飛び散って乾き、カーテンにもこびりついている。わたしは血を見ても気分が悪くなったりしない。ことあるごとにブラッドソーセージを作ってきたからだ。でも今回はちょっと部屋から出て、散歩でもして頭をすっきりさせたほうがいいんじゃないかと思いながら、そこにいる、その場に捕縛されている。

父が長々と咳払いをして、口を開く。「ヘンドリックを連れてこい。ヘンドリックに来いと言ってくれ、頼む」

体に押しつけていた血だらけのカーテンの塊から、わたしが指を一本いっぽん広げても父は逆らわない。腹部に大きな穴があいている。親指が入りそうなほど大きい。穴のまわりの肉が焼け焦げている。

父の手がカーテンの隅をつかんで、性器を隠す。

またヘマをやってしまった。ちゃんとやれてないな、わたしは、カーテンの塊をもとに戻す。

127

いま、わたしは走っている。こんなふうに走ったのは子供のころ以来だ。拳を握りしめて、腕を懸命に振って、足が必死に川床の灰色の砂を踏みしだいている。自分に課された使命に全身全霊で打ちこみ、振り返らずに行動する、災厄への衝動に駆られて、空を切って走る百ポンドの動物になって。

128

ヘンドリックが敷布なしの布団で眠っている。上からかがみこむと、すごい異臭が鼻を突く、酒と尿だ。寝ぼけた耳に、わたしは息を切らしながらことばを吐きかける。「ヘンドリック、起きて、目を覚まして！　ご主人が事故に遭った！　来て、手伝いなさい！」

　ヘンドリックが両腕を乱暴に振りまわす。腕がわたしにあたると、ひと言、ふた言叫んで、また人事不省に陥る。

　あの娘がいない。どこへ行った？

　わたしはヘンドリックにモノを投げつけはじめる。薬缶、スプーン、ナイフ、皿、手あたり次第だ。箒の柄をつかんで、穂先で荒っぽく顔を突つく。ヘンドリックは両腕でかわしながら、ベッドから転げ落ちる。わたしの突きは止まらない。「話をしてるときはちゃんと聞きなさい！」と言って息を継ぐ。怒り狂って我を忘れている。薬缶の水がじわじわとマットレスに染みる。ヘンドリックはドアのほうへじりじり進んで、敷居の上で大の字になる。陽の光のまぶしさにまた身をまるめて、埃のなかで横向きになる。

「瓶はどこ？　言いなさい！　ブランデーはどこ？　どこでブランデーを手に入れたの？」箒を握って彼を見下ろすように立ち、とにかく、この場面を見ている人がいなくて良かったと思う。いい大人の男と、いい大人の女が。

「ほっといてください、いい大人の女が」

「どこでブランデーを手に入れたの？」

「バースがくれたんです、ミス！　盗んじゃいない」

「立って、よく聞きなさい。バースが事故に遭った。わかった？　来て手伝いなさい」

「はい、ミス」

ヘンドリックはなんとか立ちあがり、ふらつき、よろけて、また倒れる。わたしが箒を高く持ちあげる。ヘンドリックが恨みがましく、護身のために片足をあげる。

「さあっ、頼むからさっさと動いて」金切り声になってる。「あんたが手伝わないとバースは死ぬよ、そうなるとわたしのせいじゃなくなるからね！」

「ちょっと待ってください、ミス、どうにも動けない」

ヘンドリックは立ちあがろうとしない。地面に寝転がったまま、にやっと笑う。

「飲んだくれめ、薄汚い飲んだくれ、おまえなんかここで終わりだ、絶対に！　荷物をまとめて出ていけ！　金輪際おまえの顔なんか見たくない」箒の柄で彼の靴裏をどんと突くと、箒が空転してわたしの手から逃げる。

129

また喘ぎながら川床を走っている。あふれる川の水が怒号をあげながら押し寄せて、わたしたちも羊も押し流して、大地をきれいさっぱり掃除してくれるといいのに！　たぶんそれで話は終わりになるだろう。屋敷が燃え落ちなくても。でも淡い菫色の曙光（しょこう）は跡形もなく消えてしまい、また好天の一日が始まっている。もしもわたしが、空は晴れているだけで、大地は乾いているだけで、岩は固いだけだと知らなかったら、空って無情だと言うんだろうな。意識のないこの宇宙で生きてるってべらぼうな煉獄！　わたし以外あらゆるものがそれ自体で存在する宇宙で生きるって！　わたしひとりが、小さな点として、盲目状態で回転せずに、それ自体の生を創造しようとしている、この怒濤の物質のただなかで、欲求に駆り立てられる肉体に囲まれて、このど田舎の愚かさに埋もれたまま！　鳩尾（みぞおち）のあたりがこみあげてくる、走るのは慣れてないんだ、足を踏みだすと大きな屁（おなら）が出る。都会に住めたらよかった。強欲、それはわたしにも理解できる悪徳だ。たぶん都会なら羽を広げる余地がわたしにもありそう、たぶんまだ遅くない、たぶんまだ都会へ逃げていける、男に、しょぼくれた髭のない小男に変装して、思い切り欲深く行動して、大きな富を築いて幸福を見つける、いや、幸福ってのは見つかりそうにないか。

130

寝室の窓のところに立つと息が速くなる。「ヘンドリックは来ない。酔っ払ってる。父さんはブランデーなんかあげちゃだめだった。飲み慣れてないんだから」

昨夜のライフル銃が窓近くの床に落ちている。

父の顔が黄疸(おうだん)みたいに黄色い。つかんだカーテンを引き寄せて、さっきとおなじ姿勢で座っている。顔をこっちへ向けようとしない。わたしの言ったことが聞こえたのか、はっきりしない。

131

父を見下ろすようにして膝をつく。父はなにもない壁をにらんでいるが、その視線は壁の向こうの一点に集中していて、たぶん無限を見ているか、ひょっとしたら彼の救い主を見ているのかもしれない。死んでる？　これまで天然痘や流行性感冒(インフルエンザ)が流行っても、わたしは豚より大きなものが死んだのは見たことがない。

父の息がわたしの鼻孔を直撃する、熱っぽく、嫌な感じだ。

「水」と父がささやく。

水の入ったバケツには羽虫が浮いている。それをすくって捨てて、コップいっぱいまず自分が飲む。それからコップを満たして父の口にあてる。父が勢いよく飲むのでほっとする。

「ベッドに寝られるように手を貸そうか？」

父が呻き声をあげる。歯を食いしばり、浅い息をするたびに呻く。カーテンの下から突きでている爪先が、まるまっては広がる。

「助けてくれ。すぐに医者を呼んで」とささやく父のほおを、涙が流れ落ちる。

わたしは父にまたがり、腋の下をつかんで立たせようとする。父はわたしの動きに合わせようとしない。

赤ん坊のように泣いている。

「助けてくれ、助けてくれ、すごく痛い！　すぐに、とにかく痛みを止めてくれ！」

「もうブランデーはないよ。父さんがぜんぶヘンドリックにあげちゃったから。必要なときにないんだ」

「助けてくれ、我慢できない、こんな痛みは初めてだ！」

132

足裏が床にくっついて気持ちが悪い。なにをするでもなく、どこへ行くでもなく、家のなかを歩きまわる、どすどすと床を踏んで足跡を残しながら、あとで掃除しなければならないのはわかっているのに。

父は血の海のなかに、お漏らしをした赤ん坊のように座っている。

133

川床を横切る、これで三度目だ。今回ばかりは足が重い、疲れて、うんざりして。肩から紐（スリング）でライフル銃をかけて。台尻がふくらはぎにばんばんあたる。古参の活動家みたいな気分だ。でも傍目にはどう見えるんだろう。

ヘンドリックは仰向けにひっくり返って、いびきをかいている。悪臭を放つ男がもうひとり。

「ヘンドリック、すぐに立ちなさい、立たないと撃つよ。こざかしい駆け引きもいい加減にして。バースがあんたに用があるって」

本気だと伝えるときは、パニックになって叫んじゃダメで、静かに、じっくり考えて、断固たる態度でのぞむ。そうすれば相手は理解して従う。普遍的な真理を確認するってすごく楽しい。ヘンドリックがふらつきながら立ちあがり、わたしについてくる。ライフルを渡す。運ばせるためだ。銃尾のカートリッジはすべて使用済み。深夜前からずっとそう。見かけによらず、わたしは無害なのだ。

134

「ヘンドリック、肩の下を持って、ふたりがかりなら、ベッドまで持ちあげられる」

ヘンドリックが肩を持ち、わたしが膝を受け持って、父を乱れたベッドの上へ運ぶ。父が呻きながらぶつぶつ言っている。意識が混濁してるんだ。わたしは水の入った洗面器、スポンジ、石炭酸を運んでくる。

背中にぱっくりあいた傷口を見るのは初めてで、血はそこからじくじくと滲みでている。傷口から盛りあがる肉片が花びらのよう。周囲をそっと水で洗う。スポンジが傷口にあたると父はびくっと動く。でも、とにかく銃弾は抜けている。

傷がこんなに大きいんじゃ包帯が足りない。わたしは裁縫用の裁ち鋏でシーツを細長く裁ちはじめる。時間がかかる。ヘンドリックが所在なげにしているので、ご主人にたかる蠅を追い払うよう命じる。追い払うようすがなんともしゃちこばっている。

ヘンドリックが上半身を持ちあげているあいだに、二つの穴にガーゼを詰めて、分厚い胸部にぐるぐると包帯を巻く。性器は思っていたより小さく、臍(へそ)まで生えた藪のような黒い毛にあらかた埋もれている。地下室に閉じこめられて、長い歳月、パンと水だけで生き延びた、なまっちろい小僧、ちんちくりんで、短小のあほ息子が、話し相手は蜘蛛だけで、歌を歌っても聞かせる相手は自分だけ。それがある晩、真新しい衣裳を着せられて、自由になって、好き放題の饗宴(きょうえん)と飽食、あげくの果てに死刑執行ときた。哀れなやつ。わたしがあそこから出てきたなんて、その下にあるふにゃふにゃの塊のようなものから出てきたなんて、信じられない。かりに父が何年も前に想像したもの、それがわたしで、そのあと飽きて忘れられたと言われたら、怪しいと思いながらも、こんなに疑心暗鬼にならないのに。どうせ説明するなら、何年も前にわたし自身が想像したもので、頭からもう追い払えないっていうほうが納得できる。

ヘンドリックがわたしの勤勉な手と目に、せっせと仕事をこなす手と目に、決まりが悪そうだ。それでも女の手と目は、生白くて無防備なこの男根のごく近くをうろつきつづける。決まり悪そうなヘンドリックに気づいたわたしは、振り向いてにっこり笑いかける。心置きなく笑いかけるのは今日はこれが初めてだ。いや彼を知って長い歳月で、初めてかもしれない。ヘンドリックが目を伏せる。褐色の肌の人たちってほおを赤らめるのかな?

父の頭から清潔な寝巻きをすっぽりかぶせる。裾を膝まで下ろすとき、ヘンドリックの手を借りる。これで父は清潔、見苦しくなくなった。

「さあ、あとはようすを見るだけだね、ヘンドリック。台所に行ってなさい、わたしもすぐに行って珈琲を淹れるから」

135

というわけでここでいきなり、わたしはモラルの緊張状態のどまんなかに立っている。大袈裟じゃなくて。でもモラルの緊張状態なんて教えられずに大人になってしまった。どうしよう？　ヘンドリックの頭が素面に戻れば、事故が支配階級にありがちな奇行かどうか知りたがるだろう。咎めを受けるべきなのがわたしなら、そこに付けこめるかどうか、誰がいちばん恥ずべきか知りたがるだろう。彼かわたしか、わたしたちか彼らか、それで、誰が沈黙の代償をより多く払うかも知りたがるだろう。クライン・アナだって、いるところがわかれば、父と関係をもったことでわたしが怒っているのか仰天しているのか、知りたがるだろう。自分をヘンドリックから守ってくれるのか、これから自分を父に近づけないつもりか知りたがるだろう。ヘンドリックといっしょに農場から出ていかなければいけないのか、それともスキャンダルは口外無用となるのか知りたがるだろう。父が知りたがるのは、わたしにどんな懺悔をさせられるか、自分がいないときにわたしがあの娘と話をつけるかどうか、四人のあいだで父の怪我を説明するフィクションを、例えば猟に出かけて事故に遭ったとか、でっちあげるかどうかだ。わたしは細くすがめた目で見張られることになって、わたしの言うことはいちいち裏の意味を勘ぐられるようになる。返すことばはあたりさわりなく、どっちつかずで、不透明な膜に包まれていても、嘲りのニュアンスまでは隠しきれない。わたしの背後で交わされる目配せと忍び笑い。罪は犯された。罪人がいるはずだ。誰に罪がある？　となるとわたしはひどく分が悪い。忌まわしい心理学でいう内なる力がわたしを捕縛して、自分は罪を犯すつもりだった、父の死を強く望んでいた、と信じこませてしまうだろう。ヘンドリックとクライン・アナの黒い影がさりげなく背後で指を振ると、これからは自分が懺悔して罪をあがなう日々を送るのがわかる。父の傷を舐めて、クライン・アナを風呂に入れて父のベッドへ連れていき、ヘンドリックにはその手足となって仕えるのがわかる。朝まだきの薄闇のなかで、下女のなかの下女として火を熾し、ベッドにいるふたりに朝食を運んで、悪しざまに言われても祝福のことばを述べる。蛇はもうそこにいる、旧きエデンの園は死滅したんだ！

136

わたしは自分に嘘をついてる。事態はもっと悪い、ずっと悪い。父が良くなることはない。かつては牧歌的だった物語が息の詰まる物語になってしまった。兄と姉、妻や娘や妾まで、ベッドのまわりをうろついて悪態をつき、死ぬ前の喘鳴に耳を澄まして、先祖代々の屋敷の薄暗い廊下で探りを入れあう物語になっている。そんなのずるいじゃないか！　時の真空のなかに生み落とされたわたしには、姿を変えることが理解できない。わたしの才能はもっぱら内在的なもののためにある。物事の核となる炎や氷のようなアイデンティティのためにあるんだ。抒情詩こそがわたしの表現手段で、年代記ではない。この部屋のなかに立つと目に入るのは、ベッドで死にゆく主人としての父ではなく、玉の汗が浮かぶ額に陽の光が反射する邪悪な輝きだ。わたしが嗅ぐ血の臭いは、石や油や鉄を思わせる臭いだ。時空を超えて旅するものが、漆黒、空虚、無限を吸っては吐き、吸っては吐きながら、冥王星とか海王星とか生命のない惑星や、ひどく小さくてひどく遠いのでまだ発見されていない惑星の軌道を旅するときに嗅ぐ臭いだ。物質が古びて眠りにつきたいと思うときに発する臭いだ。ああ、父さん、父さん、あなたの秘密がわかればいいのに！　あなたの蜂の巣のような骨の内側に忍びこんで、骨髄のざわめきや神経繊維の歌に耳を澄まして、あなたの血潮にこの身を浮かせて、ついにたどり着いた静かな海には無数の兄や姉が尾をひらひらさせて泳いでいて、笑いながら来るべき生についてささやきかけてくる、そんな静かな海に出られたらいいのに！　もう一度チャンスが欲しい！　わたしをあなたのなかに消滅させて、清らかな新しい命として産みなおしてよ。愛しい魚、かわいい赤ちゃん、よく笑う幼子、幸せな子供、朗らかな少女、ほお赤らめる花嫁、情の深い妻、優しい母親になれるように、始まりと終わりのある物語のなかで、親切な隣人のいる田舎町で、ドアマットに猫が寝そべり、窓辺にはゼラニウムが咲いて、太陽は寛容で！　わたしは完全な失敗作だった！　白い魚の群れのなかに一匹だけ泳いでいた黒い魚、その黒い魚が選ばれてわたしになった。誰の妹でもなかったわたしは凶運そのもの、わたしは鮫、一匹の幼い黒い鮫だった。なんでそれに気づいて喉をかき切らなかったの？　しょうもないガキとして世界に放りだすなんて、どういう慈悲深い父だったの？　わたしのことなど気にかけたこともなかったくせに。手遅れにならないうちにさっさと潰して、呑みこんで、消してしまって！　わたしなんかきれいさっぱり消し去って！　ついでに、見張りながらひそひそやる人たちも、どこでもない場所のどまんなかにあるこの屋敷も一掃して！　文化的な環境でもう一度やりなおせるようにして！　起きあがって、わたしを抱擁して！　一度でいいから心あるところを見せて！　そうすればあなたの心のなかなど、それが最悪にケチな心だとしても、二度とのぞいたりしないから！　こんなおしゃべりもこれで終わり、もうなにもしゃべらない！　ことばが出てきたら火を点ける！　わからない？　こんなふうにわたしがしゃべるのは絶望のせいだって？　愛と絶望のせいだって？　話をしてよ！　口をきかせるには血のことばを浴びせなければいけないの？　これ以上どんなおぞましいことをわたしにしろっていうの？　この嘆願をあなたの肉にナイフで彫りこめって？　わたしに「はい」と言わずに死ねると思ってるの？　あなたのためなら、その肺から出る息をわたしが吸いこめないとでも？　その心臓をこの手で握ってポンプのように動かせないとでも？　あなたがちゃんとわたしを見ないうちに目に硬貨を置いたり、話してくれないうちに顎を縛ったりすると思ってるの？　あなたとわたしはこの部屋でいっしょに生きていくの！　わたしの思い通りになるまで、最後の審判の日まで、空から星が落ちるまで。　わたしはわたし！　いくらでも待つからね！

137

症状に変化はない。

なにもかも我慢の限界にきている。部屋から部屋へ歩きまわって目につく雑事をこなしたり、ヘンドリックとばか話をする胆力はない。なにも起きないし、起こせないのだ。ひたすら停滞が続く。わたしは親指をいじくり苛つく。雨でも降ればいいのに！　雷が落ちてフェルトが火事になればいいのに！　最後の恐竜の生き残りが貯水池の底に溜まったヘドロから立ちあがってくればいいのに！　ポニーに乗った裸の男たちが丘の麓からどっと出てきて、わたしたちを虐殺すればいいのに！　こんなありきたりな日々の退屈さから自分を救いだすにはどうすればいい？　なんでヘンドリックは自分の人生の喜びを台無しにした男の胸に、パン切りナイフを突き刺さないの？　なんでクライン・アナは隠れてる場所から、どこか知らないけど、出てきて夫の前にひざまずき、許しを乞い、平手打ちを喰らって、唾を吐きかけられて、仲直りしないの？　なんで自分の不倫相手のベッドサイドで涙を流さないの？　なんでヘンドリックはあんなに引きこもってるの？　なんで台所で辛抱強く待ったりしないで、わたしにつきまとい、にやりと笑いかけて、それとなく口止め料を匂わせないの？　なんで父はむっくり起きあがって、わたしたちに呪詛のことばを浴びせないの？　なんで活気づける仕事がわたしだけに任されてるの？　自分だけでなく、こうしている間にも刻々と、農場に住むほかの人たちみんなを、農場そのものを、石ころや棒切れにいたるまで、活気づけなければならないなんて。わたしは眠っていたと言ったけれど、そんなの嘘だ。毎晩白いナイトドレスを着て、角張った爪先を天上の星に向けてぐっすり眠ったと言った。でも、そんなのありえない。どうやって眠れる？　世界を把握するこの手から、一瞬でも力を抜いたら世界は崩れ落ちる――ヘンドリックと恥ずかしがりの花嫁はたがいの腕のなかで溶けて土埃になって、粉塵がはらはらと床に落ちて、蟋蟀が鳴きやんで、屋敷が線と角のぼやけた抽象になって、白っぽい空に溶解して、父は黒雲のようにふわふわ浮かんでわたしの脳内の隠れ家に吸いこまれて、熊みたいに壁を叩いて咆哮する。あとに残るのはわたしだけ。絶体絶命のその瞬間、わたしは実体のない大地のはるか上方の、実体のないベッドで眠りについていて、やがてなにもかもが消滅する。すべてはわたしをでっちあげるためのわたし自身のでっちあげだ。もうどうにも止まらない。

138

でも夢は見る。眠らないけど夢は見るのだ――どうやって見るかはわからない。夢にはブッシュが出てくる。陽が沈んで、月は暗く、星の光が弱すぎて、目の前にかざした手が見えないころ、夢に見るブッシュはこの世のものとは思えない光を発している。ブッシュの前に立ってじっと見つめると、ブッシュが深い夜の底からわたしを見つめ返す。するとわたしは眠くなる。あくびをして横になって眠る。眠りのなかで、最後の星が上方の空で姿を消す。でもブッシュは宇宙のなかでただひとり、いまや昏々(こんこん)と眠って前後不覚のわたしだけのために、輝く光を投じつづける。

それがわたしの燃えるブッシュの夢だ。これには間違いなく解釈の枠組みがあって、それによればブッシュをめぐるわたしの夢は父をめぐる夢とされる。でも、それじゃ父をめぐる夢はどういうことになる？

139

「驢馬に引き具をつけましょうか、ミス？」

「だめ、待って、いまご主人(バース)を動かしたら、もっと痛い思いをさせるだけだから」

140

娘は裁縫室にいた。夜中じゅうそこに隠れていたんだ、隅にうずくまって、寝室からの呻き声や屋外で砂利を踏む音に聞き耳を立てているうちに、床の上で布地にくるまって猫のように眠ってしまったんだ。探しだすと決めたら娘はあっけなく見つかった。育った家のことなら、微妙な気配まで、教えられなくてもわかるのだ。

「さあ、楽しいお遊びはもう終わり！　服はどこにあるの？　わたしの毛布は置いてって、自分の服があるでしょ。さあ、どうするの？　自分の亭主になんて言うの？　昨夜のこと、どう説明するつもり？　ほらあ、ちゃんとしゃべって、自分の亭主になんて言うつもり？　家のこんなところでなにしてたの？　雌犬め！　汚らわしい！　とんでもない面倒を起こしてくれたね！　おまえのせいだからね、このごたごたはぜんぶおまえのせいだ！　でもひとつだけ言っとく、出てきなさい、ヘンドリックもいっしょに、もううんざり！　泣かないで、泣いたって手遅れ。泣くんなら昨日にすればよかったんだ、今日になって泣いてもなんの役にも立たないよ！　服はどこ？　服を着なさい、裸で目の前で突っ立ってないで、服を着て、出てきなさい、もう顔も見たくない！　ヘンドリックに言ってあんたを連れにきてもらおう」

「お願いです、ミス、服がないんです」

「嘘つかないで、服は寝室にあるでしょ！　そこにいたんだから」

「はい、ミス。お願いです、殴られる、わたし」

　というわけで、意地悪な恨みつらみをその娘に滝のようにぶちまけながら、怒りと独りよがりで膨れあがったわたしは、しばし至福の幕間に、女のなかの女となって、勇猛な田舎の説教女の役を演じる。地でいけばいい、練習は不要だ、まわりの意気地なしたちが言い返してこないのを恨んでさえいればいいんだ。わたしは徹底したへそまがりだけど、それは周囲に果てしない空間があり、前にも後ろにも歴史が後退したような時間があり、こうしてうなだれる顔のなかに際限のない権力の証を見てしまうからだ。どっちに向かって拳を振ってもからまわり。気を滅入らせながら宇宙の境界を押し広げるしかないのか？　いかなるものもわたしから逃れられなくても不思議はないか？　ちっぽけなフェルトの花はそこにいるだけで凌辱されやすいことも、わたしの形而上学的征服に対抗するブッシュに憧れる夢を見ることも？　かわいそうなヘンドリック、かわいそうなアナ、ふたりにどんなチャンスがあるっていうの？

141

「ヘンドリック、いい、よく聞いて。アナは家にいる。起きてしまったことはすまないって言ってる、なにもかも。二度としないって、そう言ってる。あなたに許してほしいって。あの娘を外へ出してやってもいい？　面倒なことになる？　だって、ヘンドリック、この際はっきり言っておくけど、あんたが面倒を起こしたら、ふたりに見切りをつけるから、今日にも出てってもらうからね。わたしの考えははっきりさせておく。あんたとアナのあいだで起きたことはわたしにはいっさい関係ない。でもアナがわたしのところへ来て、あんたがひどいことしたって言ったら、タダじゃ済まないよ！」

「アナ！　ここに来なさい、すぐに！　ほら、急いで、大丈夫、なにもしないって！」

その子がもぞもぞと出てくる。また自分の服を着ている。膝丈の茶色のフロック、青いカーディガン、深紅のスカーフ。ヘンドリックのすぐ前に立ち、足の親指で砂利になにか描いている。顔に涙の筋をつけて。しきりと洟をすすっている。

ヘンドリックが口を開く。

「落ち着いてください、ミス、でも口出ししすぎです」

ヘンドリックがクライン・アナに向かって一歩踏みだす。声は大きく、わたしが聞いたことがないほど激しい感情がこもっている。アナが服の袖で洟を拭きながら、するりとわたしの後ろに身を隠す。美しい朝に、大喧嘩に巻きこまれるのか。「こいつ！　ぶっ殺してやる！」とヘンドリック。アナがわたしのドレスに、肩甲骨のあいだにしがみつく。わたしは体を揺すって振りほどく。ヘンドリックがアナを罵倒しているけど、意味はおよその見当しかつかない。これまで聞いたことのないことばで、もうびっくり。「やめなさい！」と叫んでいるのはわたしだ。それを無視してヘンドリックはアナを突きとばす。すかさずくるりとアナは向きを変えて駆けだす。ヘンドリックが後を追う。アナは敏捷で素足だ。ヘンドリックは靴を履いているが激怒している。

アナは息継ぎなしで金切り声をあげながら、右に左にヘンドリックをかわして逃げまどう。それから、わたしが立ってるところから百ヤード先の、旧校舎へ続く道のまんなかでいきなり倒れて、体をまるめて球体のように縮こまる。ヘンドリックが殴る蹴るを開始する。アナは金切り声をあげつづける、もう絶望的。わたしはスカートの裾を摘んでふたりに向かって走る。これはもちろん活劇(アクション)だ、両義性などぶっ飛びの活劇なんだ。危ないからやめなさいというわたしのことばに興奮が混じりこむのは否めない。

142

ヘンドリックが柔らかな靴でリズミカルにアナを蹴りつけている。顔を上げてこっちを見ようともしない。顔が汗で濡れている。一心不乱だ。もし棒切れを手にしていたらそれを使っていただろう、でもこの土地には棒切れなるものはそれほど多くない、彼の妻は運がいい。

　ヘンドリックのベストを引っ張る。「もうやめなさい!」と言う。そうくると予想していたようにヘンドリックはわたしの手首をつかみ、さっともう一方の手首もつかむ。一瞬、その顔がわたしの顔のまん前に迫って、わたしの両手首がヘンドリックの胸元に捻(ひね)りあげられる。熱っぽい体臭がする、不快感がないことはない。「やめて! 放して!」とわたし。

　慌ただしく揉みあっているうちに、なにがなんだかわからなくなる。とはいえ、あとから冷静になって振り返ればきっとわかる、とは思っているのだ。前後に揺すられるわたしの足は、体とはちぐはぐにあっちへふらふらこっちへふらふら、頭ががくっと動いてバランスを失うけれど倒れさせてもらえない。馬鹿みたいに見えるのは百も承知だ。ありがたいことに、こんな誰も知らない片田舎に暮らしていれば、体面を保つ必要などからきしなくて、こうなるともう使用人の前だって平気の平左。怒っているわけじゃないのに、歯ががちがち鳴る。弱き者のために立ちあがるよりもっと悪いことが、震えあがるよりもっと悪いことが、ある。まんざらではないのだ。この男のなかに敵意が感じられない、激情はわからないではない、見ると、どういうわけか目をつぶっている。

ヘンドリックが手を放したので後ろによろける。ヘンドリックは娘のほうへ目を向けるが、姿がない。わたしは思い切り尻もちをつく。手のひらが砂利にあたって焼けるよう。スカートは宙にひるがえるし、眩暈はするし、でも気分は上々、まだいける。ひょっとするとこれまでずっと上手くいかなかったのは、遊び相手がいなかっただけってことか。耳のなかで血がどくどく鳴っている。目を閉じる、すぐに落ち着くだろう。

143

ヘンドリックが視界から消えた。服を叩くともくもくと土埃が立ちのぼる。スカートのポケットがもろに千切り取られていて、納屋、食料貯蔵室、食堂の食器棚の鍵を束ねた鍵束がない。探しまわってようやく見つけると、髪を撫でつけてまっすぐにして、ヘンドリックを追って旧校舎へ続く道をたどる。事件は次々と起きるのに興奮は冷めはじめ、わたしはだんだん勢いを失くして、なぜこうして彼らのあとを追っているのかよくわからなくなる。たぶん、放っておいたほうがいいんだ、自分たちでけりをつけて仲直りすればいいんだ。でもわたしはひとりぼっちになりたくない、鬱ぎの虫にまたやられたくない。

144

ヘンドリックが脚車付きの低いベッドで、両手両膝をついて少女にのしかかっている。歯を女の喉に食いこませんばかりだ。女は膝を持ちあげて男を押しのけようとして、ドレスが腰のあたりまでめくれあがっている。「ダメ」と男に懇願するのを耳にしたわたしが、旧校舎の入り口でいきなり立ちすくむと、まず目に飛びこんでくるのは女の腿と男の頬骨、やがて仄暗い室内に目が慣れてくると、なにもかも細部まで見えてくる──「ダメ、ここじゃダメ、見にくるよ！」
　二つの頭部がそろって入り口の人影へ向けられる。女が「わっ！」と言って両足を投げだし、スカートを引き下げて、顔を壁のほうへ向ける。ヘンドリックが体を起こして膝立ちになる。にやっと笑ってまっすぐわたしを見る。体のまんなかから突きでているのは陰茎と思しきものだ。でも、わたしの勘違いでなければグロテスクなほどでかい。「やっぱりミスは見学に来たな」

145

怪我人のいる部屋のドアを開けると、いきなりあまったるい悪臭に襲われる。室内は平穏で陽あたりもいいけど、あたりに複雑に混じりあった低い唸りが充満している。ものすごい蠅だ。よく見かける家蠅、それより大きい緑色の尻をした黒蠅、こいつがぎしぎしと立てる短い音が低い唸り全体の内側にくぐもり、そのせいで室内に充満する音の質が多声的だ。

　父の視線はわたしに注がれている。なにか言おうとしているが聞きとれない。わたしはドア口に立っているがしぶしぶだ。戻ってくるんじゃなかった。どのドアの後ろにも新たな恐怖が待ち構えている。

　またなにか言ってる。爪先立ってベッドに近づくと、前を飛びかう蠅の唸りが勢いづく。一匹の蠅が父の鼻梁に止まったまま、自分の顔を掃除している。わたしがそれを払いのける。蠅はいったん飛び立ち、輪を描いてから、わたしの前腕に止まる。それを払いのける。日がな一日こんなふうにしてすごせそうだ。低い唸りがまた安定してくる。

　水、と父は言っているのだ。わたしはうなずく。

　掛け布団を持ちあげて、見る。父は、すでに固まりはじめた血と便の海のなかに横たわっている。掛け布団を引っ張り戻して腋の下にたくしこむ。

「はい、父さん」

146

コップを口元に持っていくと、父は音を立てて飲む。

「もっと」と小声で言う。

「ちょっと待って」とわたし。

「もっと」

父はさらに水を飲んで、わたしの腕をぎゅっとつかんで、なにかを待ちながら聞き耳を立てている。わたしは蠅を追い払う。父が鼻にかかった声を出しはじめて、声がだんだん大きくなり、全身が硬直する。父の痛みを和らげることをなにかしなければ。つかまれた腕がすごい力で押し下げられる。諦めてベッドわきに身をかがめる。でもベッドの分泌物の上に座るのはごめんだ。悪臭で吐き気がする。

「かわいそうな父さん」とささやいて父の額に手をあてる。熱がある。

掛け布団の下で液体が痙攣している。息を吐くのも喘ぎ喘ぎだ。こんなの耐えられない。腕に食いこんだ指を一本ずつ剝がしていくと、また一本ずつ食いこんでくる。力は少しも弱っていない。わたしは腕をもぎ取るようにして立ちあがる。父がかっと目を開く。「お医者さんがもうすぐ来るから」とわたしは言う。マットレスはどうしようもない、燃やすしかなさそうだ。窓を閉めなければ。それにカーテンもまたかけなければ、午後の暑さに悪臭が加われば誰だって我慢し切れない。わたしはもう蠅に耐えられない。

147

蠅は嬉々として忘我の境地にいるはずなのに、立てる音ときたら不機嫌そうにしか聞こえない。蠅は満足ってものを知らないらしい。数マイル四方に広がる草食動物のちゃちな排泄物(はいせつぶつ)はほったらかして、この血みどろの祝祭に矢のように飛来した。それじゃなぜ歌わないの？　でもたぶん、不機嫌そうに聞こえるものが昆虫にはエクスタシーの祝歌なんだろう。たぶん蠅の一生は、言ってみれば揺り籠から墓場まで、一本の長いエクスタシーで、わたしは勘違いしてるのかもしれない。たぶん、動物の一生も一本の長いエクスタシーで、それが中断されるのはナイフが秘部に達して、自分が二度と陽の光を見ることはないと思い知る瞬間だけなんだろう。その陽の光さえまたたくまに翳っていく。ひょっとしたら、ヘンドリックとクライン・アナの一生はエクスタシーで、鋭いエクスタシーではないにしても、わたしには見えない輝きが目と指先から穏やかに流れるくらいのものではあって、中断されるのは昨夜と今朝みたいなことが起きたときだけなのかもしれない。それともエクスタシーなんてそれほど珍しいものじゃないんだろうか。あるいは口数を減らして感覚を研ぎ澄ませば、エクスタシーのことがもっとよくわかるんだろうか。そうは言っても、話すのをやめたらわたしはパニックになって、いちばん得意な世界から遠ざかってしまう。わたしは蠅がやらなくてもいい選択を迫られているんだ。

148

蠅は一匹、また一匹とわたしの蠅叩きの下で倒れていく。腹部から噴いたべたつく汁を飛び散らすやつ、脚を折りたたんできれいさっぱりご臨終のやつ、とどめの一撃(クー・ドゥ・グラス)を喰らうまで仰向けになって激怒しながら回転するやつ。生き残りが室内を飛びまわりながら、わたしが疲れるのを待っている。でも家を清潔にしておくのがわたしの仕事だから、疲れたなんて言ってられない。もしもこの部屋を諦めて、ドアに鍵をかけてすきまに襤褸(ぼろ)を詰めたら、そのうち別の部屋も諦めて、そのうちまた別の部屋も、となって家ごと捨てられたも同然、建てた者への裏切りも同然になって、屋根はかしぎ、鎧戸はばたつき、木部はひび割れ、壁は腐り、鼠が運動会をやるようになる。最後まで手つかずに残った部屋がひとつ、一人部屋と暗い廊下だ。そこを夜となく昼となくうろつきながら、壁をぱたぱた叩き、いろんな部屋があった古き良き時代を思いだそうとして、そう、客用寝室とか、食堂とか、さまざまなジャムの瓶が蠟で封印されたまま二度とやってこない復活の日を辛抱強く待ってる食料貯蔵室とか思いだそうとして、そしてそれから、眠気でふらつきながら部屋に引っこむ。だって暑さ寒さの感覚が鈍った老いた狂女だって、吹き抜ける風、土埃の粉塵、ふわふわと浮く蜘蛛の巣や蚤の卵からだって栄養を摂取して、眠らなければいけないんだから。そうやって端っこの部屋に、自分の部屋に引っこむと、壁際にベッドがあって、隅に鏡とテーブルがあって、そこに頬杖ついて、老いた狂女の思いに耽る。ここでわたしは死ぬんだ、座ったまま朽ちて、蠅がたかり、日々がすぎて、さらにすぎて、もちろん鼠や蟻もお出ましになって、そのうちきれいな白い骸骨になって、世界にあたえるものがなにもないので、平穏のうちに残されて、眼窩に棲みついた蜘蛛が、祝宴に居残った者のために罠を仕掛けたりするんだ。

149

ここで一日が介入したに違いない。その空白の一日のあいだに父の症状が治る見込みがないほど進んでしまい、そのあいだにヘンドリックとクライン・アナが仲直りして、以来、ふたりは以前とおなじように、いや、おなじではなくて、わたしにはよくわからないところで、さらに賢く、さらに惨めになった。あれはわたしがなんとかやりすごした一日だったに違いない。たぶん眠ってたんだ。たぶん蠅をぜんぶ殺して、濡れたスポンジをつかんで父の額の熱を取っているうちに、悪臭に耐えられなくなったんだ。たぶん部屋を出て廊下に立って、父が呼ぶのを待ってるあいだに眠ってしまい、夢を見たんだろう。雨が降って、フェルト一面に咲く白、紫、橙(だいだい)色の花が風に揺れて、そのうち夜になって目が覚めて、鶏に餌をやるために立ちあがった。たぶんそのときだ――餌入れを小脇に抱えて薄闇のなかにたたずみ、微かな夜風が木の葉を揺する音に耳を澄まして、暮れなずむ光を背に蝙蝠(こうもり)がひらひら飛ぶのをじっと見ているうちに、忍びよるメランコリーを感じたのは。堪えがたい美しさに包まれて日々を送るものも、いつかは死にゆくと悟ったのは。たぶんそのときわたしが心から願っていたのは、これが最初ではないけれど、穏やかに死ぬことだった。自分が大地に還(かえ)ることを恨まずに、次は一本の花とか、一匹の虫の腹腔内の一片の染みみたいな命がいいと、知らず知らず思いながら。そんな一日が介入した気もするし、そんなふうにその一日をすごした気もする。父の苦しみを前にして、なすすべもなく、それが消えてしまえばいいと思いながらまどろみ、夕べの涼しさに誘われて庭に出て、あてもなく歩きまわり、みんな死んでしまったらどうなるんだろうと考えたのかもしれない。でも、それとは違ったやり方でその一日をすごした可能性もあって、これは無視できない。ベッドから出る父に手を貸したけれど上手くいかなかったとか、父は重たいし、わたしは細身だから。これなら父がベッドの縁からはみ出して、顔を紫色にして、かっと目を見開き、舌をだらりと垂らして、おぞましい死に方をしたことの説明がつく。たぶんわたしは父を汚物の沼から引きだしたいと思ったんだ。たぶん別の部屋に父を移したいと思ったんだ。たぶんわたしは狼狽え、気分が悪くなって父を放りだしたんだ。たぶんわたしは、父の頭をこの腕に抱いて揺すり、すすり泣きながら「父さん、助けて、ひとりじゃもう無理」と言ったんだ。たぶん、父には助けられない、もうそんな力はない、とにかく父は自分のなかで起きていることで頭がいっぱいなんだとわかってきたとき、たぶんそのとき、わたしは「父さん、許して、そんなつもりじゃなかった、愛してる、だからやったの」と言ったんだ。

150

でも本当のことを言うと、わたしはそんな想定をはなから疑っている。消えてしまったその日に、わたしはそこにいなかったんじゃないのか。もしもそうなら、その日がどんな一日だったか自分ではわからない。わたしは断続的に存在するようになっている。時間がまるごと、午後がそっくり抜け落ちるのだ。緩慢な時の経過に耐えられなくなっている。かつては日々をめいっぱい黙想してすごし、満足していた。でもいまは、事件というお祭り騒ぎ（カーニヴァル）のただなかにあって、すっかり魅了されている。下宿住まいの娘たちのように、座って指の爪を家具にこつこつ当てて、時を刻む時計の音に耳を澄ませながら次に起きることを待っている。かつては水に棲む魚のように時間のなかで生きていて、時間を呼吸し、時間を飲み、時間を糧に生きていた。いまやわたしは時間を潰し、時間がわたしを潰しにくる。田舎の暮らし！　どれほど田舎の暮らしが恋しいか。

151

台所のテーブルについて、わたしは珈琲が冷めるのを待っている。ヘンドリックとクライン・アナが立ったままわたしを見ている。ふたりはなにをしたらいいか命じられるのを待っているのだと言う、でもわたしにはどうしようもない。食事をする人がもういないので、台所にはすることがない。農場の仕事はわたしよりヘンドリックのほうがよく知っている。胡狼（ジャッカル）と山猫から羊を守ること。ダニと黒蠅を退治すること。雌羊が仔を産むのを助けること。ということは、ヘンドリックとクライン・アナはここで指図されるのを待っているんじゃなくて、わたしが次になにをするか見定めようとしているのか。

152

台所のテーブルについて、わたしは珈琲が冷めるのを待っている。わたしを見おろすように、ヘンドリックとクライン・アナが立っている。

「臭いがひどくなってきてます」とヘンドリック。

「そうね、火を熾さなければいけないね」とわたしは答える。

厄介事が起きたとき頼りにできる人がいるのはありがたい。ヘンドリックの目がわたしの目と合う。ふたりにはおなじ目的が見える。わたしがにっと笑うと彼もにっと笑う。唐突な、誤解の入りこむ余地のない笑いが、汚れた歯とピンクの歯茎をあらわにする。

153

ヘンドリックがわたしに、どうすれば壁から窓枠をそっくりはずせるか説明する。まず石膏を砕いて取りのぞき、窓枠を壁に固定しているボルトを露出させるのだと言う。ボルトはどうすれば弓鋸で切れるかやってみせる。四つのボルトに鋸を当てると、足元に埃と屑が落ちる。ヘンドリックが力まかせに窓枠をはずして、窓がはまったままの窓枠をわきに置く。どうすれば最初の煉瓦(れんが)を積む前に窓敷居を水平にならすかを説明する。ヘンドリックが煉瓦を十八列ならべてその上から石膏をかける。わたしが鏝(こて)と石膏容れを彼のために洗う。ヘンドリックの爪に入りこんだ石灰を酢で取り除いてやる。夜も昼も、石膏が乾くのを待つ。アナがわたしたちに珈琲を運んでくる。新たに白い漆喰を塗る。窓枠を燃やす。炎のなかで硝子がぴしっぴしっと音を立てる。硝子を足で踏んで粉々にする。

154

ヘンドリックとわたしは階段をのぼって屋根裏へ行く。息の詰まる暑熱のなかでわたしに、床にタールを塗って床板と床板のすきまを塞ぐ方法を教える。ヘンドリックが塗っているあいだ、わたしがタールの入ったバケツの下で火を焚く。ふたりして四つん這いになって屋根裏から出る。

155

ヘンドリックがドアの握りをはずして、そのすきまに、刃のなまった鑿(のみ)を使って詰め物をする方法を教える。十六列の煉瓦で戸口を塞ぐ。わたしが漆喰（しっくい）を混ぜて道具を洗う。ヘンドリックの指の爪をきれいにする。古い壁紙を剝がして、屋根裏で見つけた紙を廊下に貼りなおす。古い扉枠が盛りあがったままだけど、それは無視する。

156

ヘンドリックが煉瓦と漆喰を鋸で挽（ひ）くやり方を教える。馬小屋の壁にかかっていた縦挽き鋸を使う。この鋸は絶対に目がなまらない。寝室を屋敷に繋いでいる壁を鋸で挽く。腕が疲れてくるけど、わたしたちは休まない。わたしは鋸の柄を握る前に、両手に唾を吐きかけることを覚える。労働がふたりをぐんと近づける。労働はもうヘンドリックの特権ではない。わたしは彼と対等だ、わたしのほうが力は弱いけど。クライン・アナが梯子（はしご）をのぼって、珈琲のマグとジャムのついたパンの薄切りを運んでくる。家の床下に潜って基礎部分に鋸を挽く。暗い温もりのなかで、わたしたちの嘘偽りのない汗が流れる。ふたりは二匹の白蟻のよう。わたしたちの力は永遠堅持（神に選ばれた者は臨終まで神の恩寵を享受できるとするカルヴァン主義の教え）にあるんだ。屋根と床にも鋸を挽く。その部屋を力いっぱい押しだす。部屋はゆっくりと宙に浮いて、奇妙な角（かど）をたくさんつけた一艘（いっそう）の船となって、星のまたたく黒い空へ旅立っていく。夜のなかへ、虚空へ、船は浮きあがるけれど、舵取りがぎこちない。竜骨（キール）がついていないからだ。わたしたちは土埃と鼠の糞のなかに、陽の光があたったことのない床にたたずみ、それを見送る。

157

死体を浴室へ運ぶ。ヘンドリックが肩を持ち、わたしが脚を持つ。寝巻きを脱がせて包帯もほどく。死体を浴槽に座らせて、上からバケツで何杯も水をかける。水は濁り、水面に排泄物のかけらが数珠繋ぎになって浮いてくる。両腕が浴槽の外へ垂れて、口はあんぐり、両目はがっと開いたままだ。半時間ほど水に浸けておいてから、汚物のこびりついた下半身を洗う。顎を縛って、両目を縫いあわせる。

158

屋敷裏の丘の斜面に、ヘンドリックがブッシュの枯れ枝を集めて火を点ける。寝巻きを投げ入れ、包帯を投げ入れ、シーツもマットレスも、燃えさかる火に投げこむ。投げ入れたものが午後いっぱい燻(くすぶ)りつづけて、あたりにコイアと羽毛の焦げる臭いが立ちこめる。

159

わたしは蝿の死骸をすべて掃きだし、茶色の床にこびりついた血痕が白っぽい薔薇色の痕跡になるまで、砂と石けんで床板をこする。

160

大きなベッドを、三人がかりで馬小屋へ運んで、四隅を一箇所ずつ垂木のところまで持ちあげて、鎖でしっかりと縛る。また必要となる日に備えて。

161

屋根裏からからっぽの木の収納箱を運び下ろして、そこに死んだ人の持ち物を詰める。日曜の晴れ着、黒いブーツ、糊のきいたシャツ、結婚指輪、銀板写真、日記、取引台帳、赤いリボンで束ねた手紙。その手紙を一通、ヘンドリックに声を出して読んでやる。「近ごろあなたのことが恋しくてなりません……」わたしが指でなぞることばをヘンドリックが目で追う。子供たちが大勢写った家族写真のなかから彼が目ざとくわたしを見つける。あれこれ流行った疫病で死んでしまったか、一攫千金（いっかくせんきん）を夢見て都会へ出ていって音沙汰がなくなったかした兄や姉たち、異母兄や異母姉たちがいならぶ写真のなかで、わたしは口をへの字に結んで無愛想な顔をしているけど、ヘンドリックは気にもかけない。終わったら書類を木箱に詰めて、南京錠をかけて屋根裏に運びあげる。箱はふたたび陽の目を見るまで長い眠りにつく。

162

緑色のカーテンはたたんで抽斗にしまい、屋根裏で偶然見つけた明るい花柄の布で新しいカーテンを作る。ヘンドリックが座って見ているなかで、わたしの足は忙しくミシンのペダルを踏み、指は縫い目に沿ってこまめに動く。ふたりで新しいカーテンを吊るすと、部屋が涼しげで明るくなる。出来栄えににんまりする。クライン・アナが珈琲を運んでくる。

163

ヘンドリックとクライン・アナがわたしを見下ろして指示を待っている。わたしはカップのなかの珈琲の粉をかきまわす。ふたりに、厄介な一日になりそう、待ってる日に、と伝える。ことばは出てきても渋々で、口のなかでがたごと音を立てて、転がりでるときは石のように重たい。ヘンドリックとクライン・アナが辛抱強く待っている。黒い雲が北のほうへ流れていくから、たぶん雨になるわね、とふたりに伝える。たぶん数日後にはフェルトはどこも新緑に萌えて、萎れたブッシュが芽を吹いて、冬中眠っていた蝗(いなご)が地面の下から顔を出して、食べ物を探して跳ねるのを鳥の群れが待ち構えることになるわ。雨を待ってよみがえる昆虫の命とフェルトの開花にはひととおり気をつけてなくちゃ、とふたりに言う。毛虫や青虫の大量発生についても触れる。鳥は味方ね、鳥と雀蜂はわたしたちの味方、雀蜂も捕食動物だから、と教える。ヘンドリックは帽子を手にわたしの話を聞いているが、その視線が注がれる先はわたしの目ではなくて、発する音節ごとに定位置を求めて四苦八苦するわたしの唇だ。唇が疲れちゃって、とわたしはヘンドリックに説明する。唇は、はっきりものを言うことに疲れて休みたがってる、赤ん坊のときからずっとそうしなければいけなかったから。そこに法則があるとわかってから、もう唇を開いて長々と「aaaa(アー)」って言うだけじゃダメだとわかってから、本当は、唇にはそれで十分だったのに、これがなにかちゃんと伝えなきゃいけないってときは「アー」って言うだけで十分だったのに、でなきゃ口をつぐんでひたすら黙り(だんま)を決めて満足してたのに、いつかきっとわたしはそうする、絶対そうするからね。法則に従うことにくたくたになって、と言おうとしても、口にする語と語のスペースに、スペースというか間合いに、この法則の痕跡がはまりこんで、はっきり表現するとなるともう、bかdか、mかnか、みたいな音と音の争いになって、ほかのことでも、これならあなたにわかるかなと思ったときでさえ力が出なくて、っていうか、どうなんだろ、ヘンドリック、あなたにはアルファベットのことがあんまりよくわかってないものね。その法則が、わたしの喉をがっつりつかんでしまったというかなんと言うか、法則がわたしの咽喉に侵入して、片手で舌を、もう一方の手で唇をつかんだっていうか、どう言えばいいんだろう――わたしの両目の裏側でにらんでるのは法則の目じゃなくて、それに法則の精神がこの頭を占拠してるわけじゃないのに、こんな怪しげなことばをわたしに吐かせて、ことばを吐いてるのがわたしならだけど、そのことばの虚偽性を見分ける思惟(しい)力しかわたしに残してくれないってことかな？　どう言えばいいんだろう――その法則がわたしという殻の内部でしっかり成長して、足をわたしの足にして、手をわたしの手にして、その性器をわたしの穴に垂らして立ってはいないってことを？　それとも、こんなことをつぶやく機会がわたしにあるんなら、その法則の唇と歯はこの殻をかじって外へ出ようとしたりしないだろうし、あなたの目の前に立って、また勝利したとにんまり笑って、そいつの柔らかな皮膚が空気に触れて固くなるあいだに、わたしは殻から抜けて縮こまり、床に放りだされるってことかな？

164

薄暗い廊下で、わたしたちはドアの前に立つ。覚えているかぎりずっと鍵がかかっていたドアだ。鍵のかかった部屋にはなにがあるの、と父に聞いたものだった。なにもない、我楽多部屋で、あるのは壊れた家具だけだ、鍵もどっかへ行ってしまった、父は決まってそう答えた。さあドアを開けて、とヘンドリックにわたしは命じる。彼が鍵穴を鑿でこじ開けてゆるめる。それから重たい両口ハンマーで思い切りドアを叩くと、胁柱が炸裂してドアが一気に開く。床から細かい土埃が舞いあがる。冷たい、古びた煉瓦の臭いがする。クライン・アナがランプを持ってくる。奥まったところに十二脚の籐椅子がきちんと積みあげられている。衣裳簞笥と狭いベッドがあり、洗面台には水差しと洗面器がのっている。きちんと整えられたベッド。叩くと、灰色の枕と灰色のシーツから埃が立ちのぼる。蜘蛛の巣だらけだ。窓のない部屋にしたんだ、とわたしはヘンドリックに言う。

165

衣裳簞笥には鍵がかかっている。ヘンドリックがナイフで鍵をぱちんと開ける。衣服がぎっしり、わたしだって着たくなるような、悲しくも壮麗な過ぎ去りし時代の服だ。ドレスを一着出してみる。ハイカラーの白い長袖のドレスだ。クライン・アナに当ててみる。彼女がランプを床に置いて、自分の体に当てたドレスを撫でる。アナが服を脱ぐのを手伝う。着ていた服を脱がせて、たたんでベッドの上に置く。アナが目を伏せる。光が赤銅色の脇腹と胸を照らすと、それを見てわたしはまたことばを失う。ドレスを頭からかぶせて背筋に沿ってボタンをはめていくうちに、胸がどきどきしてくる。クライン・アナは下着を着けていないのだ。

166

どの靴も幅が狭すぎるのに、クライン・アナは履くと言ってきかない。ストラップのボタンをはずしたまま履かせてみる。クライン・アナがよろけながら立ちあがり、おぼつかない足取りで歩きだす。いそいそとわたしたちの先に立って、驚嘆の品々の部屋からストゥープへ出る。陽が沈もうとしている。空は入り乱れるオレンジ、レッド、ヴァイオレットの騒乱状態。クライン・アナはストゥープを行ったり来たりしながら靴を履きこなそうとする。わたしは、夕焼けが食べられたらいいのに、そうすればお腹がいっぱいになるのにと言う。ヘンドリックとならんで、じっと見ている。ヘンドリックから、それまでの堅苦しさが消えている。彼の腕がわたしの脇腹に軽く触れる。わたしはたじろがない。彼になにかささやきたい、アナについてなにか優しいこと、情のこもったこと、いっしょに笑えることを言いたい、そう思うのは途方もないことじゃない。彼のほうを向いて、彼もわたしのほうに身をかがめて、せめて一瞬だけでも、自分がふっと異空間に入り、それが彼自身のプライベートな空間になって、その空間がこうして彼がじっと立っているあいだに自分の息と自分の体臭に満たされて、わたしもまた一回、二回と息をして、言わなければと思うことを言うために何度だってヘンドリックの呼吸する空気を呼吸して、これまで不快に感じていた麝香(じゃこう)の、汗の、煙の臭いを、初めて不快に思わずにこの鼻孔に受け入れている自分に気づく。これが、とどのつまりは、正直に労働に励んできた田舎の人たちの臭いなんだ。炎天下で汗を流しながら土を耕し、屠ったものをみずから熾した火で炙って料理してきた人たちの臭いなんだ。ひょっとしたら、暮らし方を変えられるなら、わたしもそんな臭いになるかもしれない、と自分に言ってみる。自分の気の抜けたような臭いに顔が赤らむ。手つかずの女の臭い、神経症でぴりぴりした、玉葱みたいな、尿みたいな、鼻を突く臭い。この腋の下に彼が顔を埋めたいなんて思うわけがない！　わたしのほうはそうしたいと思っているのに！

167

クライン・アナが気取って歩いてから、くるりとこっちを向いてにっこり笑う。嫉妬はこれっぽっちも見えない。自分がヘンドリックの心をしっかりつかんでいるのを知ってるんだ。夫婦として添い寝して、結婚生活の秘密を分かち合っているから。暖かい暗がりで、たがいの腕のなかで、わたしのことを噂する。ヘンドリックがおかしなことを言うとアナがくすくす笑う。彼がアナに、わたしの孤独な生活のこと、ひとりだけで散歩すること、誰も見てないと思ってわたしがやること、独り言を言って腕を突きだす仕草のことを語る。突っかかるように早口でまくしたてるのを面白おかしく真似る。わたしが彼を怖がっていること、きついことばを吐くのは彼を近づけないためだと教える。わたしから漂う恐怖の匂いをヘンドリックは嗅ぎつけている。ベッドでなにをしているかもアナに語る。夜中に家をうろつくようす。なにを夢見ているのか。なにを欲しがっているのか。男が欲しいんだ、とヘンドリックはアナに教える。覆いかぶさる男が、それで自分が女になるための。まだ子供なんだな、歳は食ってるけど。不運な、歳食った子供で、澱んだ汁が溜まってる。誰かが女にしてやるべきだ、誰かが穴を通してやって、澱んだその汁を一掃してやればいい。俺がそれをやるべきかな、とヘンドリックはアナに聞く。夜中に窓をよじ登って、女にしてやり、夜明け前にするりと抜けだす？　そういうの俺にやらせてくれると、おまえ思うか？　夢だってふりして、そのまんまさせるかな、それとも力ずくでやらなきゃならないのか？　あのごつごつした膝のあいだに力まかせに分け入るなんてできるかな？　取り乱して金切り声をあげるかもな？　口を手で塞いで黙らせなきゃならなくなるか？　最後まで皮みたいにきつくて乾いてて、ゆるまないとか？　あの埃っぽい穴にぐいと押しこんでも、骨の万力でこっちがぐにゃぐにゃに潰されるだけか？　なんだかんだ言っても柔らかくなるか？　女は柔らかいからな、おまえが柔らかいのとおんなじでさ、ここな？　するとと暗闇でアナが喘いで、男に絡みつく。

168

クライン・アナが気取って歩いてから、くるりとこっちを向いてにっこり笑う。はすっぱな喜びようだ。わたしのやりたいことはわかってるんだ、そんなのぜんぜんかまわないと思ってるんだ。わたしは土曜の夜にいちばん華美な服を着て、アナと腕を組んでぞろぞろ歩き、少女みたいに小声でささやきながらくすくす笑って、田舎の伊達（だて）男たちに見せつけてやりたい。誰もいない静かなところで、あの娘（こ）から人生の大事な秘訣（ひけつ）を聞きだしたい。どうすれば美しくなれるか、どうすれば夫を獲得できるか、どうやって男を喜ばせるか。いっそ妹になりたいくらい。わたしは人生を始めるのが遅くて、すぎた歳月は微睡(まどろ)みのうちに遠のいてしまい、いまだになにも知らない子供なんだ。あの娘(こ)とおなじベッドで眠りたい。深夜に忍び足で入ってきたら、服を脱ぐところを片目でこっそり見ていて、夜はずっとその背中に身を擦り寄せて眠りたい。

169

「今夜は独りじゃ眠れない」とふたりに向かって言う。「今夜はあなたがたも屋敷に来て寝たらい い」

あれこれ考えないうちに、ことばはすんなり出てきた。嬉しさがこみあげる。こんなふうにみんなはきっと話してるんだ、本心から。

「ほら、怖がることはなにもないの、誓ってもいい、幽霊なんていないって」

ふたりがたがいの目を探りあっている。なんでわたしがそんなことを言うのか、動機はなんなのか、夕暮れが迫るなかで相手に意思を伝えようとしている。わたしには探りようがないものを。ヘンドリックが離れてしまったので、わたしはもう彼の温もりの外だ。ヘンドリックにはお手上げかな?

「いや、俺たち、もう家に帰ったほうがいいと思います」とヘンドリックがぼそぼそと言う。

彼が弱くなると、わたしは強くなる。

「だめ、ふたりにはここで寝てほしい、一晩でいいから。そうでなければ、わたし、この屋敷でたった独りになってしまう。台所にマットを敷いてベッドにすればいい、快適よ。ほら、アナ、来てちょうだい、手伝って」

170

ヘンドリックとアナは自分たちのベッドのそばに立って、わたしが引きあげるのを待っている。「寝る前に灯りを吹き消すの、忘れないで」とわたし。「それに、アナ、明日の朝は火を熾しておいてね。おやすみ、ヘンドリック、おやすみ、アナ」わたしは、はきはき、てきぱきそのものだ。

「おやすみなさい、ご主人さま」

171

ふたりが寝床で落ち着いたころを見計らって戻り、閉じたドアの外で耳を澄ます。裸足だ。その辺をうろついてる蠍など、攻撃したければすればいい。なにも聞こえない。身動きひとつ、ささやき声ひとつしない。わたしが息を殺しているように、彼らも息を殺している。わたしごときに出し抜けるわけがない。この土地にもとから住んできた人たちは、足裏と指先で、一マイル先の有蹄類の足音さえ聞き分けるんだから。

172

ベッドに横になって待つ。時計の針がちくたく時を刻むけれど、誰も来ない。わたしは眠りに落ちて夢も見ない。陽が昇る。起きて着替える。台所は無人だ、寝具はたたまれ、火は熾してある。

173

土埃の立つ道をどんどん歩いて三本の棘のある木を通りすぎて、畑の一角を横切って墓地まで行く。墓地の半分は、白いペンキを塗った低い柵で区切られ、この土地で農場を営んできた歴代の統治者に割り当てられている。いまでは墓碑が刻まれた墓石や、巻物型の墓石の下の頁岩(けつがん)のなかに埋葬されている人たち。残りの半分にはぎっしりと塚がならび、羊飼いや屋敷で働いた女たちとその子供たちが埋葬されている。墓石のあいだを歩いて、目星をつけておいた墓まで行く。生前のことはなにひとつ知らない人の墓だから、宗教上の義務は一切ない。雨風にさらされた花崗岩の石板のわきに、地面に斜めに陥入したトンネルの入り口がある。この死者の寝床に豪猪(やまあらし)が穴を掘って、たぶん何代も棲家にして子育てしてきたんだ。

174

ヘンドリックが若い妻とコテージの陰にあるベンチに座っている。日曜日だ。

「ヘンドリック、鶴嘴(つるはし)とシャベルを持っていっしょに墓地まで来て、お願い。アナはここにいたほうがいい」

175

墓石はヘンドリックだけではびくともしない。四人がかりじゃないと無理だと言う。埋められた墓石の三隅から土を掘り返しても、墓石はがんとして動かない。

「こっち側をしっかり掘って。穴を広げて、墓石の長辺とおなじくらいにして」

「これは豪猪（やまあらし）の穴で、なかはなんにもないですよ」

「言う通りにして、ヘンドリック」

　ヘンドリックが精を出しているあいだ、わたしはそのまわりをぐるぐるまわる。墓は石片と土で埋められていて、地層は崩れている。難なく掘り返せる。豪猪（やまあらし）がここに棲みついたわけだ。アルファルファの畑も近い。

　ヘンドリックがトンネルの入り口を広げると、思った通り巣があって、奥がかなりの広さのまるい空洞になっている。腹這いになって目に手をかざしても、ぎらつく陽光で奥の壁が見えない。

「穴はどれくらい深い？　ヘンドリック、シャベルで探ってみて。棺桶（かんおけ）はそのままにして」

「大きいけど、そんなに深くはないです、豪猪（やまあらし）はたいして深くまで掘りません。こういう大きな空洞をひとつ作るだけです」

「じゃあ人間はどう？　穴に、人間一人分の大きさがある？」

「はい、でかいんで、人間一人ならあっけなく入れます」

「確かめて、人が一人入れるかどうかやってみて」

「俺がですか？　いやあ、ミス、俺が墓に入るのはまだ早いですよ！」と笑いながら、足はぴくりとも動かさずに帽子を後ろに傾ける。

176

スカートを膝までたくしあげて穴に脚を下ろしていく。後ろ向きになって暗いほうへ体を押しこむ。ヘンドリックはシャベルにもたれてじっと見ている。

すっぽりと穴のなかだ。体を伸ばそうとしても脚が伸びない。

ひんやりした地面のなかで身をまるめて、光から目をそらす。髪が泥だらけだ。目を閉じる、暗闇を楽しむにはそのほうが良さそうだ。自分の心の奥を探っても、出ていく理由が見つからない。ここを二つ目の家にだってできそうだ。ヘンドリックに食べ物を運んでもらえばいい。そうたくさんは要らない。夜になれば這いだして脚を伸ばせる。ひょっとするとそのうち月に吠えることも覚えて、寝静まった農場の屋敷のまわりで、残飯を漁るようになるかもしれない。もう一度目を開ける理由が見つからない。

「そう」とわたしはヘンドリックに言う。自分の声が膨れあがり、ことばが頭のなかでわーんと鳴る。「大きさはたっぷり。手を貸して、出るから」ヘンドリックが身をかがめて、穴の薄暗がりのなかで女主人の口が動くのをじっと見ている。

177

死体は灰色の防水布に包んで縫いあわせ、浴室の床に横たえてある。船乗りたちは念のために最後の針を鼻に通すと聞いたことがあるけど、そこまでやる気にはなれない。作業をしながら涙したりはしなかった。わたしが冷酷なわけじゃない。誰かが死体を洗わなければならないし、誰かが墓を掘らなければならないだけだ。

178

ストゥープに出ていって、強くしっかりした声で「ヘンドリック！」と叫ぶ。

ヘンドリックが日陰の持ち場から姿をあらわし、庭を横切ってくる。

「ヘンドリック、お願い、手押し車を持ってきて、台所のドアにつけてちょうだい」

「はい、ミス」

彼が裏手のドアにやってくるのを待っている。

「来て、死体を運ぶのを手伝ってちょうだい」

どうしたものかとヘンドリックはわたしを見る。ヘンドリックが尻込みする瞬間だ。そんなの想定済みだ。

「ヘンドリック、正直に言っておきたいの。もう待てない。暑いし、ご主人を埋葬しなければ。それをできるのはあなたとわたししかいない。わたしひとりじゃ無理だし、知らない人に邪魔されたくないし。これは家族内の問題で、プライベートなことだからね。わたしの言うこと、わかる？」

「牧師さんはどうするんですか？」とぶつぶつ言うヘンドリックは、自信がないんだ。面倒は起ささないだろう。

「そんなこと言ってないで、ヘンドリック、時間を無駄にできないんだから。運ぶの手伝って」

わたしは向きを変える、ヘンドリックがついてくる。

179

包みの頭部をヘンドリックが、足のほうをわたしが持ちあげて、屋内を抜けて陽光のもとへ出る。わたしたちを見ている者は誰もいない。ここで起きていることを見てきた者は誰もいない。わたしたちは法の埒外(らちがい)にいる、ということは自分のなかに認める法のみによって生き、内なる声に従うのだ。父は手押し車に仰向けにゆったりと座って、自分の領地で最後の旅をしている。墓地までの道をのろのろ進む。ヘンドリックが車を押して、わたしは布に包んだ脚がわきに落ちないようにする。

180

ヘンドリックは埋葬にいっさい関わろうとしない。「いや、だめです」をくり返し、後ずさりして首を振るばかり。

手押し車を押したり引いたりして穴のそばに近づける。男がやれることは、時間をかければわたしだってたいていできる。足首を腋の下にぎゅっとはさんで、布包みを全力で引きずりおろそうとする。手押し車が横倒しになり、わたしが後ろに跳びのくと、死体は顔から地面にずり落ちる。「そこに突っ立ってないで、助けてよ！」とわたしは叫ぶ。「役立たずのホットノットが、あんたのせいだ、あんたとあの売女のせいだ！」怒りで卒倒しそう。ヘンドリックは背を向けて、帽子を目深にかぶりなおして、足早に歩き去ろうとする。その背中に向かって「汚いぞ！　意気地なし！」と叫ぶ。女のぎこちない動きで石を投げつける。ぜんぜんとどかない。ヘンドリックは目もくれない。

181

腰幅が広すぎて穴に入らない、死体は横向きでは滑り落ちてくれない、曲がった膝は防水布のなかでまっすぐにならない。穴を広げるか、それとも包みを破るか。きれいに仕上げた手仕事を台無しにするのは嫌だ。手元にはナイフもシャベルもない。石で地面を引っかいてみるが、ぜんぜん変わり映えしない。包みをロープでしっかり縛っておくべきだった。これではつかむところがなくて、握ったり引っ張ったりで指が疲れてしまった。

182

シャベルを取りにいって戻ってみると、もう蝿がたかっていて、灰色の包みからもくもくと雲のようにたちのぼり、ぶんぶん飛びまわり、早く立ち去れとばかりに苛ついている。わたしは両腕を振りまわす。午後もかなり遅い。忙しくしてると時間はなんて早くすぎるんだろう。こんな形のシャベルじゃだめだ。これは土をすくうためのもので、必要なのは地面に突き刺すタイプだ。

シャベルの刃の横で掘ってみる。ときどき墓石にぶつかって火花が散る。全身が泥まみれになる。でもようやく穴が数インチ広がった。

死体を滑らせて腰まで入れると、また引っかかる。膝をついて、あらんかぎりの力で押しこむ。わきに尻をついて踵をそろえて蹴りこむ。包みが微かに向きを変えて腰がすっぽり入る。胸を持ちあげてひねると、両肩が平らになる。さあ、これで肩と頭がすっと入るはず。ところが脚と膝がつっかえてしまって先へ進まない。巣穴の底がいったん斜めに下って、また上向いているからだ。そうか、上手くいかないのは膝のせいじゃなくて背骨だ。背骨はたわまないから。沈む夕陽で光が深紅色に染まるなかで、必死に格闘を続ける。まず肩を右から蹴りつけて、さらに左から蹴る。それでも成果はない。まるごと引っ張りだして防水布を切り裂き、全体を短くするためにくるぶしを腿に縛りつけなければダメか。でも膝にそんなたわみがあるだろうか？　膝の腱(けん)を切ることになるか？　そもそも埋めるってのが間違いなんだ。死体をマットレスやベッドもろとも焼いてしまえばよかった。嫌な臭いを嗅ぎたくなければ、フェルトに長い散歩に出かければよかったんだ。新しい墓を掘るなら、土の柔らかい川床か庭にすればよかった。もっと地味な塚のほうを掘り起こせばよかった。どこに埋められようと大差ないんだから。この墓に収めるつもりなら、内側から引っ張りこむしかない。まず自分で穴に入って、それから引っ張って入れる。もうくたくた。どうすれば夜になる前に作業を終えられるかわからない。これまでの人生には時間がたっぷりあって、たっぷりすぎるほどあって、ありあまるほどあって、この時代の希薄な条件のもとで生きる息吹を求めてきたのに。性急さとは縁がない自分の汗にパニックを嗅ぎつけてうんざりする。わたしは神でも野獣でもない、なんで独りでなにからなにまで、最後の最後まで、やりきらなきゃいけないの？　なんで助っ人のないこんな人生を生きなきゃならなかったの？　経帷子(きょうかたびら)をまた開いて、悪臭を放ちながら黒ずんでいく、わたしの父となった肉とまた向き合うなんて、まっぴらごめんだ。でもいま埋めなければ、あとから埋める気にはなれないかも？　ひょっとしたら、さっさとベッドに入って頭に枕をのせて鼻歌でも歌いながら、来る日も来る日も、ひたすら待っていればいいだけなんじゃないのか？　陽にさらされて、蠅がまわりをぶんぶん飛んで、蟻が出たり入ったりしているうちに、袋が膨らみ破裂して、黒い液体が流れでて、そしてそれから、ひたすら待って受難完了、骨と髪だけになって、ついばむ価値のあるものは蟻がぜんぶ持ち去ってどこかへ姿を消すだろう。それでもまだ縫い目が残っているなら、そのときはベッドから出て回収し、豪猪(やまあらし)の穴のなかに投げこむ、それでお役ごめんだ。

183

また引っ張りだされた経帷子の包みが、巨大な灰色の幼虫みたいに墓の横に転がっている。そしてわたしは疲れ知らずのその母となり、本能に突き動かされて、みずから選んだ安全な場所にそれを収める作業に取りかかる。でもいったいどんな冬眠のためで、どんな養分を蓄えて、どんな変態をとげるのか、かいもく見当がつかない。せいぜい思いつくのは、夕暮れに巨大な灰色の蛾(が)が羽音を立ててランプの灯(とも)る農場の屋敷に向かい、飛び交う蝙蝠(こうもり)のあいまを縫うへまをやらかしながら、空を羽先でぎしぎし切り裂いてやってくるところか。死神の頭部が両肩にはさまれた柔毛のあいだでめらめら燃えて、獲物を求める顎をあんぐり開けてとか——蛾に顎があればだけど。わたしはもう一度、頭部から穴に送りこむが、またしても背骨がたわまないせいで腿から先へ進まない。論理の猟犬たちがわたしを追い詰める。

184

光が濃密になり、鳥がねぐらに帰っていく。ほんの一瞬、動きを止めると、ヘンドリックの乳搾りの桶がかたりと鳴るのが聞こえる。雌牛がヘンドリックに向かって鳴き声をあげる。妻は炉端で待っている。この広い世界で頭を横たえる場所のない生き物がふたつ。

185

穴の暗がりに滑りこむ。またたきはじめた星が見える。包みの足の部分をがしっとつかみ、気合を入れて引っ張る。死体は腿まですんなり入る。足の部分を地面から浮かして、もう一度引っ張る。今度は肩まで入る。穴の口が塞がったので真っ暗だ。その足を持ちあげて自分の膝にのせ、肩のあたりを抱き寄せて引っ張る。三度目だ。ずしんと頭が入って、また星が見えるようになる。やった！　死体の上を這いのぼり、自由な外気のなかに出る。南十字星しか星の名前を知らないのが悔しい。休まなくちゃ、今夜は穴を埋めるのは無理だ、明日の朝ヘンドリックにやらせよう。手押し車で川床から砂を運ばなければいけないだろうけど、それよりいい方法がない。石を詰めて穴の入り口を塞いで、表面の土をきちんとならせばいい。わたしがやるべきことはやった。疲労困憊(こんぱい)して、ぶるぶる震えながら家路をたどる。

186

あっというまに朝になる。自分のなかには、何事も起きなかったみたいに、日々も夜々もすっとばしてしまう力がありそうだ。誰もいない台所で、あくびをしながら身を伸ばす。

　戸口にヘンドリックがあらわれる。たがいに礼儀正しく挨拶する。

「ミス、ちょっとお願いがありまして——俺たち、まだ賃金をもらってません」

「賃金をもらってない？」

「ええ、まだです」と言ってにっこり笑いかけてくる。まるでわたしたちの会話が、めくるめく嬉しさの泉だと気づいたみたいに。なにがそんなに嬉しいんだろ？　こんな馴(な)れ馴れしさにわたしが応じるとでも思ってるのか？「あのお、どういうことかっていうと」とヘンドリックが近づいてきて説明を始める。後ずさるわたしの姿は目に入らない。「金曜が今月の最初の日でしたから、月曜には農場にいるみんなが賃金をもらってたはずなんです。でもご主人(バース)は払ってくれなかった。だから俺たち、ずっと待ってるんです」

「バースはなにも払わなかったの？」

「なにも。俺たちがもらう金をぜんぜん払ってくれてません」

「そうなんだ、でもお金だけじゃないでしょ。バースはブランデーあげなかった？　それにクライン・アナのことは？　あれこれプレゼントをもらったじゃない？　あれだってお金はかかってる、でしょ？　バースはいろんなものをあなた方にあげたのに、もっと欲しい、まだ欲しい、それもお金をって。それはないわ！――あんた方みたいな人にやるお金、わたしにはないの」

　またしても厄介事、いつだってこれだ！　お金のことなんかわからないのに！　これまで六ペンスより大きな硬貨に触ったことさえないんだから。どこを探せば出てくる？　父はどこにしまってたんだろ？　マットレスの穴のなか？　とっぷり血を吸って、いまや灰燼（かいじん）と化したあれか？　床下の煙草の缶のなか？　郵便局の鍵のかかった金庫か？　どうすれば手に入る？　遺言は書いてあったのか？　財産はわたしに残すって？　それとも聞いたこともない兄姉やいとこたちに？　どうやってはっきりさせる？　でもわたしは父のお金が欲しいんだろうか？　茹（ゆ）でた南瓜を食べて一生涯、満足し切って生きていけるのに、お金なんて必要だろうか？　それにわたしの暮らしが質素でお金など必要ないんなら、なんでヘンドリックにお金が必要なんだろ？　なんでヘンドリックはいつもわたしをがっかりさせるんだろ？

「俺たち、ちゃんと仕事したんですから、ミス」ヘンドリックの笑みは消えうせ、怒りに顔を強張らせている。「さあ金を払ってください。バースはいつだってちゃんと払ってくれたんだ。いつだって」

「そんなところに突っ立って喧嘩をふっかけないでよ！」わたしのなかに怒りの泉が湧きあがる。「ふたりしていったいどんな仕事をしたっていうの？　あんたのあのアナはどんな仕事をした？　昨日の午後、わたしが自力でバースを埋葬しなければならなかったとき、あんたはなにをしてた？　ちゃんと仕事したなんて、偉そうに言うんじゃないの――ここで仕事らしい仕事をやってるのはわたしだけなんだから！　出てきなさい、あんた方にやるお金なんか一銭もないわ！」

「そうですか、ミスが出てけっていうんなら、俺たちは出てかなきゃならないよな！」

真っ昼間に本気でわたしを脅しにかかっている。笑みを浮かべてやってきたのは、わたしからなにを搾り取れるか試すためだったんだ、わたしが独りで馬鹿みたいだから、非力で怖がるだろうと思って。それでこうして脅しにかかっている、わたしが慌てふためくだろうと思って。

「よく聞きなさい、ヘンドリック、勘違いしないで。あなたにお金を渡さないのは、手元にお金がないからよ。ここを出ていきたいなら出ていけばいい。でも待つっていうんなら約束する、お金は渡す、あなた方が稼いだ分は耳をそろえて。さあ、どうするか決めなさい」

「わかりました。俺たちが待たなきゃならないなら待ちます。払ってくれるって約束してくれるんなら。俺たちの分として屠った羊でなんとかします」

「そうね、羊を取り分にしなさい。でもわたしが言うまで、この家のためにはなにも屠らないで」

「わかりました」

187

床は使用人たちに掃除がまかされていたころとは雲泥の差で、ぴかぴかに輝いている。ドアの握りが渋い光を放って、窓はきらきら輝き、家具もつやつやだ。屋内に射しこむ光という光が、磨きあげた表面から表面へ果てしなく反射をくり返す。シーツ類もテーブルクロスもこの手で洗って、吊るし、アイロンをかけて、折りたたんで仕舞った。浴槽のそばに膝をついて作業したので膝は痛いし、洗濯板でごしごしやった両手は皮が剝けた。背中も痛くて、立ちあがるとくらっとする。あたりに蜜蠟（みつろう）ワックスと亜麻仁油の香りが漂っている。長い歳月に積もった埃はすべて、衣裳簞笥の上の埃も、ベッドのスプリングから出る埃も、ドアから外へ掃きだした。屋根裏部屋はこざっぱりと片づいている。ずらりとならんだ収納箱には、わたしには不要になった物がぎっしり詰まり、掛け金と錠が鈍い光を放っている。家は針一本にいたるまでみごとに整理整頓された。わたし独りでやったのだ。次は農場。そろそろ、羊が窒息しないうちに毛を刈らなければ。その仕事をヘンドリックがやらないなら、わたしがやる。わたしのエネルギーは無限だ。日除け用ボンネットをかぶり、自分の裁縫鋏を握って出かけて、羊の後脚をつかんで膝のあいだにはさみこみ、一頭一頭、来る日も来る日も刈りつづけて最後の一頭まで刈る——刈った毛は風まかせだ、わたしにとってどんなご利益がある？　それとも少し取り分けておいてマットレスに詰めようか、そうすれば夜はその上に横になって、あの油っぽい温もりを楽しめる。羊を守備良く捕まえられなかったら、それは十分考えられるけど（自分に懐（なつ）いた牧羊犬はいない、犬を呼ぶと吠えて後ずさるのはわたしのことが好きじゃないからだ、臭いのせいだ）。となると打つ手はなく、羊は死に絶えるしかなく、フェルト一帯に倒れ伏して薄汚れた茶色の化粧パフみたいに喘ぐことになって、そのうち羊の創造主が哀れに思って懐に抱きあげてくれるとか。風車はどうか、これはもう昼夜の別なく、ポンプで水を汲みあげるだろう。風車はひたすら誠実で、考えたりしないし、暑熱などものともしない。貯水池には水があふれる。夕方、ヘンドリックが畑に水を遣りつづけているのを見かける。ヘンドリックがうんざりしたり、向かっ腹を立てたりして水を遣らなくなったら、わたしが遣る。果樹と野菜畑は必要だから。あとはいい、ライ麦は枯れるだろうし、アルファルファも枯れるだろう。牛は喉をからからにして、死んでしまうだろう。

188

わたしと彼らのあいだには水涸れした川がある。彼らはもう屋敷にはやってこない。その必要がないから。わたしは賃金を払っていない。ヘンドリックはまだ、弱ってきた牛の乳を搾り、耕地に水を遣っている。わたしは彼らの家にいる。ときおりストゥープや窓から、深紅のスカーフが川床で上下するのが目に入る。アナは彼らの家にいる。金曜の夕方になるとヘンドリックがやってきて、自分の珈琲と砂糖と玉蜀黍粉と豆を貯蔵庫から持っていく。庭を横切ってきて戻っていく姿をわたしはじっと見ている。

189

家禽類が野生化して、樹木をねぐらにするようになった。一羽また一羽、山猫の餌食になっていく。昨夜はひと腹の鶏の雛がやられた。餌が残り少なくなっていく。お金は見あたらない。郵便局にあるとしたら、わたしにはないも同然だ。でもたぶん、本当に燃やしてしまったんだろう。それともお金はなかったのかもしれない。たぶん、わたしが自分で羊の毛を刈って、その毛を売らないかぎり、お金なんかないんだ。となればお金はない。

190

こんなことでは暮らしていけない。

191

眠れなくなり、午睡の時間に家のなかをうろつく。鍵のかかっていた部屋にある見慣れぬ衣服を指でなぞる。鏡のなかの自分を見て微笑もうとする。鏡のなかの顔がやつれた笑みを浮かべている。なにも変わっていない。わたしはいまも自分が好きになれない。アナならこの衣裳を着られるけれど、わたしには無理だ。あまりにも長いあいだ黒い服ばかり着てきたので、人間まで黒くなってしまった。

192

ヘンドリックは週に一度、羊を屠る。それが当然もらえる報酬を確保する彼のやり方だ。

193

朝起きたら、きれいにするものを探す。でも、なんにしてもそんなに早くは汚れない。ほとんど使われないんだから、埃が溜まるのを待つしかない。埃は埃の都合のいいときに舞い落ちる。わたしはむくれる、家はぴかぴかだ。

194

ヘンドリックが妻を後ろに従えて正面ドアのところに立っている。

「ミス、珈琲がなくなりました、小麦粉もなくなりました、ほとんどなにも残っていません」

「ええ、わかってる」

「それに俺たち、まだ払ってもらってない」

「わたしにはお金がないの。あなた方は働いてないんだから、お金なんかあげなくてもいいでしょ？」

「でも、ミスは俺たちに借りがある、そうじゃないですか？」

「無心しつづけても無駄よ、ヘンドリック、お金はないんだから」

「それじゃ、なんか別のものくださいよ」

195

こんな愚かしい会話は続けられない。わたしとこの人たちとのあいだで交わされるはずの言語を父が堕落させてしまった。もう取り返しがつかない。こんなやりとりは茶番（パロディ）だ。わたしは階級社会の、距離感と遠近感のある言語のなかに生まれた。わたしの父語はそれだった。心からその言語で話したいというわけじゃなくて、その距離感にはいやというほど悲哀を感じている、でも、わたしたちにはそれしかない。恋人たちが使う言語があると思っていても、それがどんなふうか想像がつかない。わたしには自分が信じる価値観をやりとりすることばが残されていない。ヘンドリックは巧くかわしながら内心ほくそ笑むときはいつも古いことば遣いでものを言う。面と向かって「ご主人さま（ミス）、ミス、ミス！」を連発する。腹のなかでは「あんたのことはわかってるぜ、あの父親の娘だろ」と笑ってるんだ。「あんたは俺の女房の義理の姉だよな、あんたの父親が寝てたところに俺も寝てんだし。あの男のことならわかってるさ、あいつの御手付きが俺のベッドにいるんだから」「あんた、あんた、あんた」とクライン・アナがヘンドリックの後ろで歌っている、でも姿は見えない。

196

ヘンドリックがはるか高いところに、屋根裏部屋の扉を出た踊り場に、父の服を着て姿をあらわす。なんともグロテスク！　両手を腰にあてて胸を突きだし、気取ったポーズを取ってみせる。

「すっごい（アィッァ）！」とクライン・アナが下から歓声をあげる。

「その服、すぐに脱ぎなさい」これは許せない、わたしへの当てつけとしてもやりすぎだ。「ご主人の古い服を少し持っていっていいと言ったけど、その服はダメ、あんたのものじゃない！」

　ヘンドリックは妻のほうにいやらしい流し目をして、わたしを無視する。

「ヘンドリック！」わたしは叫ぶ。

「ほれ！」とヘンドリックは両腕を広げて、踊り場でくるりとピルエットする。「かっこいい（アィッァ）！」と応唱する妻の声に嬉しそうな笑いが混じる。

ヘンドリックが着ているのは襟のない白い綿シャツ、いちばん上等のサテンのベスト、綾織り（あやおり）のズボンで、上質の黒いブーツまで履いている。おまけに手摺りにシャツが何枚も掛けてある。

このふたりを相手にわたしになにができる？　こっちはひとりで、女なんだ！　木の階段を苦労してのぼる。これがわたしの運命か、ならば自力で乗り切るしかない。

笑い声がやんだ。わたしの目がヘンドリックのブーツの高さまできた。

「ミス！」という声に聞き取ってしまうのは憎しみだろうか？「ミス、どうぞ、このヘンドリックに教えてやってください、お嬢さま（ミス）は、こいつにご主人の服を脱げとおしゃってるんですか？」

「古い服を持っていっていいと言ったけど、その服はあんたのものじゃない」いつまでこんなまどろっこしいことを言っていられるんだろ？　呻きながら泣き叫びたいときに。

「お嬢さまはこの俺に服を脱がせたいんですか？」

罠だ。もう泣きそうだ。あとどれだけ我慢したら放っておいてくれるの？

ヘンドリックがズボンのボタンをはずしはじめる。わたしはぎゅっと目をつぶってうつむく。気をつけなければ、後ろ向きで階段を下りようとすれば、間違いなく滑って落ちる。

「ほら、見て！　見てくれ、われらがお嬢さま、見ろって！」その声のなかに聞き取れるのは紛れもない憎しみだ。ぎゅっと目をつぶっても、ほおを熱い涙が流れおちる。これは罰だ、とうとうやってきた、耐えなければいけないときが。「さあ、怖がらないで、われらがお嬢さま、ただのオトコですよ！」

そしてわたしたちはぴたりと動きを止めて、長いあいだ立ちつくす。「もうやめなよ、こまってるじゃない」下のほうからクライン・アナの低い声が聞こえる。わたしを助けようとしている。目を開けると、アナが興味津々でわたしの顔をまっすぐ見つめている。女なんだ、だから情け深い。それは普遍的な真実だろうか？　後ろ向きのまま一段ずつ、足で探るように階段を下りて、のろのろとアナの横を通って家に入る。ふたりはわたしを敵にまわそうとしている。でもなぜ？　彼らに払うお金がないってだけの理由で？

197

見せびらかす相手もいないのに、ふたりがわたしの両親の晴れ着を着て、ふらふら庭を歩きまわっている。この怠惰な日々があのふたりに、そしてわたしに悪しき影響をおよぼしている。わたしたちの関係が崩れていく。たがいに飽きて、ふたりはわたしを気晴らしの種にする。わたしは雨傘立てからライフル銃を取ってくる。照準器のまんなかにヘンドリックの背中が入る。この瞬間のヘンドリックはどんな存在か？　倦怠に蝕まれて草の茎をくわえている男、それとも緑を背景にした白い斑点？　どっちだって構うもんか。銃と標的がするりと平衡状態に入ったところで引き金を引く。衝撃音で耳が聞こえなくなるが、これは前にも経験済み、耳のなかがぎんぎん鳴るところまでおなじだ。わたしは手練(てだ)れなんだ。アナが子供みたいに両手をばたつかせて、重たい白いドレスを着て、蹴つまずきながら走っていく。ヘンドリックは四つん這いで必死でアナを追いかける。わたしは自分の部屋の暗がりへ引っこみ、騒ぎがおさまるのを待つ。

198

銃を手に、がらんとしたストゥープに出る。銃を構えて、白いシャツに狙いを定める。銃身が狂ったように震えても、固定するところがない。アナが金切り声をあげてこっちを指差す。ふたりして飛びあがり一目散に駆けだして、野兎みたいに庭を突っ切って野菜畑に向かう。それに合わせてすばやく銃を構えなおすことができない。わたしは悪くない、危険でさえない。目を閉じて引き金を引く。衝撃音で耳が聞こえなくなり、耳のなかがぎんぎん鳴る。ヘンドリックとクライン・アナは無花果の並木の向こうに消えてしまった。わたしは銃を元の場所に戻す。

199

死んだ人たちの晴れ着に身を包み、彼らは紫丁香花（リラ）の木陰にある古いベンチに腰かけている。ヘンドリックは脚を組み、腕を背もたれに沿って伸ばし、その肩にクライン・アナがもたれかかっている。

窓からわたしが見ていることにヘンドリックが気づく。立ちあがって近づいてくる。「お嬢さまはひょっとして、俺のための煙草を少しお持ちじゃないですか？」

200

わたしは両目に枕をのせてベッドに横になっている。ドアは閉めてあるけれど、ヘンドリックが家のなかにいて、抽斗を漁っているのがわかる。この家のなかのことなら、蠅が一匹、その足を舐めてたってわかるんだ。

ドアが開く。わたしは壁のほうを向く。ヘンドリックが見おろすように立っている。

「ほら、お嬢さん、煙草を見つけましたよ」

これが最後かと思いながらパイプ煙草のあまい香りを吸いこむ。それを誰がわたしの家にまた持ちこんだりするだろう？

ヘンドリックが、ベッドに寝ているわたしのそばにどっかりと腰を下ろす。鼻孔が彼の臭いでいっぱいになる。片手がわたしの腰に伸びてくる。大声で剝き出しの壁に向かって叫びながら、わたしは体を硬くし、咆哮するように肺の奥から恐怖を吐きだす。手が離れたので臭いは消える、でも叫び声は延々と響きつづける。

201

ヘンドリックとクライン・アナが紫丁香花（リラ）の木陰にある古いベンチに腰かけている。ヘンドリックは脚を組み、パイプをくゆらせている。その肩にアナが心地良さげにもたれかかっている。窓からわたしはじっと見ている。ふたりは無傷だ。

202

白い封筒を振ってヘンドリックに合図する。「この手紙を持って郵便局まで行きなさい。郵便局の偉い人にこれを渡して。そうすればお金をくれるから。明日の朝早く発てば、火曜日の夜までには戻ってこられる」

「はい——郵便局ですね」

「もしもなにか聞かれたら、わたしの遣いだと言いなさい。ご主人様（バース）は病気で来られないって。いい、忘れないで、バースは病気だって——それ以上なにも言わないこと」

「はい、ミス。バースは病気です」

「そう。それでアナに、心細かったら明日の夜は台所で寝てかまわないって伝えて」

「はい、ミス」

「それに手紙はしっかりしまって、そうしないと一銭も手に入らないからね」

「はい、ミス、しっかりしまいます」

203

アナが自分の寝床をこしらえはじめる。わたしは台所から出ていかずに、テーブル越しにアナを見ている。アナの動きがだんだんぎこちなくなってきた。夫がいないとどうすればいいか自分だけじゃ手に負えなくなるんだ。

「台所で寝るほうがいい？」

「はい、ミス」と顔をそむけたままアナがぼそぼそと言う。手の置き場に困っている。

「ちゃんとしたベッドで寝たくない？」

アナがおろおろしている。

「客室のベッドで寝たくない？」

「いえ、ミス」

「なんで！　この床の上で寝るほうがいいの？」

「はい、床の上で」

アナが長い沈黙に耐えている。わたしは薬缶に水を入れる。

「寝床に入りなさい。わたしはお茶を淹れるだけだから」

アナは寝具をかぶって光に背を向ける。

「ねえ、アナ、服を脱がないの？　寝るとき服を脱がないの？　スカーフをかぶったまま寝るの？」

アナがスカーフを取る。

「ねえ教えて、ヘンドリックといっしょに寝るときも服を着たままなの？　それって信じられない」わたしは寝床のそばに椅子を引き寄せる。「彼といっしょに寝るのって楽しい？　ねえ、恥ずかしがらなくてもいいから、誰も聞いてないし。ほら、教えてよ、いっしょだと楽しい？　結婚してるって楽しい？」暗い家のなかに魔女といっしょに閉じこめられて、アナは惨めったらしく、ぐじゅぐじゅと洟をすする。これじゃ対話になりそうもない。ありがたいことに、わたしは思いきり翼を広げて好きなところへ飛んでいける。「わたしも男が欲しいけど、でもかなわなかった、誰からも気に入られなかった、美人じゃなかったし」硬い台所の椅子からアナのほうへ身を乗りだすようにして、彼女をいじめる。アナはその声のなかに激しく波打つ怒りだけを聞き取って、惨めったらしくすすり泣く。「でもそれが最悪ってことじゃないの。エネルギーってのは永遠の喜びであって、わたしはまったく別の人間だったかもしれないし、こんな牢獄は焼き払って逃げていたかもしれない。わたしの舌は火によって刺し貫かれているの、わかるかな、でもぜんぶ虚しく内側に向かってしまった、怒ってると聞こえるのは内側で炎が爆ぜてるだけで、あなたに腹を立てたことは一度もないのね、ただ話をしたかっただけで、自分以外の人とちゃんと話をするのに慣れてなかった。いつだって、ぽっとことばが浮かんできて、それを口にしてきた。心からやりとりすることばを知らないのよ、アナ。わたしがかけることばにあなたは返事ができない。価値のないことばだから。わかる？　価値がないの。父さんと話をしたときはどんな感じだった？　ただの男と女だった？　ねえ、教えてよ、知りたいの。父さんは、あなたに素敵なことばをかけた？　泣かないで、いい子だから、意地悪で言ってるんじゃないんだから」わたしはアナのそばに横になり、彼女の頭を腕にのせてあやす。アナが舌を長々と突きだして、自分の上唇から鼻水を舐めとる。「ほら、そんなに泣かないで。わたしを信じて、あなたとご主人がいっしょにやったことなんかちっとも責めてないんだから。あの人があなたとささやかな幸せを見つけたのはいいことだった、ものすごく淋しい人生だったから。それにきっと、ふたりにとっても良かったんじゃない？　わたしはあの人を幸せにできなかった、しょうもない従順な娘にすぎなくて、うんざりさせただけだし」

「ねえ教えて、アナ、もしも父が生きていて、もしもあなたといっしょだったら、あなたとわたしは友達になれたと思う？　どう？　わたしは、なれたと思うの。姉妹とかいとこみたいな、そんな感じになれたと思う。

ねえ、じっとしててね。灯りを消してくるから、それから隣に戻ってきて、あなたがぐっすり寝入るまでいっしょにいてあげる」

暗闇のなかで、わたしはアナの隣に震えながら身を横たえる。

「教えて、アナ、わたしのこと、なんて呼んでる？　わたしの名前は？」できるだけそっと息をする。「あなたが考える、わたしの名前って？」

「お嬢さま？」

「そうね、でもただのミスなの？　あなたにとって、わたしは名なし？」

「ミス・マグダ？」

「そう、マグダだけでいいかな。洗礼を受けたときの名前はミス・マグダじゃなくて、マグダだから。ミス・マグダとかバース・ヨハンネスなんて名前で、牧師が子供を洗礼するのって変じゃない？」

ぱちっと唾が弾けるのはアナが笑ったからだ。よしよし、首尾は上々。

「クライン・アナとか、リトル・アナとか、最初はみんな名前の前に「小さな」をつけて呼ばれるでしょ。わたしだってむかしはリトル・マグダだった。でもいまはただのマグダよ。マグダって言ってみて？　ほら、わたしをマグダって呼んでみて」

「そ、それ、できません」

「マグダ。簡単よ。まあいいか、明日の夜またやってみようね、明日はマグダって言えるかもしれない。さあ眠らなきゃ。ちょっとだけいっしょに寝てあげる、そのあと自分のベッドに行くわ。おやすみ、アナ」

「おやすみなさい、ミス」

アナの頭を手探りして額に唇をつける。一瞬、アナはもがいて、それから身を強張らせて耐えている。いっしょに横になっていても雰囲気は、ぎすぎす。わたしはアナが眠るのを待ち、アナはわたしが立ち去るのを待っている。

台所から手探りで抜けだして自分のベッドへ行く。触れ合いという未知の世界で、わたしはできるかぎりのことをしているんだ。

204

ヘンドリックを待つ。一日の時間がたつのがもどかしい。やがてフェルトのはるか向こうに、あれは屋敷に向かって自転車を漕ぐヘンドリックかと思しきものが見えてくる。最初は地平線に浮かぶ一個のちっぽけな白い土埃だったものが、静止した暗色の斑点のあいだをひとつだけ動く暗色の斑点となり、それから午後の暑熱のなかを、こっちに向かって自転車のペダルを漕ぐ男の姿が見えてくる。わたしは両手を握りしめる。

ヘンドリックが自転車から降りて、道が川と交差する砂地を手で押してやってくる。小包を運んでいるようだ。でも近づくにつれて、上着を自転車の後部に縛りつけているだけだとわかってくる。

ストゥープの階段の最下段のところに自転車を立てかけて、勢いよく上ってくる。四つ折りの手紙を突きだす。

「おかえり、ヘンドリック、疲れたでしょ。あなたの食事を取り分けておいたから」

「はい、ミス」

ヘンドリックはわたしが手紙を読むのを待っている。手紙を広げる。それは上部にアフリカーンス語と英語で「預金の払い戻し」と印刷された用紙にすぎない。「払戻人署名」欄の余白に鉛筆で×印が書かれている。

「なにもくれなかったの？」

「はい、ミス。ミスは俺に自分の金をもらえると言いました。俺の金はどこにあるんですか？」

ヘンドリックがぐんとのしかかるように近づいてきてたので、わたしは自分の椅子で身動きできない。

「ごめんなさい、ヘンドリック。本当にごめんなさい。でもなんとかするから、心配しないで。明日にでもわたしが局まで出かけていって話をつけるわ。陽が沈む前に驢馬を捕まえなきゃ。どこで草を食べているのかしら？」ことば――のしかかるように聳える彼の怒りの壁に向かって、わたしがひたすら発するのはことばだ。

椅子を後ろに引いてよろけながら立ちあがる。ヘンドリックは一歩たりとも引かない。向きを変えるとき、継ぎのあたったシャツと、きらっと光る肌に微かに触れる、太陽と汗の臭いがする。

わたしの後ろから家のなかに入ってくる。

205

テーブル上の、覆いをかけた皿を指差す。「台所で食べていけば？」

　ヘンドリックは覆いを取って、冷たい腸詰と冷たい馬鈴薯を見る。

「お茶を淹れるわ。喉が渇いたでしょ」

　ヘンドリックがテーブルから皿を一気に払いのける。皿が床板にあたって砕け、食べ物の塊があちこちに散らばる。

「なんてことするの！」金切り声で叫ぶ。わたしがどう出るかヘンドリックはじっと見ている。「いったいどういうこと？　腹が立つ理由をどうしてはっきり言えないの？　食べ物を拾って片づけなさい、わたしの家で騒ぎは起こさせないわよ！」

　ヘンドリックはテーブルにもたれて息を荒げている。みごとな胸、強靭な肺。男なんだ。

「ミスは嘘つきだ！」ことばがふたりのあいだに鳴り響く。心にずしんとくる、怒鳴られるのは嫌だ、自分が無力に感じるだけだから。「ミスは郵便局で俺が金を受けとれると言った！　二日も自転車を漕いだんだ――二日も！　それで俺の金はどこだ？　どうやって暮らしていけばいい？　貯蔵庫はからっぽ。どこで食べ物を手に入れろって？　天から降ってくるとでも言うのか？　バースが生きていたころは、食い物は毎週手に入ったし、金も毎月払ってもらった。そのバースはいまどこにいる？」

そんなこと言ってもしかたがないのがわからないのか？　いったいどうしろっていうんだろ？　あげるお金なんてわたしにはないんだし。「出てってもいいのよ」口ごもるように言ってみるが、彼の耳に入らない。大声でがなり、ひどい雑言を吐いている。もう聞く気になれない。

わたしは立ち去ろうとして背を向ける。彼が跳びかかってきて腕をつかむ。「放しなさい！」と叫ぶ。つかむ手にいっそう力が入って、台所に引き戻される。「ちょっと待てよ！」鋭い声が耳元で響く。わたしは最初に目に入るモノをつかんで、フォークだ、突きかかる。フォークの歯が彼の肩をかすめる、たぶん皮膚までは刺さっていない。なのに驚いたヘンドリックは大声をあげて、わたしを床に投げとばす。よろけながら身を起こすと殴打の嵐だ。もう吐く息がない、喘いでいるうちにすべて吐きだしてしまった。頭をかばいながら、またゆっくりと、ぶざまに、床に倒れる。「ほら！……いいな！……こうだ！」と言いながらわたしを殴っている。わたしは膝と手をついて身を起こし、這ってドアまで行こうとする。わたしの臀部を彼がしたたかに蹴る。二度も。男の蹴りが、骨の髄まで響く。わたしはひるんで恥ずかしさに泣く。「お願い、どうか！」わたしはぐるっと仰向けになって両膝を持ちあげる。これは間違いなく売女の姿態だ。でも次に起きたことが、どういうなりゆきで起きたのか自分でもわからない。ヘンドリックがわたしの太腿（ふともも）に立てつづけに蹴りを入れていたのだ。

206

ヘンドリックが後ろで思い切り汚いことばを吐きながら、まだ喚（わめ）きちらしている、でも、不当に扱われたと思いこんだ恨みごとなどもう聞いていられない。わたしは背を向けて歩きだす。二歩踏みだしたところで、ヘンドリックが跳びかかってきて、腕をつかんで引き戻そうとする。そうはさせまいとわたしは必死にもがく。最初に目に入ったモノをつかんで、フォークだ、突きだすと、それが彼の肩をかすめる。皮膚まで刺さったわけではないのに、彼は驚愕して息を呑み、わたしを壁に投げつけ、全体重でのしかかってくる。フォークが落ちる。彼の骨盤がわたしのなかに強く捻じこまれる。「だめ！」とわたしは言う。彼は「いいさ！」とわたしの耳のすぐ近くで唸る、「いいさ！　いいさ！」。涙が出てくる、恥ずべき事態なのに、ここからどうやって抜けだしていいかわからない、なにかが衰えていく、わたしのなかでなにかが死のうとしている。ヘンドリックが身をかがめて、もたもたとドレスのボタンをはずそうとする。そうはさせまいとするが、それを察したヘンドリックの指が両脚のあいだを這いあがってくる。わたしはあらんかぎりの力でその指をつかんで止めようとする。「だめ、お願いやめて、お願い、それはだめ、それだけはお願いだから、ヘンドリック、なんでもあげるから、後生だからそれだけはやめて！」喘いだせいで頭がくらくらする。彼の顔を何度も押し戻すが、上手くいかない。彼はずるずるとわたしの体を滑りおりて、パンツのゴムを引っ張り、わたしを引っかいて掘ろうとする。「だめ！　だめ！　だめ！」わたしは恐怖に気が遠くなる。こんなことに快感のかけらもない。「ヘンドリック、お願い、放して、やり方さえ知らないの！」わたしは落ちていく、ひょっとすると気が遠くなったのかもしれない、太腿に絡まる彼の腕だけに支えられて。すると床に横になり、蜜蠟の臭いを、埃の臭いを嗅いでいる。恐怖で吐き気がする、四肢が水になったようだ。これが運命だとしたら、胸がむかつく。
　ことが起きている、わたしにことがなされている、それがはるか遠くに感じられる、凄まじい切開、下手な外科手術だ。音ははっきりと聞こえる。ちゅうちゅう、はあはあ、ぺちゃっぺちゃ。「ここじゃなくて、床の上じゃなくて、お願いだから！」唇の近くに彼の耳がある、ささやくだけで聞こえるはずだ。彼はわたしを揺らす、前に後ろに、前に後ろに、床板の上で、そのたびにわたしの頭が幅木にぶつかる。臭いもはっきりとわかる。髪の、灰の、臭い。「すごく痛い――お願い、頼むからやめて――」みんながやってることってこれか？　彼の動きがどんどん激しくなる、わたしの耳に向かって呻く、涙が咽喉の後ろへ流れ落ちる。やめさせて、やめさせて！彼が喘ぎはじめる。長ったらしい身震いをして、わたしの上で脱力する。それから引き抜いて離れる。わたしのなかに入っていたんだ、間違いない、こうして外に出たいま、すごい痛みが襲ってきて冷たいねばねばがそこにあるんだから。わたしが股間に指をあてているあいだ、横で彼がズボンのファスナーをしめている。じわじわとわたしから滲みでてきたのは、つんと鼻を刺すこの液は、間違いなく精液で、それが太腿をつたって、わたしの服に、床に垂れていく。きれいに洗い落とすにはどうすればいい？　絶望感にうちのめされて、わたしはひたすらすすり泣く。

207

ヘンドリックがわたしを壁に投げつけて、両手首を押さえつけ、全体重でのしかかってくる。フォークが床に落ちて、彼の骨盤がわたしのなかに強く捻じこまれる。「だめ！」とわたしは言う。

彼は「いいさ！」と言う。「いい！　いいんだ！」。「どうしてそんなにわたしを嫌うの？」わたしはすすり泣く。顔をそむける、そうせずにはいられない。「いつだってわたしをひたすら痛めつけたいと思ってるんでしょ。いったいわたしがなにをしたっていうの？　こんなひどいことになったのはわたしのせいじゃないんだから、あんたの妻のせいよ、あの女とわたしの父親のせいだ。それってあんたのせいでもあるからね！　あんた方ってのはみんな、どこでやめたらいいかわかってない！　やめなさい！　そんなことしないで、わたしを痛めつけてるんだよ！　お願いだからやめて！　なんでわたしを痛めつけるの？　なんでこんなにわたしに痛い思いをさせるの？　お願い！　お願いだから、こんな床の上じゃなくて！　手を放して、ヘンドリック！」

208

ヘンドリックが寝室のドアを閉めて、ドアを背にして立っている。「服を脱げ！」とこの見知らぬやつが言う。強引にドレスを脱がされる。わたしの指は麻痺(まひ)している。体がぶるぶる震える。ひっきりなしにわたしは自分にささやくけれど、彼は自分のやることに夢中になっていて耳に入らない。「怒鳴るだけで、わたしにちゃんと話しかけてないじゃない、憎んでるんだ、わたしを——」彼に背を向け、上品さをかなぐり捨てて、自分でドレスとペチコートを脱ぐ。これがわたしの運命、女の運命なんだ。自分にできることはやった。わたしはベッドに、彼に背中を向けて横になり、見栄えのしないちっぽけな胸を抱きしめて隠す。靴を脱ぐのを忘れた！　いまとなっては手遅れで、これからことは起きて最後まで行くんだろう。ひたすら耐えなければならないけど、ついに終わってひとりになれば、また自分が誰かを再発見できるようになれば、ときがたつうちに、ありがたいことにここには時間はたっぷりあるから、わたしの人生のこの尋常ならざる午後がかき乱しているものを寄せて集めて、秩序立てることができるだろう。

209

パンツを引っ張るとき靴のボタンに引っかけて破ってしまう。また繕い物ができたじゃないか。「開け」、それがわたしにかける最初のことばだ。でも寒い、わたしは首を振り、全身に力をこめる、体の隅々までぎゅっと力を入れる、あげるものなどなにもない。言われてやるなんてまっぴらだ、涙だって瘤（こぶ）のようにきつく閉じた瞼の奥から出られないんだから、無理に叩き割らなければならないんだ、わたしは貝殻のように硬い、手を貸すなんてありえない。やつがわたしの膝を力ずくで開く、わたしはまたぎゅっと閉じる、何度も何度もそのくり返し。

　わたしの両脚を宙に持ちあげる。身を硬くして、恥ずかしさに大声をあげる。「怖がるなよ」。あれはやつのことばか？　舌がもつれている。そしていきなり股間に頭が押し入ってくる。もじゃもじゃの髪を押しのけて、わたしは身をよじる、なのに頭はぐりぐり掘り進む。「あああ――」と大声で泣く。屈辱が延々と続く。わたしはびしょ濡れ、胸糞が悪い、こいつの唾のせいだ、そこにいたとき絶対にわたしに唾を吐いたんだ。すすり泣きの涙が止まらない。

　やつがわたしの股のあいだで前屈みになり、両脚をつかんで開き、押し入ってくる。「痛くないさ」

無理矢理なかに入ってくる。わたしが右に左に首を振って泣いているのに、手加減なしでわたしの胸をはだけてのしかかってくる。わたしの耳に息を吐きかけ、身を揺らしながらどんどん深く入ってくる、いつ終わるんだろ？　「みんなこれが好きだよな」とがさつな声がする。あれはやつが言ったのか？　どういう意味だ？　そしてそれから「しっかりつかまれ！」と言う。え、なにっ？　ベッドの継ぎ目がどこもかしこもぎしぎし鳴ってる、シングルベッドなんだ、長椅子みたいなもので、こういうことのためにできてない。彼がわたしの肺から息を吸い取り、耳元で呻き声と耳ざわりな音を吐き、石臼みたいに歯を軋らせる。「みんなこれが好き」って？　「みんなこれが好き」って？　みんなそこまで冒られてるのか？　でも、いったいなんで？　脳天から爪先までやつの全身を身震いが駆け抜ける、それをわたしははっきり感じる、ほかのなによりはっきり感じる、これが行為のクライマックスってやつだな、わたしだって知ってるんだ、動物がやってるのを見たことがあるんだから、どこもおなじ、それを合図に終わりがくる。

210

彼がわたしの隣で仰向けになって、いびきをかいて眠っている。彼の性器にあてられたわたしの手を、彼の手がつかんでいる。でもわたしの神経は鈍く、好奇心がまったく起きない、感じるのはじめっとした柔らかさだけだ。彼の目を覚まさないよう、緑色のベッドカバーを引っ張りあげて自分の体を包む。わたしはいま女なのか？　これでわたしは女になったのか？　些細ななりゆきで、行為と動きが次々と起きて、筋肉が骨をあっちこっちへ引っ張って、その結果言えるのが、わたしが女だってことか、あるいは、ついにわたしは女になったってことか？　指がフォークの柄を握り、フォークの爪がきらめいて、継ぎのあたったシャツを突き抜け、皮膚まで達する。血が流れる。二本の腕がつかみあいをして、フォークが落ちる。ひとつの体がひとつの体の真上にかぶさり、押しまくり、侵入する道を見つけようと、あらゆるところで動く。でもこの体はわたしのなかのなにが欲しいの？　この男がわたしのなかで探しあてようとしてるのはなに？　目を覚ましたらまたやる気だろうか？　こうして眠りながら、どれだけ深い侵入と支配をたくらんでいるのか？　いつの日か彼の骨張った骨格がすべてわたしの内部に詰めこまれてしまうってことか、彼の頭蓋がわたしの頭蓋の内部に詰まり、彼の手足がわたしの手足と重なり、残りの部位はわたしの腹腔内にぎゅう詰めになって？　いったいわたし自身のなにを、やつは残してくれるんだろ？

211

午後の残りは足早にすぎていって、わたしはこの男のそばに横たわったまま、涙と血をじわじわと流しつづける。もしも立ちあがって歩くとしたら、だってまだ歩けるし話もできるから、もしも歩いてストゥープに出るとしたら、髪をもつらせ、尻を垂らして、股間に卑猥な汚物をつけたまま、わたしが、片隅で育つ黒い花が、くらくらしながら、ふらつきながら光のなかに出ていくとしたら、どう足掻(あが)こうと間違いなくそこにあるのは、いつもと変わらない午後で、蟬はしつこく鳴くのをやめず、熱波はまだ地平線にゆらめき、太陽は我関せずとこの肌にじりじり照りつけるだろう。なにもかもやってしまったけれど、それを禁じるために天使が炎の剣を手に空から降りてきたりはしなかった。どうやらここの空に天使はいないらしい、神にしてもこの地域にはいないらしい。それは太陽だけのものだ。人がここに住むと意図されていたとは思えない。ここは昆虫のための土地で、昆虫は砂を食べて相手の屍体に卵を産みつけるが、死に際に金切り声などあげない。わたしが台所へ行ってナイフを取ってきて、わたしを痛めつけたこの男の部位を切断したって、代価を求められることはない。いったいどこで終わるんだ？　わたしになにが残された？　もうたくさん、とわたしが言えるのはいつ？　とにかく早く終わってほしい。誰かの腕に抱かれて、なだめられて、愛撫されて、泣きごとはもう終わりねと言われたい。洞穴が欲しい、潜りこめる穴が欲しい。耳を塞いで、わたしから止めどなく出ては入ってくるこのおしゃべりが聞こえないようにしたい。どこか他所に住処が欲しい。もしもそれがこの体のなかでなければいけないなら、この体のなかでも異なる条件で。もしもほかに体がないなら、はるかに好ましい体があるのに、自分の咽喉をかき切らないかぎりこうしてことばを吐くのがやめられないなら、いっそクライン・アナの体に這いこみたい、眠っているあいだにあの娘の咽喉を伝って下りていって、彼女の内部でそっとわたし自身を広げて、わたしの手を彼女の手に、足を彼女の足に、わたしの頭蓋を彼女の穏やかで静かな頭蓋に入れる、するとそこで石けんと小麦粉と牛乳のイメージが溶けて、わたしの体の穴が彼女の体の穴の上に滑るように移って、そこでなにが入ってこようと構わないと待っていると、鳥の歌、糞の臭気、いまは怒っていない優しい男の局部が、わたしの体の温もりのなかで身を揺すりながら、泡立つ精液でわたしを浸して、わたしの洞穴で眠る。

わたしもまた深い眠りに落ちて、眠っている彼の指に覆われたこの指が、彼の柔らかなところを愛撫することを覚えて、そうすればたぶん、できるだけ長く、その名を知らずにいようとすることもできる。

212

わたしの手を押しやって彼が身を起こす。

「眠ってたわよ」わたしのことばだ、柔らかな、わたしから出たことば。なんだか不思議。思わずこぼれた。「お願いだからもう意地悪しないで。なにも言わないから」横向きになって、彼をまじまじと見る。

彼は両手をまるく合わせて顔をこすり、わたしを乗り越えるようにしてズボンを見つける。わたしは肘に顎をのせて、男が服を着るきびきびした動きを見ている。

彼が部屋から出ていく、すぐに自転車のタイヤが砂利を踏みしだく音が聞こえて、音が柔和になるにつれて彼と自転車が遠のいていく。

213

開けっぱなしのコテージのドアを叩く。体をきれいに洗ったので、顔がさっぱりとして優しい感じがする。背後からアナが近づいてくる。腕いっぱいに薪を抱えている。

「こんばんは、アナ、ヘンドリックはいる？」

「ええ、ミス。ヘンドリック！　お嬢さん（ミス）が来てるよ！」

ということはなんにも知らないな。にっこり微笑みかけると、アナがたじろぐ。まだ時間がかかりそうだ。

ヘンドリックが戸口に立つが、陰のなかから出てこない。

「ヘンドリック、これからアナといっしょに屋敷に来て寝るってのはどうかしら、独りでいるとわたしひどく不安になるの。ふたりにはちゃんとしたベッドを用意する、あなた方が客室を使っちゃいけない理由はないんだし。必要なものはぜんぶ運びなさい、そうすれば行ったり来たりしなくてすむわ」

ふたりが顔を見合わせているあいだ、わたしは立って待っている。

「はい、そうします」とヘンドリック。

214

三人そろって台所のテーブルについて、蠟燭の灯りの下で、アナとわたしが料理したスープを食べる。ここでの足場が定まらないのか、わたしの習慣に馴染めないのか、食事するふたりのようすがぎこちない。アナは目を伏せ、ヘンドリックは、農場のことを質問するといつものように素っ気なく答える。

215

わたしが皿を洗い、アナがそれを拭く。ふたりしてきぱきと仕事をこなす。アナが恐れているのは、することがなくなり手持ち無沙汰になるときだ。わたしは質問はあまりせずに、もっとおしゃべりすることにして、アナをシンプルな物言いに馴染ませる。体が擦れたときは身を引かないよう気をつける。

ヘンドリックは夜陰に姿をくらました。男って暗闇を歩きまわって、いったいなにをするんだろう?

216

アナといっしょに客室のベッドをふたつ整え、きちんとシーツと毛布をかける。それからベッドを押して、くっつける。室内用便器があることを確かめて、水差しをいっぱいにする。慣習の遵守を怠っていないし、不純な意図があるわけでもない。誰も知らない片田舎で、このどん詰まりの奥地で、わたしは新たな一歩を踏みだそうとしている、あるいは、そうじゃないとしたら、そのふりをしている。

217

夜半にヘンドリックがベッドに潜りこんできて、わたしと交わる。痛い、わたしはまだ不慣れだけれど、なんとかリラックスして、その感覚を理解しようとする、でもまだまだだ。わたしのなかのなにが彼の興奮をかき立てるのかわからない。かき立てるものがはっきりすれば、そのうちもっと良くなるんだと思いたい。彼の腕のなかで眠りたい、誰かの腕のなかで眠れるものかどうか知りたい、でも彼にその気はない。あの精液の臭いがまだ好きになれない。女はそれに慣れていくんだろうか。朝、このベッドをアナに整えさせるわけにはいかない。血のついたシーツには塩を摺りこんで、絶対見つからないよう仕舞わなければ、それとも黙って燃やしてしまうか。

ヘンドリックが起きあがって暗いなかで服を着ている。わたしはぜんぜん眠れなかった、もうすぐ朝なのに、疲れすぎてくらくらする。

「ねえヘンドリック、わたし、ちゃんとやってる?」ベッドから斜めに身を乗りだして彼の手をつかむ。わたしが変わっていくのが自分の声でわかる、彼にもわかっているはずだ。「ぜんぜん知らないのよ、わたし、こういうの——わかってる? わたしが知りたいのは、自分がちゃんとやってるかってことなんだけど。それくらい教えてくれてもいいでしょ」

ヘンドリックがわたしの指をほどいて、出ていく。荒っぽくはない。わたしは裸で横になって、あれこれ考えながら、曙光が射すまでの自分だけの時間を存分に使う。それは来るべき夜に備える時間でもある。

218

「良かった? わたし、あなたをいい気持ちにしてる?」わたしはヘンドリックの顔に指をはわせる。それはやらせてくれるのだ。口元に笑みは浮かんでいないけれど、口元の笑みだけが幸福感のしるしとはかぎらない。「わたしたちがやってること、好き？　ちっともわからない。わたしたちがやってることをあなたが好きかどうか、わからないの。言ってること、わかる？」ちらりとでもヘンドリックを見たい。これまでのように、用心深くわたしを見ているかどうか知りたい。彼の表情が日に日に不可解なものになっていく。

彼の上に身をかがめて、自分の髪を揺らして撫でる。やらせてくれるところを見ると、それが好きらしい。「ヘンドリック、なんで蠟燭を点けさせてくれないの？　一度だけ、ね？　幽霊みたいに夜中にやってくるんだもの――本物のあなたかどうか、どうすればわかるの？」

「ほかに誰がいるって？」

「誰も……ただあなたがどんなふうか見たいの。いいでしょ？」

「だめだ」

219

来ない夜もある。裸で横になり、待っている。うとうと浅い眠りに落ちて、はっと目覚めて、鳴きはじめた鳥の声と暁の光に、恨めしさの呻きを漏らす。これもまた女たちに起きていることだ。横になり、来ない男を待つ。読んだことがある、書きだしから終わりまで一字一句、すべて経験してないなんて言わせない。

寝不足で体に力が入らなくなってきた。昼日中に椅子にどさっと座りこんで寝入ってしまい、暑苦しさにここはどこ状態で目が覚めると、耳のなかで微かにいびきの名残りが響いていたりする。ふたりは、こんな状態のわたしを見ているのか？　指差してにやにやしながら、忍び足で自分たちの仕事をしているのか？　わたしは恥ずかしさに歯軋りする。

220

ろくにものを食べないので、そんなことありならだけど、さらに痩せこけていく。首筋に湿疹ができる。わたしには彼を惹きつける美しさがない。ひょっとすると蠟燭を点けさせてくれないのはそのせいかも。ひょっとするとわたしの姿を見るとその気が萎えるのかも。どうすれば彼が喜ぶのかわからない。やっているとき動いてほしいのか、じっとしていてほしいのか、わからない。肌を撫でても反応が感じられない。いっしょにいる時間がどんどん短くなって、なかで放出するのにわずか一分なんてこともある。シャツを脱がない。この手の行為には、わたしは乾きすぎてる。始めるのが遅すぎたんだ、勢いよく流れでてくるはずのものが、とうのむかしに干上がってしまったんだ。ドアのところに気配を聞きつけて、自分で濡れるようにしてみるけど、いつも上手くいくとはかぎらない。正直言って、なんであいつが妻のベッドを抜けてここへやってくるのかわからない。服を脱ぐとき、女の生臭い臭いがつんとくることがある。ふたりは毎晩やってるな、きっとそうだ。

221

彼がわたしをうつ伏せにして背後からする、動物みたいに。自分の醜い尻をあいつに突きださなければいけないとき、わたしのなかのあらゆるものが死滅する。屈辱を受ける。やつが欲しいのはわたしの屈辱じゃないかと思うときさえある。

222

「もうちょっと長くいてよ、ヘンドリック。話ができない？　たがいに話をする機会がひどく少ないもの」

「しいっ、そんな大声、出すなよ、あいつに聞こえてしまうじゃないか！」

「まだ子供でしょ、ぐっすり眠ってるわよ！　ばれたら困るの？」

「いやべつに。あいつになにができる？　褐色の肌の者になにができるって？」

「お願い、そんな意地の悪いこと言わないで！　わたし、そんな意地の悪い態度とらせるようなことした？」

「なんにも、ミス」

　這うようにしてベッドから出ていく体は、曲がることを知らない鉄のよう。

「ヘンドリック、行かないで！　わたし疲れたの、骨の髄まで疲れてる。わからない？　わたしが欲しいのはふたりのあいだの、ささやかな平穏。たいした頼みじゃないの」

「だめです、ミス」そして彼は去る。

223

埋め草を探さなければならない日々もある。取るに足らない、目的のない日々だ。三人はこの家のなかでこうすればやっていけるという形が見つけられない。ヘンドリックとアナは客なのか、侵入者か、はたまた囚人なのか。わたしはもう以前のように自分の部屋に閉じこもってはいられない。家のなかをアナだけに任せてはおけない。じっとアナの目を見て、夜な夜な起きていることは知ってる、と彼女がちらりと明かすのを待ってみても、当のアナがわたしを見ようとしない。まだ台所でいっしょに家事はやっている。それ以上なにが期待できる？　家をぴかぴかにしておかなければいけないのはアナか、それともわたしか、彼女がじっと見ているなかでわたしがやるのか？　ふたりして這いつくばって床を磨かなければいけないのか、家事に励む下僕の模範となって？　アナは自分の家に戻りたがっている、それが手に取るようにわかる、自分なりのゆるいやり方と、心地良い匂いのなかに戻りたいんだ。ここにいるのはヘンドリックのせいだ。アナはヘンドリックとふたりだけになりたい。でもヘンドリックはアナとわたしの両方が欲しい、わたしがアナとヘンドリックの両方が欲しいように。この問題をどう解決したらいいのかわからない。わかるのは非対称性が人を不幸にするってことだけだ。

224

アナはわたしの探るような目が鬱陶しくてたまらない。紫丁香花(リラ)の木陰にある古いベンチで、わたしの隣に座って一休みすればいい、と誘われるのが鬱陶しい。わたしの話がとりわけ鬱陶しい。

もう質問はしない、わかっているから、ただ話をする。でもわたしは話をするのが得意じゃない。ひそひそ話とかゴシップなんてやったことがないし、たった独りで生きてきたので話のネタにする体験もない。話がただの泡(あぶく)みたいになることもあって、そんなときは自分がぶつぶつと他愛のないことを話しかけてくる退屈しきった子供だと思ったりする。もちろん、ぶつぶつ言うことで人間の言語を学ぼうとしているんだけれど、ゆっくり、ひどくゆっくり、それにものすごく大きな代価を払ってだ。アナが返すことばは嫌々口にされるので煮え切らない。

225

さあ、緑無花果のジャムを作る日がやってきたわ、と告げる。大好きな日だから、わたしは気分が浮き浮き、なのにむっつり憂鬱そうなアナを奮起させることができない。ふたりで樹木の列に沿って歩いていく。いちばん小ぶりの無花果だけ摘みなさいね、とアナに言う。熟しはじめた実は摘んじゃだめ。わたしのバケツに五個入るあいだに、アナの籠にはようやく一個。台所のテーブルの上に無花果を広げる。こうやって小さな十字の刻みを入れて、そうすれば砂糖が芯まで沁みるから、とアナに教える。わたしの指はささっとすばやく動くけれど、アナの指はとろくて、作業がのろくて、役に立たない。アナが手を膝に落としてため息をつく。テーブル越しに、無花果の入ったボウル越しに、わたしがじっと見る。アナは目を合わせようとしない。

「なにか困ってることがある？　遠慮なく言ってごらん、たぶん助けてあげられると思うの」

アナが首を振る。惨めったらしく、ばかみたいに。また無花果の実をひとつ取って、皮を剝く。

「さびしい？　家族に会いたい？」

アナはゆっくりと首を振る。

こんなふうにわたしの日々はすぎていく。神々しい変容はまだ起きない。わたしが望んでいることが、それがなんであれ、訪れることはない。

226

アナの後ろに立つ。その肩に手をのせて、指をドレスの襟の下に滑らせて、くっきりした若い骨を撫でる。鎖骨、肩甲骨。名前を言っても骨の美しさはひとかけらも伝わらない。アナが首をすぼめる。

「ときどきわたしもすごく悲しくなる。わたしたちがそう感じるのはきっと風景のせいね」わたしの指がアナの咽喉に、顎に、こめかみに触れる。「心配しないで。そのうち上手くいくようになるから」

人は欲望をどう処理するか？　わたしの目がふとモノに注がれる。奇妙な石に、きれいな花に、初めて見る虫に。それを拾いあげて家に持ち帰り、仕舞いこむ。ひとりの男がアナのところへやってきて、わたしのところへやってきた。わたしたちは彼を抱擁し、自分のなかでしっかりつかみ、わたしたちは彼のものになり、彼はわたしたちのものになる。わたしは自分が生まれた地上の、ある空間の相続人だ。それは先祖が良しとして柵をめぐらした土地だ。欲望がかき立てられると、わたしたちの反応はひとつしかない——捕まえて、囲いこみ、保持する。でもわたしたちの所有にどれほど実質があるのか？　花は萎れて埃になり、ヘンドリックは絆を解いて去り、土地は柵など知ったことかで、石はわたしがもろもろと崩れ去ってもここに存在しつづけるだろう。わたしが貪る食べ物も体内を通過するだけだ。わたしは欲望の英雄ではない、欲しいものが果てしなくあるわけでも、手に入らないわけでもない。うっすらと、半信半疑で、愚痴っぽく自問するのは、欲望を処理するときって、欲望する対象を所有しようとひたすら目論むほかないのかということだ。そんな企ては無駄に終わるばかりだろう。だってその最終目標は欲望する対象の絶滅だけということになるんだから。女が女を欲望するとき、ふたつの穴、ふたつの空虚がたがいを欲するとき、わたしの問いはどれだけ鋭さを増すのだろう。というのは、もしわたしがそうであるなら、彼女もまたそうだから、解剖学的構造は宿命なんだ——空虚であれ殻であれ、ひとつの空虚を覆う薄い膜は、満たすものがなにもない世界で満たされることを切望している。わたしはアナに語りかける——「わたしがどんなふうに感じてるかわかる？　大きな空虚みたいに感じてるの、その空虚は大きな欠如に満たされていて、欠如とは満たされるべき、めいっぱい満たされるべき欲望なのね。でも同時に、わたしを満たすものはないってことはわかってる。だって永遠に欲望しつづけることが人生の第一条件だから、そうでなければ人生は止まってしまう。完全に満たされることは永遠にないのが人生の原則なの。完全に満足するってことはない。石だけはなにも欲望しない。わからないけど、ひょっとしたら石のなかにも、まだ発見されていない穴があるかもしれない」

アナにもたれて、その両腕を撫でて、力の抜けた両手をわたしの手が握る。それが、彼女が物語を聞きたいときにわたしから受け取るもの、植民地の哲学、歴史の裏づけのない、自家製のことば。この娘(こ)を幸せにする女のことは想像できる。過去に実際に起きたことから話を紡いでやれる女だ。おじいさんが蜜蜂に追いかけられて帽子をなくして二度と見つけることができませんでしたとか、なぜお月さまは満ちたり欠けたりするのでしょうかとか、野兎が胡狼(ジャッカル)を出し抜いたお話とか。でもわたしのことばは、どこからともなくやってきてどこへともなく去っていくことばは、過去も未来もなく、荒れ果てた永遠の現在に、平地をひゅうひゅう吹き抜けるばかりで、誰かに滋養をあたえることはない。

227

客がやってきた。

アナがわたしの髪を切っていたときだ。朝の涼しいうちに、台所の外のスツールに腰かけていた。遠い畑のほうから微風が吹いて、ポンプが地中でからんと立てるくぐもった音を運んでいた。聞き慣れた音、いろんなことを思い起こす音に満ちた世界。こんな世界にいれば、なにも見えない幸せな自分を受け入れることができる、太陽に顔を向けて暖かい陽を浴びて、はるか遠くに耳を澄ます。アナの鋏がわたしのつぶやき通りに、首まわりの頸(うなじ)をゆっくりと冷たく滑っていく。

すると藪から棒に、誰もいない玄関のあたりが騒がしくなり、茶色、灰色、黒色が入り乱れて、目前の空間構成が何度も組み直されて、そこをヘンドリックが出たり入ったり、ズボンをはいたその脚がばしっばしっと音を立てながら交差して、足裏が砂利を踏みしだく。そしてアナも瞬時に、彼の後ろをつんのめるように駆けている、緊急事態発生、櫛と鋏はぶっ飛びで、場面転換を省略したまま静止から動作へ移行する。まるでわたしとの人生など、走る彼女の人生から盗まれて、凍結した、抽象的な瞬間だったかのよう。わたしが立ちあがるかあがらないうちに、ふたりは羊毛刈りの檻の壁の向こうへ、馬車小屋の裏へ、川床へ下る斜面へ姿を消してしまった。

テーブルクロスを肩にのせて、切りかけた髪を握ったまま家を出ると、馬に乗った、ふたりの見知らぬ人がいる。きちんと身繕いをせずに驚いているわたしが不利と思われそうだが、よく考えると、客がいるのはわたしの土地なんだし、彼らがわたしの邪魔をしにきたのだから、まず詫びを入れて用件を述べるべきは彼らだ。

「いいえ」と短く答える。「今朝早く出かけました……いいえ、どこかはわかりません……下男がいっしょです……たぶん遅いです。家に帰るのはいつも遅いので」

父と息子、隣の農場の人たちだ。隣人なんて最後に会ったのはいつだろう？ ふたりのうち、どちらかに会ったことがあるだろうか？ やってきた理由を言わない。男の仕事の話をしにきたのだ。柵が壊れている、犬の群れが逃亡中、羊に伝染病が流行っている、蝗の大群が飛んでいる、羊毛刈りたちがやってこない、なんのことか彼らは言わない。これが現実に起きる災難で、自分ひとりでどうやって対処すればいいんだろう？ ヘンドリックを農場監督にすれば農場を運営できるだろうか、彼がわたしの操り人形だってふりをして、後ろにわたしが立って厳しく見張れば？ 農場の周辺に有刺鉄線を張りめぐらして、門に錠を下ろして、一頭残らず羊を殺して、農場経営のフィクションなど放りだしてしまうほうがいいんじゃないのか？ こんな頭の固い男たちに、どうやってわたしが仲間だと納得させる？　どう見ても仲間なんかじゃないのに。はるばるやってきたのに無駄足だったんだから、馬を下りてお茶でもどうかと声をかけられるのを待っているんだ。でもわたしは口をつぐんだまま、険しい表情で、彼らの前に立ちつづける、やがて彼らはたがいに目配せをして、帽子を軽く持ちあげて馬の鼻面の向きを変える。

　試練のときだ。これからさらに客がやってきて、返答の難しい質問をするだろう、でもそのうち客と質問は尽きる。卑屈になっておろおろ泣きたくなることもたくさんあるだろう。むかしの日々がなんと牧歌的に思えることか！　それに見方を変えれば、有刺鉄線に囲まれた楽園の未来というのもなかなか魅惑的じゃないか！　自分を慰めるためのふたつの物語――だって本音を言うと、悪くすると過去も未来もなくて、わたしが生きてる条件は永遠の現在で、そこでは、あの粗野な男の重みに耐えながら喘ぐにしろ、氷のように冷たい鋏の刃先を耳元で感じるにしろ、死体を洗うにしろ、肉を調理するにしろ、わたしはやる気の失せた道しるべ（ポールスター）で、思えばこの宇宙現象は北極星（ポールスター）を中心に回転しているんだ。わたしはせっつかれても所有はされない。刺し貫かれても核は無傷だ。心はいにしえの凶暴な蟷螂（かまきり）処女のままだ。わたしをやるのはヘンドリックかもしれないけど、わたしを抱いている彼を抱いているのはわたしなんだ。

228

「またやってくるぞ！　あいつらを軽く見ちゃだめだ！　旦那（バース）さまが出てくると思ってるんだから、出てこないと、なんかまずいことが起きてるって勘づく！」

ランプの灯りのなかを大股で出たり入ったり。夜までにヘンドリックは戻ってきた。荒れ狂っている。というわけで、馴れ親しむことについて、わたしたちがずいぶん進歩したことが見て取れる。わたしがいても彼は帽子を取らないようになった。話をするとき、握り拳を手のひらに打ちつけながら、どかどかと歩きまわるようになった。怒りをもろに出す身振りだが、そこからは怒りを顔に出しても大丈夫だという自信も伝わってくる。なかなかだ。わたしに向かって見せた激しい感情は怒りだったのか。どうりでわたしの体が彼に対して開かれなかったわけだ。愛されなかったから、愛することができなかった。でもあれは憎しみだったんだろうか？　ヘンドリックがこれまでやろうとしてきたのは、いったいなんだったんだろう？　わたしの体からなにかを力ずくで引きだそうとしていたのはわかっているけど、わたしはあまりに依怙地で、不器用で、鈍感で、生気がなくて、疲れていて、彼の怒り狂った腐食性の精液の奔流に怯え切っていた。ヘンドリックはなにかほかのものを欲していたかもしれない、わたしの心に触れたいとか、心に触れて身悶えさせたいとか思っていたかもしれない、なのにわたしはひたすら歯を食いしばって、しがみつくばかりだった。どれほど深く人間はもうひとりの人間のなかに入ることができるのか？　彼がわたしに教えられないのが残念だ。彼には具体的な手段はあってもことばがない。わたしにはことばはあっても手段がない。自分のことばがとどかない場所などないんじゃないかと不安になるほど。

「間違いないって、やつらは戻ってくるぞ、近いうちに、あんたが思ってるよりずっと早く、ほかのやつらを、農場主たちをごっそり引き連れて！　それで、あんたがでかい屋敷に使用人といっしょに住んでるのがばれてしまう。となると、泣きを見るのは俺たちだ、あんたじゃない、あいつと俺だ！」

「それに旦那さまがどうなったかも調べるぞ、絶対そうする！　あのアナ婆さんがとうに話を広めたんで、バースが俺の女房といちゃついてたこと、みんな知ってるんだ。だからあいつらが、バースを撃ったのは俺だと言えば、俺の言うことなんざ誰が信じるよ？　褐色の男の言うことなんか！　やつらが吊るすのは俺だ！　俺をだ！　もう出ていく、明日俺は出ていく、こんなところから出ていく、明日の夜までに、ずっと遠くまで行ってしまおう、ケープまでだって行っちまいたいぜ！」

「ヘンドリック、ちょっとだけ落ち着いて話ができない？　お願い、座って、そんなふうにどこか歩きまわられると、わたし、混乱してしまう。まず教えて、一日中どこにいたの？　アナはどこにいるの？」

「アナは家にいるよ。俺たち、もうここじゃ寝ない」

「あなたもここじゃ寝ないの？　この家でわたしひとりで寝なきゃいけないの？」

「俺たち、ここじゃ寝ない」

「わたしを傷つけてるって、わかってる？　ヘンドリック？　わたしを傷つける力が自分にあってわかっていて、毎回それをやるんだね。わたしがあんたを警察に突きだすって本気で思ってる？　わたしが自分の罪を認められないほど腰抜けだと思ってる？　だとしたら、わたしのことわかってないね、ヘンドリック。恨みつらみでまるでものが見えなくなってる。わたしはただの白人じゃないんだよ、わたしはわたし！　わたしはわたし、白人種ぜんぶじゃないんだから！　どうしてわたしがほかの人たちの罪をあがなわなければいけないの？　わたしが農場でどんなふうに暮らしてきたか、わかってるでしょ、なにからなにまで人間社会の埒外で、人間らしさからほとんど見放されてだよ！　こっちを見て！　わたしが誰か、わかってるでしょ、わざわざ言う必要もないよね！　みんなからなんて呼ばれてるか、裏庭（アハテルプラース）の魔女よ！　なんでそんな人たちの側についていて、あんたを売らなきゃならないの？　本当のこと言ってるんだからね！　本当のことを言ってるってあんたが思うようになるには、これ以上なにをすればいいの？　わたしにはこの世で仲間と言えるのはあんたとアナしかいないの、それがわからない？　これ以上どうしてほしいの？　泣けばいい？　跪けばいい？　白人女があんたの前に跪くのを待ってるの？　あんたの白人奴隷になるのを待ってるわけ？　言いなさい！　話しなさい！　どうしてなにも言おうとしないの？　わたしのこと憎んでるくせに、なんで毎晩わたしと交わりにくるの？　わたしがちゃんとやってるか、なんで教えようとしないの？　どうすればわかるって？　どうすれば学べるって？　誰に聞けばいいの？　アナに聞けばいい？　本気であんたの女房のとこへ行って、どうすれば女になれるかって聞かなきゃいけない？　これ以上どこまで恥ずかしい思いをしなきゃならないの？　白人女には俺の尻を舐めさせせなきゃ一度だって笑いかけてやらないって？　わかってる？　一度もキスしてくれないじゃない、ただの一度も、絶対に！　あんたたちはキスなんてしない民族なの？　妻にキスしないの？　あの娘とわたしはどこがそんなに違うの？　女に傷つけられなければ女を愛せないとか？　ヘンドリック、それがあんたの秘密なの？」

こんな怒濤の哀願と非難を浴びせられて、ヘンドリックはいつ姿を消したんだろう？　最後までいたのかな？　二度と戻ってこないのか？　わたしがもっと笑いかけたら、自分の体をゆるめるようにしたら、あの辛抱強い若者がまた見つかるだろうか？　かつては自分の靴を自分で作り、わたしが豆を注ぎ入れる珈琲ミルの柄をまわし、帽子を軽く持ちあげてにやっと歯を見せて笑い、ゆったりした疲れ知らずの歩きっぷりで、次の仕事のために大股で歩み去った若者を？　彼をよく知るにつれて、最良のものとしてわたしが好きだった部分がすべて失われてしまったみたいだ。そのことでわたしが学ぶべきことは？　なんであれ学ぶに遅すぎないとしたら、わたしがふたたび男を知ることがあるとしたら？　それって父が自分の顔から蠅を追い払うために手をあげられなくなって学んだこと――使用人と内密になるのは御用心ってこと？　ヘンドリックとわたしが、それぞれ別のかたちで、愛のために破滅したってこと？　それともたんに物語が変な展開になってしまっただけで、もっとゆるやかな道筋を見つけて穏やかな親密さのかたちへ進んでいたら、みんないっしょに幸せになれたかもしれないってこと？　それとも火と氷でできたこの荒野は、乳と蜜の地へたどりつくまでに通り抜けねばならない煉獄なの？　そしてアナは？　アナも来るだろうか？　アナとわたしはそのうち姉妹になって、おなじベッドで寝ることになるのだろうか？　それとも自己に目覚めたら、アナはわたしの目を抉(えぐ)りだすだろうか？

229

埃を払い、床を掃いて、家中を磨く。やることのない日々を埋めるには、ほかにも手立てはありそうなものだ。回転する踏み輪のなかの鼠みたいに、部屋から部屋を順ぐりに見てまわる。部屋を塵ひとつ残さず掃除する方法ってないんだろうか？　ひょっとすると屋根裏で最初からやりなおせば、屋根と壁のすきまを塞いで、床に紙を広げて鋲で留めて、ドアと窓に目貼りをすれば、埃の侵入は防げるかもしれない、そうすれば春がくるまで家の掃除はやらずに済む。春が来ればだけど、春が来て誰か鍵を開ける者がいればだけど。ひょっとすると古きむかしの思い出に一部屋だけ鍵をかけずにおくのもありか、それってやっぱりわたしの部屋だ。その部屋に、残りの蠟燭と、残りの食べ物と、手斧と、金槌と、釘と、残りの紙とインクを積みあげる。いや、たぶん鎧戸を閉めて、最後のドアまで鍵をかけて、自分の持ち物を納屋の薄暗い片隅に移したほうがいいかもしれない。そのむかし大きな屋敷を建てた者たちが住んで、来るべき封建制の名家となるべく画策した場所に。そこでならきっと、鼠とゴキブリに混じって、自分の歴史をたどりなおすことができるかもしれない。

230

屋敷のドアがひとつまたひとつ、かちっと音を立てて背後で閉まる。家具をあちこち動かし、汚れを拭き取り、木を灰にしながら、それが一生続く仕事だと思った。奴隷は鎖に繋がれるとすべてを失う、そういうことだ、そこから逃げだす喜びさえ失くすんだ。宿主は死にかけている、寄生者は体温の下がる腸のあたりで、次は誰の体に棲むことになるのかと不安に苛まれて、もぞもぞ動きまわる。

やっぱりわたしはひとりで生きていくようにできていなかった。どこでもない場所のどまんなかの、フェルトのどまんなかに宿命として据え置かれて、腰まで埋められてずっと生きるよう命じられたとしても、そんなことはできなかった。わたしは哲学者ではない。女は哲学者ではない、わたしは女だ。ひとりの女が無からなにかを創りだすことはできない。塵埃と蜘蛛の巣と食べ物と汚れた下着と格闘するわたしの仕事は不毛だったかもしれないけれど、それはわたしを満たすために必要だったし、それがわたしに命をあたえたのだ。フェルトにたったひとりでは身も心も衰え切ってしまう。天体の動きと、昆虫たちがわたしのことをまだ食えるかどうか議論する微かな信号で、延々と明け暮れする日々と夜々が満たされるわけがない。せめて目と耳と、両手とそれを使う作業と、それにパターンを構築する小石がたっぷり必要なんだ。人はこの世から消えてしまいたいと思うようになる前に、どれくらい長くパターン構築を続けられるのだろう？　わたしは原理ではない、言説の規則ではない、異星からやってきた存在によって、この南十字星の下の人里離れた地上に設置されて、昼となく夜となく感情を発生させて、干からびて死ぬまでその数を数えて記録する機械ではない。わたしが欲しいのはならべ替える小石や、掃除する部屋や、位置を替える家具だけじゃないんだ——話しかける相手が、兄弟や姉妹が、父や母が欲しい。歴史と文化が、希望と憧れが、倫理感と目的論が欲しい、それさえあれば幸せになれる。もちろん食べ物と飲み物も必要だけど。ひとりになったわたしはどうなる？　またしてもひとりぼっち、歴史的現在で書いたってひとりぼっちだ——ヘンドリックはいない、彼といっしょのアナもいない、自転車に縛りつけられるものだけ持って、夜中に声さえかけずに行ってしまった。これからなにが起きる？　不吉な予感ではちきれそう。納屋で身をまるめていると、石の床から寒さが骨まで沁みてきて、寄ってきたゴキブリが好奇心いっぱいに触覚を揺らす。わたしは最悪の事態になるのを恐れている。

231

もうすぐ冬がやってくる。鉄色の空の下に広がる平地を、冷たい風が吹き抜ける。馬鈴薯は種芋と化し、果実は落ちた地面で腐っていく。犬はヘンドリックのあとを追って消えた。ポンプは昼も夜もひたすら回転して、貯水池には水があふれている。農場が廃墟になっていく。羊になにが起きるか、わたしにはわからない。農場の門をすべて開け放ったので、いまではどの牧草地にも羊がいる。ある朝、夜明け前に百頭ほどの灰色の形をしたものが屋敷と納屋のあいだを通り抜けていった。鳴き声もあげずに押し合いへし合いしながら、どすどすと地面を踏みつけて、新しい牧草地を探しにいったのだ。別にどうってことはない。わたしに羊は捕まえられないし、屠る度胸もない。銃弾があれば羊のために撃って（握った銃の重さをはかるこの腕がふらつくことはない）、朽ちるにまかせるだろう。羊毛は長くて不潔だ。ダニと黒蠅にたかられて、次の夏を越せないだろう。

232

南瓜と玉蜀黍粉のお粥で生き延びている。迫りくる困窮の日々のために、わたしはなにも取り分けておかなかった。神は愛する者にはあたえるのだから、もしもわたしが神に愛される者でないなら、死に絶えるほうがいいってことだ。吹きつける風を受けて、ちっぽけな作業をのろのろこなす。ひとつ、またひとつ、顔から皮膚の分子が剝がれていく。それを再生させるつもりはない。皮膚の原子が、漆喰の原子が、錆の原子が剝がれて、忘却の彼方へ飛び去る。もしもひどく我慢強ければ、しっかり長生きすれば、最後の壁が土煙をあげて崩れ、竈(かまど)の上で蜥蜴(とかげ)が陽の光を浴びて、墓地で棘のある低木が芽を吹く日をこの目で見たい、と思ったりするのだろう。

233

客がやってきた。いちいち名前をあげられないほど多くの客だ。わたしの先住民さながらの無垢さでは、世界にこんなにたくさん人がいたなんて思ったこともなかった。農場が隅から隅まで捜索された、ある不運な日に馬で出かけて帰らなかった父を探して。

名簿から名前が抹消できないのだ、遺体が発見されるまでは、それが規則だと彼らは説明する。わたしはうなずく。単純な規則があって、それに従って生きられるとはなんて幸せなんだろう。ひょっとしたら荒野から出て、文明社会に住処を見つけるにはまだ遅くないのかもしれない。

234

馬。父の姿が見えなくなってから、馬は何週間も廏舎(きゅうしゃ)に入ったままだった。そのあと馬に餌をやるのに疲れたわたしは馬を放した。だからもう馬はいない。たぶん馬はいなくなった主人を探して、丘をさまよっているのだろう。

235

大きいアナとヤーコブも農場を訪ねてきた。驢馬に牽かせた荷車で、自分たちの最後の持ち物を取りにきたのだ。大きいアナがため息をついて、「言ったことはちゃんとなさる方でした」と父の美点を語った。わたしは「ヘンドリックのこと、なにか知らない？」と聞いた。「知りません。いなくなっちゃいました。ヘンドリックも、あの連れ合いも。でもぜったいに捕まりますよ！」

ヤーコブが帽子を胸に押しつけてお辞儀をする。妻が彼を荷車のところまで連れていく。大きいアナが驢馬に鞭をあてて、ごとごとと音を立ててわたしの人生から出ていく、干からびて、背中をまるめて。彼らが吹き溜まりを越えるまで見送って、それからドアを閉める。

236

ヘンドリックはどうなるんだろう？　あの顎鬚を生やした男たちと、薔薇色のほおに口元をきゅっと引き結び、狙撃兵の青い目をした少年たちが父を探しにやってきたとき、彼らはいなくなった主人を本気で探そうとしていたんだろうか？　それとも無断で消えた奴隷とその連れ合いを探そうとしていたのか？　そうだとしたら、いまごろは探しあてて問答無用で撃ち殺し、さあ晩飯だと家に帰ったんじゃないのか？　だって世界の果てのこの地には身を隠すところなどないんだから。世界の果てのこの地では、狩人の目には全方位すべて遮るものなしなんだから、穴が掘れない彼は敗者だ。

でも、ひょっとするとそう簡単に射殺などしなかったかもしれない。おそらく、追跡したあげく捕獲して、野獣みたいに縛りあげて、どこか遠くの裁きの場へ連れていって、正義による裁きを受けさせて、彼らが犯した罪と彼らが述べた正気の沙汰とは思えない悪意に満ちた話をあがなわせるために、残りの全生涯をかけて石を砕く刑に処したのかもしれない。それともわたしは女だから、気のふれた未婚のレディだから、いっさい知らされなかったのか。あるいはヘンドリックとアナを法廷から外へ連れだして、たがいに顔を見合わせて、正義を慈悲で和らげながら、よしとうなずき、さらに派遣した代理の農場管理人に一巻きの針金を持たせてこの農場の門を縛って閉じさせ、わたしのことなど念頭から追い払ったのかもしれない。人を閉じこめるには、広い空間でも狭い空間でもおなじだから。というわけで、ひょっとしたらわたしの物語はすでに終わりを迎えて、書類はリボンをかけて保管庫行き、知らないのはわたしだけ、ということかもしれない、それならむしろ好都合だ。

それとも、ひょっとすると彼らは実際にヘンドリックを農場に連れてきて、わたしに面通しさせたのに、わたしが忘れてしまったのだろうか。たぶんみんなでやってきて、執政官、事務官、農場管理人、周囲数マイル近辺の詮索好きな者たちが雁首そろえて、手首足首に鎖を巻かれたヘンドリックを連行してわたしのところへ突きだし、「これがその男か？」と言って、わたしの返事を待ったんだろう。そこでわたしたちは最後の一瞥を交わし合って、わたしが「はい、彼です」と言うと、ヘンドリックは悪党はすべからくかくやと毒づいてわたしに唾を吐きかけたので、彼らはヘンドリックを殴りつけて引きずるように連れ去り、それでわたしは泣いたのか。ひょっとすると、わたしにとってどれほど都合が悪かろうが、それが本当の話かもしれない。

あるいは、わたしはずっと誤解されてきたのかもしれない。わたしの父はとどのつまり死んでなどいないかもしれない。今夜、夕暮れどきに、姿を消した馬に乗って丘を越えて帰ってきて、どかどかと家のなかに入るなり、風呂の準備がまだできていないと怒鳴り、不満を炸裂させて、鍵のかかったドアを力まかせに開け放って、鼻をふんふん言わせて異臭を嗅ぎつけるかもしれない。「ここに誰がいたんだ？」と父は大声で言う。「ホットノットを家のなかに入れてたのか？」わたしは泣きそうになって走りだすが、父に捕まって腕を捻じあげられる。わたしは怖くなってわけのわからないことを口走り、泣きじゃくりながら「ヘンドリック！　助けにきて、幽霊が戻ってきた！」と言う。

でも、嗚呼、ヘンドリックはもういないから、わたしひとりで悪魔に立ち向かわなければならない。もう一人前の女だし、人はそう思わないだろうけど、女のなかの女なんだし。最後の玉蜀黍粉の袋の後ろにしゃがみこんでるけど。ヘンドリック、あなたにじかに話しかけることはできない、でもあなたの幸せを、あなたとアナのふたりの幸せを祈ってるから、ふたりには胡狼（ジャッカル）の狡賢（ずるがしこ）さをもたせてあげたい、追跡する狩人よりもずっと幸運であってほしい。もしもある夜、あなたがやってきて窓をこんこん叩いてもわたしは驚かないよ。ここで日がな一日眠っていいわ、夜になると月明かりのなかを歩いて、男たちがちっぽけな自分の土地で、元々自分の土地なんだから、そこで口にする独り言を、なんだってかまわないから言ったらいい。わたしはあなたのために料理をして、あなたさえ良ければ、あなたのふたり目の妻になる努力だってまたしてもいい、そう決心さえすれば、きっとできないことじゃない、場所も時間も埒外のこの島では、なんだってありなんだから。あなたは自分の幼い子を連れてくればいい、昼は保護して、夜は外へ連れだして遊ばせてあげる。子供たちのきらきら輝く大きな瞳には、ほかの人たちには見えないものが見えるのね。そして天の眼である太陽がねめつけて影という影を刺し貫く真昼は、大地の涼やかな暗闇のなかでわたしたちはいっしょに横たわる、あなたとわたしとアナと子供たち。

237

幾度かの夏と冬が訪れては去っていく。ときの移ろいはなんて早いんだろう。いくつ季節がすぎたのかわからない、柱に切りこみを入れるとか、壁に印をつけるとか、できのいい漂着者みたいに日記をつけておくとか、そんな先見の明は端（はな）からなかった。それでも時間は休みなくすぎていって、いまやわたしは正真正銘の狂って老いた忌まわしき老女で、腰は曲がり、鼻は鉤鼻（かぎばな）、指は節くれだっている。ひょっとすると、時間は無限から無限へ流れる川のようなもので、わたしを木栓（コルク）や小枝みたいに運んでいくと思うのは誤りかもしれない。あるいはひょっとして、時間は地上をしばらく流れたあと、地中をしばらく流れて、それから地上にまた姿をあらわしたのかもしれないけれど、わたしには永遠にわからない理由で、いまふたたび光のなかを流れて、それといっしょにわたしは流れて、この声も大地の深部であの夏と冬を幾たびかすごしたあとで聞こえるようになって、地底にもぐっているあいだも、ことばは続いていたはずなのに（ことばが止まったらわたしはどこにいることになる?）それが続いていた痕跡はなく、記憶もない。それとも、ひょっとすると時間など存在しないのかもしれない、おそらく自分の存在条件が時間だと考えると欺かれるのかもしれない。おそらく空間だけが存在して、光の染み（ドット）である「わたし」は空間の点から別の点へと不規則に動きながら、数年を電光石火で飛び越えて、教室の隅で怯えている子供だと思っていると、節くれだった指をした老いた女になっている、というのもありか。わたしの心はなんだって受け入れるんだ。それで、自分の記憶にどこか自信がないのは説明がつくだろう。

238

そう言えば農場にやってきた客がもうひとりいた。ある午後のこと、その訪問客はてくてく道を歩いて屋敷までやってきた。わたしは丘の中腹の作業場からじっと見ていた。石をならべていたのだ。客はわたしに気づかなかった。台所のドアを叩いて、それから額に手をかざして窓から屋内をのぞこうとした。まだ子供、十二歳か、十三歳の少年だ、膝丈のズボンをはいて、ぶかぶかの茶色のシャツを着ていた。頭にはカーキ色の鍔なし帽というか、見たことのないケピ帽（円筒形の胴にひさしがついた帽子）のようなものをかぶっていた。ノックしても誰も出てこないので、屋敷を離れて果樹園へ向かった。果樹園にはオレンジの木がたわわに実をつけていた。そこへわたしが、荒野に生きる老いた女が、少年に忍び寄った。驚いた少年は跳びあがり、ぶるぶる震えながら、翳りかけのオレンジを背中に隠そうとした。

「おやおや、わたしの果実を盗んでいるのは誰？」ことばは口から重たい石のように転がりでた。相手がどれほど身を強張(こわば)らせていようと、現実にいる聞き手に向かって、現実にまたことばを発するのはひどく奇妙な感じだ。

　子供は目をまるくして見つめてきた――その場面を再生してみよう――目の前に、黒い服に食べ物の染みと緑青みたいな汚れを点々とこびりつかせた、ぼさぼさの胡麻塩頭の皺くちゃ婆さんが、大きな乱杭歯(らんぐいば)に狂人の目をして立っている、その瞬間、彼が思い知らされるのは、物語ってぜんぶ本当だったのか、本当はもっと悪くて、お母さんに二度と会えないかもしれないってことか、仔羊みたいに屠られて、柔らかい肉は竈(かまど)の火に炙られて、筋張った肉は茹でて膠(にかわ)になって、眼球はぐつぐつ煮出して霊薬になって、肉を削いだ骨は犬に投げあたえられる。「いや、ちがう！」と少年は喘ぐように言った。心臓が止まりそう、そして膝から崩れ落ちた。ポケットから手紙を引っ張りだして、ぶるぶる震わせながら差しだした。「手紙です、どうぞ！」

　茶封筒だ。表に青い鉛筆でしっかり×印が書かれている。宛先はわたしの父だ。ということは、わたしたちは忘れられていなかったのだ。

　封筒を開けた。なかはふたつの言語で印刷された手紙で、税金を納めるよう書かれていた。道路の修繕、害虫の駆除、そのほか聞いたこともない、仰天するようなことがならべてあった。

「これは誰の署名？」と子供に向かって訊ねた。わたしをじっと見ながら、子供は首を振った。それ以上近寄りたくないのだ。「誰が手紙をよこしたの？」

「郵便局、です」

「そう、でも誰が送り主？」

「わからない、です。署名してください。手紙を受け取ったしるしに」と言って、小さな手帳と、ちびた鉛筆を差しだした。

わたしは腿のところで手帳を支えて「お金はありません」と太い大文字だけで書いた。指が痛いのだ。

子供はわたしからノートと鉛筆を取り戻して、ポケットに入れた。

「座って」と言うと、彼はしゃがんだ。「何歳？」

「十二歳、です」

「名前はなんていうの？」

「ピート、です」

「じゃあ、ピート、いいかな、きみはこれをしたことある？」とわたしは左手の親指と人差し指で円を作り、円のなかに右手の人差し指を突き入れては引きだす動作をくり返した。

ピートはゆっくり首を振って、わたしの老いて狂ったような目をまっすぐ見ながら、いつ立ちあがろうかと機会を探っていた。

わたしはさらに一歩近づいて、その肩に手を置いた。「やってみたくない、ピート？」

土煙が舞ったと思ったら姿がなかった。少年はオレンジの木のあいだを脱兎（だっと）のごとく逃亡し、斜面を上って道に出ようとしていた。手に帽子を握りしめて。

それがもうひとりの訪問客だった。

239
声も聞こえる。わたしが野獣にならずにすんだのは、その声とのやりとりがあったからだ。もしもその声が語りかけてこなかったら、わたしは間違いなく、この言語に分節されたぺちゃくちゃをとっくに諦めて、吠えたり、唸ったり、があがあ喚いたりしていたはずだ。船乗りは孤島でペットに語りかける。鸚鵡に「可愛いポリー！」と言う。犬に「取ってこい！」と命じる。でも、いつだって口元は強張り、舌は重たく、咽頭はかすれている。犬は「ワン！」と吠え、鸚鵡は「ギャアア！」と喚く。船乗りはそのうち四つん這いになって跳ねるように動き、棍棒で野生の山羊の腿骨を殴ってその生肉を喰らうようになる。人を人にしているのは語ることではなくて、他者が語ることなのだ。

240
空飛ぶマシンから声がわたしに語りかける。スペイン語で語りかけてくる。

241
わたしはスペイン語がまったくわからない。でも、空飛ぶマシンから語りかけてくるスペイン語は独特なので、わたしはたちどころに理解できる。この状況は説明のしようがない。せいぜい言えるのは、ことばは表向きスペイン語を装っていても、それが属しているのはじつは一地方で使われるスペイン語ではなく、哲学者が夢想するような純粋な意味のスペイン語であって、だからスペイン語を介して伝えられるものが、自分では探知できないメカニズムによって、わたしの内部に途方もなく深く埋めこまれて根を下ろし、それゆえ純粋な意味になるといったところか。それがわたしの推論、ささやかな推論だ。ことばはスペイン語だけれど、それは宇宙的な意味作用と結びついている。わたしがそう思わないとしたら、まず、自分の目撃したことが信用できないと考えるしかなく、それでは第三者が困るかもしれないけれど、大切な二者、つまり自分の声と自分自身に影響はない。だってわたしたちはたがいに信頼し合っているようだから。あるいは翻訳という形でわたしを代弁する、絶え間ない奇跡的な介入があると考えるか、この解釈はほかがすべて失敗しないかぎり受け入れるつもりはない。やたら突飛なものよりあまり突飛ではないものがわたしは好きなのだ。

242

こんなに明晰に思考できるのに、なんで思い違いをするっていうの？

243

空飛ぶマシンから声がして、直接わたしにとどくという単純な話ではない。つまり空飛ぶマシンから男たちが身を乗りだして、下にいるわたしに彼らのことばで叫んでいるわけじゃないのだ。実際に空飛ぶマシンが、わたしが男たちと考える男たちを乗せるほど大きいとしても、それはぎりぎりの大きさしかない。空飛ぶマシンは、二対の翼が固定された細長い銀色の鉛筆みたいだ。前方に長い翼を一対、後方に短い翼を一対つけて、長さはおよそ六フィート、地上数百フィートの上空を飛ぶ。たいていの鳥より高いところを飛んでいるので、実際より小さく見えるのだ。一日目と四日目は北から南へ、二日目と五日目は南から北へ飛んで、三日目、六日目、七日目は空から消える。七日で一サイクル、それもまた、このマシンについてわたしが発見した規則性だ。

244

四機とか数機ではなくて、一機だけで週に四回、空を往復している可能性も十分ある。この点についても、わたしの心は融通無碍（ゆうずうむげ）だ。

245

空を飛んでいるのは昆虫ではなくマシンだとする理由は、その無人機が連続して飛び、飛来には完璧な規則性があるからだ。わたしはそれをマシンと呼ぶ。昆虫かもしれない。もしもそうなら、なんて残酷な冗談だろう。

246

わたしに聞こえるのはマシンから叫ばれることばではない。それは透き通ったスペイン語の有声音として宙に浮かんで、やがて冷たくなって、水分が結露するように、霜の季節なら霜になって、夜中にわたしの耳にとどく、いや、とどくのはたいてい早朝か夜が明け染める直前で、わたしの理解の奥深くへと染みこんでいくのだ、水のように。

247

思い違いではない、もしそうだとしたら特権的な思い違いだ。あんなふうに語りかけることばをわたしが思いつけるわけがない。ことばは神々が発したものだ。そうでなければ異世界からやってきたんだ。

昨夜のことばは「夢見ていると夢を見るとき、目覚めの瞬間は近い」だった。このことばの意味を考える。わたしの現状を言っているわけじゃない、それは確かだ。わたしは夢見ていると夢を見ることはない。このところ夢さえ見ない。なるがままに受け入れてひたすらぐっすり眠り、聖霊が訪れるのを待つ乙女のようにことばの到来を待っている。わたしは確かに存在する。これはわたしの手であり、骨と肉であり、昨日も今日もおなじ手だ。どしんと足を踏み締める、これが大地、わたしのように心底リアルだ。ようするに、ことばは来る(きた)べき時を暗示しているんだ。ひょっとするとそれが告げているのは、ある日、目が覚めると、ちょっとだけふわっとなった感じがして、いまよりちょっとだけ幽霊みたいな感じがして、カーテンを開けて、こうしてフェルトを見つめるのはいったい何万回目だろうと思いながら目をやると、どのブッシュも、どの木や石や砂も、それぞれ透明な光輪に包まれて、宇宙のすべての原子がじっとわたしを見つめ返してるみたいだと気づくことかもしれない。あんまり耳に馴染んでいるため、それとはわからない蝉の鳴き声が、耳のなかでじんじん、どくどく脈打ちはじめて、最初は遠い星から聞こえるような小さな律動だったのに、頭全体が共振するほどけたたましい大きさになり、やがて小さく、小さくなって、わたしのなかで安定する。そのとき自分になんて言う？　熱があるとか、一時的に感覚がとち狂ってるとか、二、三日休めばまたいつもの自分に戻るとか？　熱病をもたらす微生物はいったいどんな動機で、とうに死んだメリノ種の毛のついた皮が散らばる、水のない七平方リーグの低地を越えてくるんだろうとか？　あくまで熱病が微生物によって伝染するとして、その微生物に羽があるとしてだけど。独り身の干からびたオールドミスしか収穫はないのに？　他所へ行ったほうが収穫はもちろん多いはず。いや、わたしが自分に言えるのはせいぜい——こんなこと続くわけがない、わたしは自分を見失いつつある、まどろみのときは終わりだ、目覚めの瞬間がすぐにくるんだ、なんてところかも。でも目覚めたところで、なにが待ってる？　忘れかけた茶色い肌の男がわたしのベッドで、両目に腕をのせて、身を硬くして、怒って寝ているところ？　父の部屋の外の寒々しい廊下と、人目をはばかるように軋むベッドスプリング？　それとも見知らぬ街に借りた部屋？　塩辛い豚肉とポテトサラダをいやというほど食べたわたしが、夜っぴて悪夢にうなされて起きたところ？　あるいは想像を絶する奇天烈な苦境が待っているのか？

248

声は「外敵も抵抗もすべてなくして、圧迫する狭苦しい秩序の内部に閉じこめられると、人間は自分を冒険へ駆り立てるほか選択の余地がなくなる」と語る。わたしの理解では、声はわたしが退屈のあまり自分の人生をフィクション化したと非難している。どれほどことば巧みであれ、自分は実際以上に、暴力的で、はるかに多様で、めちゃくちゃ苦しんでいることにしたと非難している。あたかも自分を一冊の本のように読んで、その本がつまらないと言って放りだし、代わりに自分を創作しはじめたのだと。声が非難しているのはそういうことだ、わたしはそう理解する。声は、わたしが自分の歴史を作りあげたのは、真の抑圧に反旗をひるがえしてではなく、延々と父親に仕えて、メイドたちに指令を発し、家計を管理して、手をこまねきながら歳を重ねることに嫌気が差したからだと言う。外部に敵を見つけられず、褐色の肌の騎馬軍団が弓を振りながら雄叫(おたけ)びをあげて丘から駆け降りてくることもないと見て、自分のなかから、穏やかで従順な自分のなかから、父の意のままに動き、ゆるゆると暮らし、日々を満たすことだけを望む自分のなかから、敵を作りだしたと言うのだ。

　あれは神々で、姿がまだ見えないのか？　それともわたしが依怙地になって目をつぶっているのか？　わたしが生きてきた人生の物語と、石ころだらけの荒野のどまんなかで、オランダ風の台所でサンデーローストに肉汁をかけながら讃美歌を口ずさむ良き娘の物語と、どっちがまことしやかだろう？　敵を作りだすことなら、丘にいる哀れみ深い戦士など、われわれの影のなかに踏みこんで「はい、バース」と言う敵ほどにも手強かったことはない。「はい」としか言わない奴隷に父は「ダメだ」としか言えないし、わたしも父に倣ったけれど、それがあらゆる苦悩の始まりだった。だからわたしは異議を申し立てる。空から見えないものもあるのだ。でも、わたしを非難する者をどうやって説得する？　石でメッセージを送ろうとしてきたけれど、微妙なニュアンスをつけるには石はかさばって重たすぎて扱いにくい。そもそも声の主には、わたしの使うことばが理解できるのか、できると思っていいのか？　かりに彼らが全知全能の神々であるなら、これは彼らの単一言語主義によって出された結論ではない。彼らがわたしを知っていると思っていいいんだろうか？　おそらくわたしのことなど気づいてもいないかもしれない。それとも彼らが話しかけているのだと思ったわたしが、ずっと勘違いしていたんだろうか。ひょっとしたらあのことばはスペイン人だけのために語られたのかもしれない。なぜなら、わたしが知らないだけで、スペイン人が選ばれた民であると定められてきたから。あるいはスペイン人が住んでいるのは、わたしが思っていたほど遠くではなく、ほんの丘の向こうかもしれない。これは考えてみる価値ありだ。それとも彼らのことばを真に受けすぎたのだろうか、たぶんあれはスペイン人だけとか、わたしだけとかではなくて、誰であれわたしたちすべての、スペイン語を理解する者全員のためかもしれなくて、だから非難の矢面に立っているのは、まことしやかな冒険物語をでっちあげたわたしたちすべてかもしれないが、でもこれはもっと信じ難い。だってわたしみたいにたっぷり時間がある人はそうそういないんだから。

２４９

「罪なき犠牲者は苦悩というかたちでしか悪を知ることはない。罪人が感じ取れないもの、それはおのれの罪である。罪なき犠牲者が感じ取れないもの、それは自分に罪がないことだ」

ここでわたしはスペイン語のニュアンスがわからなくて困りはてる。この格言に予言的意味合いが含まれてなければいいのだが。声はここで有罪と無罪の定義をしているのだろうか、それとも犠牲者と犯罪者が犯罪をどう経験するかを教えているのだろうか？　もし前者であれば、声は、悪が悪として知られるとき、それによって、無罪であることは消滅すると明言している。そうであれば、わたしが救済された者たちの王国に入ることができるのは、ひとえに農場の娘としてであって、意識のヒロインとしてではない。あえて言う、そうするとわたしは地獄に堕ちるのか？　声はわたしに語りかけることをやめるのか？　そうなれば、わたしは本当に迷子になってしまう。

250

「主人が自分の真実を確信するのは奴隷の意識によってだ。しかし奴隷の意識は依存する意識である。だから主人は自分の自律性が本物であると確信できない。彼の真実は、ある非本質的な意識とその非本質的な行為に存在する」

これはわたしの父のことを言っているんだ、使用人に対する素っ気なさ、不必要な残酷さのことを言っているんだ。でも父がぶっきらぼうで厳しかったのは、頼んで断られることに耐えられなかったからにすぎない。父の命令はすべて秘かな嘆願だった——わたしにさえそれはわかった。もっとも卑屈に従うことでもっとも本質的に父を傷つけられることを、使用人たちはどうして知るようになったのか？　彼らもまた、わたしたちが気づかない伝達経路を通して、神々の指導を受けていたのだろうか？　彼らに対して父がどんどん厳しくなったのは、たんに彼らを挑発して奴隷根性から引きずりだそうとしたからなのか？　父親が放蕩（ほうとう）息子をあまやかすように、反抗的な奴隷を抱擁したのか、抱擁のあとに折檻（せっかん）したとしても？　父は声が解説するパラドックスの十字路に立たされて苦しんだのか――自分の気まぐれに葦のように身をたわめる人々に、父は父なりのやり方で、自分の内なる真実を自分のために承認してくれと頼んでいたのか？　「はい、バース」という彼らの返事は、父の挑発に対する彼らなりの挑発だったのか？　目を伏せて、秘かな笑いをこらえて、父がやりすぎて失敗するときを待ちながら？　父がクライン・アナを家に入れたとき、やりすぎだと彼らは思ったはずだ。その前に、父が彼女にのぼせあがったのを目にしたときにとうに気づいていたに違いない。ヘンドリックが面子（メンツ）を捨てた理由はそれか？　ヘンドリックには、アナを誘惑する父が、真夜中ではあれ、自由な者がもうひとりの自由な者に語りかけるようなことばを奴隷の口からなんとか引きだそうと必死に試みたことがわからなかったのか？　その手のことばなら、わたしからでも、近隣地区の香水ふんぷんの寡婦からでも引きだせたはずなのに、わたしたちのことばには価値がなかったのか？　それともヘンドリックにははっきりわかっていたのか、わかっていて、絶対に許さないと復讐を誓ったのか？　こうしてわたしが追放の身になったのはヘンドリックの復讐なのだろうか？　追放されたことが苦しいだけで、自分に対して罪が犯されていると感じないのは、自分に罪がない証拠だろうか？　どこで復讐心は終わりを迎える？　同情が介入しないかぎり無理か？　「声はあっというまにやむ」。声があたえてくれるものに感謝する。そのことばは黄金だ。わたしはいったん遺棄されたけれど、長年の孤独を埋め合わせる名誉に浴している。滅多な者が経験しない名誉だ。宇宙には正義がある、それは認める。でも空からやってきたことばは、答えるよりもさらなる問いを引き起こす。お決まりの一般概念とやらには吐き気がする。真実にいたる前にわたしは死ぬだろう。もちろんわたしは真実が欲しい、でも、それよりもっと欲しいのは最終決着だ！

251

石。初めてマシンが頭上を飛んで語りかけてきたとき、わたしはどうしてもことばを返したかった。屋敷の裏手の岩の上に立って、服は白いものがいいと思い、古い継ぎのあたった白いナイトドレスを着て、両腕を振って合図を送り、応答することばを叫んだ。最初は英語で叫んだけれど、伝わっていないとわかってスペイン語にした。「ES MI（わたしです）」と叫んだ。「VENE!（来て！）」とも。スペイン語は最初の原理原則から創作しなければならなくて、これでいいかと何度も見直しながらやった。

252

それからふと思った。マシンに乗ってる存在は果てしない蒼穹（そうきゅう）の際（きわ）に我を忘れてうっとり見入っていて、自分たちのメッセージを括弧つきで漏らしてるんじゃないか、つまり自分たちに都合のいいタイミングを見計らって舞い降りるために。そういうことなら、古典的な漂着者をそっくり真似て、薪を燃やして彼らの注意を引くべきじゃないのか。あくせく三日かけて、乾いたブッシュの小枝を山のように積みあげた。そして四日目、北の空にきらりと銀色の光が見えたときその狼煙（のろし）に火を点けて、いつもの信号を発信する持ち場へ走った。空に向かって巨大な炎がめらめら燃えあがった。あたりいっぱいに荊（いばら）が爆ぜる音と、断末魔に喘ぐ虫の声が響いた。すさまじい轟音に負けない声で「ISOLADO!（孤立してる！）」と叫び、躍りあがって白いハンカチを振った。マシンは幽霊みたいに頭上に浮いていた。「ES MI! VIDI!（わたしです！　見たよ！）」応答する声は聞こえなかった。

253

でもあとになって気がついた。マシンのなかの存在は話していたのに、声が騒音でかき消されたのかもしれない。それに、考えてみれば、彼らがあの火を信号だと思う根拠はどこにある？　旅人の焚き火にすぎないとか、収穫を終えてほっとした農民が藁（わら）を燃やしてるとか、フェルトに雷が落ちて発火したとか、ただの自然現象だと思うかもしれないじゃないか？　とどのつまり、わたしは見捨てられた者に見えはしないんだ、わたしが人前に足を踏みだせずにいることを示すものはなにもないんだから、最寄りの救援所まで行って、なんでもいいから自分に必要なものが欲しい、たとえば快適な文明生活を送るためのモノが欲しいと言えばいいだけなんだ。

254

でもそれから考えた、もしかするとわたしは彼らを見くびっているのかもしれない、もしかすると彼らはわたしが見捨てられた者だと重々承知のうえで、仲間内で笑いながら、自分のユニークさをこれみよがしに踊ってみせるわたしを観察していたのかもしれない。世界は地平線から地平線まで、秘かに焚く火で合図を送る舞踏集団でひしめいているというのに。おそらくわたしは自分を笑いものにしてるんだ。歌と踊りを諦めて、床を掃いて家具を磨く生活に戻れば、注目されるだろうか。シンデレラだけが救いだされる物語で、わたしは醜い姉みたいに振る舞ってるんだろう、たぶん、千年王国がやってきたのに暦がないのでそれと気づかなかったんだろう。それで王子はいま、花嫁を求めて地球の隅々までくまなく探しまわっているのに、わたしは、この譬え話を延々と心に抱きしめながら自分の正しさを証明する寓話として読んできたわたしは、土塊とともに置いてきぼりを喰らって、至福に満ちたふたりは新しい人生のためにどこか遠い惑星へ向かって飛び立っていく。どうすればいい？　どっちにしてもわたしは迷子だ。たぶん罪なき者の無罪をめぐることばについて、もっと深く考えるべきなんだろう。

255

石。叫びが聞こえなかったみたいなので（でも本当に聞こえなかったのかな？　ひょっとすると聞こえていたのに興味が湧かなかったのかもしれない、それとも交信を受け入れるのは彼らの流儀ではないのかもしれない）、そこで書くことにした。一週間、夜明けから日没まで、あくせく手押し車に石をのせてフェルトを何度も往復した。小ぶりの南瓜くらいの、まるい滑らかな石を二百個ほど、屋敷の裏の空き地に積みあげた。その石に一個一個、過ぎ去りし日々の名残りの漆喰を塗った（できのいい漂着者みたいに、どんな半端な物にも使い道を見つけるわたしは、そのうち未使用品のリストを作って、そしてそれから、宿題として、その活用法を見つけなければならなくなるんだろう)。石をならべて縦十二フィートの文字列を作り、わが救済者に向かってメッセージを書きはじめた――CINDRLA ES MI(シンデレラはわたし)。次の日は――VENE AL TERRA(地上に降りてきて)、そして――QUIERO UN AUTR(相手が欲しい)、そしてもう一度――SON ISOLADO(孤立してる)。

256

何週間も石を転がしてメッセージを組み立て、剝がれたところを塗りなおして、納屋の梯子を上り下りしてまっすぐ書けているかどうか確かめたあと、そうか、わたしが作った文字列は、はっきり言って、空からわたしのところへやってきたことばへの応答ではなくて、執拗な媚態かもしれないと思った。わたしは自問した――年齢や容姿など言うにおよばず、こんなに惨めで孤独な生き物からわいわい誘われて、はたして地上の一点を訪ねてみる気になるだろうか? 疫病のように避けようとするだけじゃないのか? そこでわたしはマシンが飛ぶ日に、鍔広帽をかぶり、彼らのメッセージに倣って、もっと穏やかで、もっと謎めいた語調のメッセージを組み立てはじめた。これでたぶん、もっと心そそられるものになるはずだ。一日目に高らかにPOEMAS CREPUSCULARIAS(薄明の詩)と書こうとしたのに、石が足りなくて、二語目がCREPUSCLRSになってしまった。(そのあと二十個あまり新しい石を手押し車で運んだ。この地域では石が不足することはないけれど、でも、マシンが飛ばなくなったら白塗りの石をどうするつもりなのか、自分でもわからない、そのことが気になって頭から追い払えない。台所のドアの外に、その日になったら這いこめばいいということにして、白塗りの偽善者の霊廟でも建ててしまいそうだ（マタイ伝23・27）。だって石たちはもうずっと兄弟姉妹みたいで、わたしのメッセージに参加したあととなっては、もともと転がっていたフェルトまで戻して撒き散らす根性などわたしにはない。）二日目にSOMNOS DE LIBERTAD（自由の眠り）と書いた。四日目にAMOR SIN TERROR（恐怖のない愛）と書き、五日目にDII SIN FUROR（激怒しない神々）と書いて、また一日目に戻ったときNOTTI DI AMITAD（友愛の夜々）と書いた。それから二つ目の詩を書いた。声のさまざまな告発に応答する六部から成る詩だ。

DESERTA MI OFRA
ELECTAS ELEMENTARIAS
DOMINE O SCLAVA
FEMM O FILIA
MA SEMPRE HA DESIDER
LA MEDIA ENTRE

　わたしの捧げ物は捨てて
原初に選ばれし女（もの）たちを

主人か奴隷
妻（女）か娘
いつだって欲望はあるのに
あいだにメディアが入りこむ

表現手段（メディア）！　あいだ！　六日目には、こんなに欲しいと思う本物のスペイン語の用語集が手元にない運命をどれほど呪ったことか！　たかが接続詞ひとつのために頭をひねって、手持ちの蓄えをしゃかりきになって探しまわるとは！　その語がどこぞの本のなかにひっそり眠っているときに！　なぜ誰も本物の、心の言語で、わたしに話しかけようとしないんだろう？　表現手段、あいだ、そのものになってしまいたかった！　主人でも奴隷でもなく、親でも子でもなく、そのあいだの橋になりたかった、そうすればわたしのなかで反逆者たちが和解するのに。

257
でも、とわたしは自問する――かりに空飛ぶ生き物に理解されたとして、これほど気前良く、わたしの詩が差しだすものっていったいなに？　空飛ぶマシンを作れる者にとって、石を動かして語を組み立てる知性の魅力などたかがしれてる。どうやって彼らの心を動かせる？　FEMM（女）とわたしは書いた。FEMM-AMOR POR TU（あなたのための女-愛）と。いっそここは絵文字にまで後戻りするか、ということで、手持ちの石をすべて使って、仰向けに寝ている女のスケッチを描いた、わたしよりずっと豊満な体つきにして、両脚を広げて、もちろんずっと若々しく描いた。こんなとき細部にこだわってる暇はない。われながら、なんというえげつなさ、でもこれは絶対に必要、と階段の上段からその絵をながめて思った。そしてけらけら笑った。寓話に出てくる魔女になったみたいだ。空を飛んでる男たちが、わたしの誘いに乗って地上に降り立ったら豚に変身させられていて、がつがつ喰われてしまうんじゃないかと心配する人がいるかもしれないけど、でもたぶん、彼らはその危険を察知している、だからわたしを避けてるんだ――たぶん彼らが旅するほかの場所では、木々の梢で一服して地上人と会話するけど、わたしの上を通過するときは高度を上げて、警鐘を鳴らすメッセージを落としていくんだ。

258
毎夜のメッセージも無視することにした。見込みのないものに熱を上げつづければ――と自分に言い聞かせた――ナルキッソスの運命を招くことになりかねない。「踊る盲人は喪に服する期間を守っていないようだ」へえっ！「事物の世界を作りだすのはことばの世界だ」あほらしっ！

259
すると昨夜、声はやむことなく延々と語りつづけた。それも、かっちりした短い警句ではなく流れる長文でだ。これって新しい神が、わたしの抗議の叫びを打ち消さんとばかりに大声で語っているのだろうか。「放っといてよ、眠りたいんだから！」とわたしは地団駄踏んで叫んだ。「われわれが暗殺者になった場合、死ぬことに同意するのはわれわれが暗殺者の犠牲にならないためである」と声は語った。「奴隷として生まれついた者はみな奴隷として生まれる。奴隷は鎖に繋がれてすべてを失う。鎖から逃れたいという願望さえも失う。神は誰も愛さない、誰も憎まない」と声は続く。「なぜなら神には感情がなく、喜びも苦しみも感じないからだ。それゆえ、神を愛する者はその見返りに神に愛されようと努力することはできない。なぜなら、そう強く望むと、それは神が神でなくなるよう望むことになるからだ。神は隠れているのであり、神が隠れていると明確に認めない宗教はどれも偽物である」。わたしは「消えろ、スペイン野郎め！」と叫ぶ。「欲望は答えのない問いである」と声は続ける――わたしの言うことが聞こえてないんだ、いまやそれは明々白々――「孤独の感情はある場所への憧れである。その場所とは世界の中心であり、宇宙の臍である。人はすべてを手に入れなければ満足しない。欲望を抑制する者たちは、抑制できる弱さがその欲望にあるからそうするのだ。それゆえ、神が邪悪なる者を通して秘かな忠告を遂行するとき、邪悪なる者に咎がないわけではない。神の選択から漏れた者たちをも神は戒める。神が彼らを排除しようとする理由はそれをおいてほかにない」

260

一日中こんなことばが耳のなかで騒ぎ立てるのにつきあわされてしまった。さも意味ありげなそぶりのしつこいこと、筋の通らないこと、こっちは苛々しっぱなしだ。いったいどこの暗殺者がわたしを脅かすっていうの？　なんで人が死ぬことに同意するの？　肉体は自分を愛してるんだから、その消滅に同意するわけないでしょ？　わたしが本当に鎖に繋がれた奴隷なら、はいという語はとうのむかしに覚えたはずじゃないか？　わたしの話のどこにはいがある？　徹頭徹尾、反抗的だ、それ以外ないんだから。石ころだらけの荒野から神が不在になったことなら、いまさら教えてもらう必要はない、ぜんぶ知ってる。ここではなんだってありだ。なにをしても罰せられない。あらゆることが未来永劫、忘却の彼方だ。神はわたしたちを忘れてしまったし、わたしたちは神を忘れた。神に捧げる愛はなく、気にかけてほしいと神に願うこともない。澱（よど）みない流れは止まった。わたしたちは神に見捨てられた者であり、歴史に見捨てられた者だ。それが孤独という感情の源泉。わたしにしたって世界の中心にいたいと思ったことなどない。たかだか居心地の良いねぐらを求める野獣よろしく、この世で居心地良く生きていたいだけだ。すべてを手に入れなくても結構——とにかく、あいだにことばが入りこまない生活がいい——石ころも、ブッシュも、この空にしたって、質問なんかされずに、経験されて知られて、そして静かに埃（ほこり）に還るのだから。大げさな願いではないはずだ。頭上から聞こえる格言にはわたしたちの病理の源が見えてないのか？　わたしたちには話をする相手がいないこと、誰かと話をしたい欲望がわたしたちの——わたしたちが誰であれ——ことばのように、目標も応答もなく、わたしたちから無秩序に流れでるのが見えてないのか？　たぶんわたしは自分のことだけ話してるほうがいいのかもしれない。

261

でも好戦的な声と喧嘩するほかにも、やらなければいけないことがある。今日のように良い天気で、陽が照っていても暖かすぎない日には、ときどき父を抱きかかえて部屋からストゥープへ出て、肘掛椅子の背中にクッションをいくつか当てて腰かけさせる。すると父はふたたび自分の領地をながめながら、といってても目は見えなくて、ふたたび鳥のさえずりを浴びることができる、といっても耳も聞こえないけど。父はもうなにも見えないし、なにも聞こえない、ことによると味覚も嗅覚も失っていて、わたしが触れてもどう感じるのか想像もつかない。父は奥まった自分の内側に引きこもってしまった。心臓の心室の奥にうずくまり、微かに血を押しだす拍動と、遠くひゅうひゅぅう鳴る息にすっぽりと包まれている。わたしのこともわからない。わたしは父を軽々と持ちあげる。蜘蛛の巣で繋がれた乾いた骨の人体模型はこざっぱりして、折りたたんで旅行鞄に収めることだってできそうだ。

262

ストゥープで父のそばに腰を下ろして、わたしは世界の動きをじっと見ている。鳥たちはまた巣作りに忙しく、涼やかな微風がわたしのほおを撫でていく。たぶん父のほおも撫でている。「覚えてる？」とわたしは言う。「海辺に行ったよね、ずいぶんむかしだけど。バスケットにサンドイッチと果物を詰めて、軽二輪の馬車で駅まで行って夜汽車に乗ったね？ 車輪の音に耳を揺すられて汽車のなかで寝たんだよね？ 寝ぼけて目が覚めると給水所で、機関士たちが遠くでぶつぶつ言ってる声が聞こえて、また眠りに落ちた。次の日はもう海辺に着いてて、波打ち際まで行って靴を脱いで、浅瀬でばちゃばちゃ水をはねかした。父さんがわたしの両手をつかんで、波の上に持ちあげてくれたっけ？　宿借(やどかり)に足先を噛まれてわたしが大泣きしたの、覚えてる？　父さんったらわたしの機嫌を直すために、顰めっ面したんだよね？　わたしたちが泊まった宿屋のこと、覚えてる？　食事が不味(まず)かったねえ、それで父さんがある日夕食の皿を押しやって、こんなもん食えるかとはっきり言って、席を立って食堂から出ちゃったことがあったよね？　だからわたしも自分の皿を押しやって、父さんのあとを追ったんだ。覚えてる？　ほら、家に帰ったら犬たちがものすごく喜んだの。ヤーコブが一度、餌をやるのを忘れたとき、父さんがものすごく怒って、ヤーコブの肉の取り分を一週間分も削ってしまったんだ。ヤーコブとヘンドリックと大きい(アウ)アナと小さい(クライン)アナのこと、覚えてる？　大きいアナの息子が事故で死んで、埋葬するため農場まで運ばれてきたとき、アナが自分も墓に入るってきかなかったの、覚えてる？

ひどい干魃が何年も続いて、二百マイル四方の草がぜんぶ枯れて、羊に食べさせる草がなくなって、一頭残らず売り払わなければいけなくなったときのこと、覚えてる？　農場をたてなおすのにみんなどれだけ苦労したか。それから、ほら、覚えてる？　鶏舎の反対側に大きな古い桑の木があって、ある夏、桑の実が重たくなりすぎで、幹のまんなかがざっくり裂けたことがあったよね？　落ちた桑の実の汁で、まわりの地面が紫色になったの、覚えてる？　紫丁香花(リラ)の木陰にむかし恋人たちのベンチがあったの、覚えてる？　午後いっぱいそこに座って、熊蜂がぶんぶんいう音を聞いたりしてたね。フレクのことも、覚えてる？　ものすごくいい牧羊犬だった。フレクとヤーコブだけで羊の群れをぜんぶ集めて、父さんが頭数を数える場所を通りすぎるようにしたんだった。フレクが歳を取って病気になって、食べ物を飲みこめなくなったとき、父さんしか撃つ人がいなくて、撃ったあと父さんは、泣いてるところを人に見られたくなくて散歩に出かけてしまったよね。覚えてる？　以前飼ってた、ものすごくきれいなまだら模様の雌鶏のこととか、そうだ、五羽も雌鶏を従えた喧嘩好きな雄鶏もいたよね、木のなかをねぐらにしてた。そういうのぜんぶ覚えてるかな？」

263

父は自分の古い革張りの肘掛椅子に、涼やかな微風を肌に受けて座っている、それが座ると言えればだけど。目は視覚が失われた二枚の青い硝子壁で、縁取りがピンク。耳も自分の体内で起きている音しか聞こえない。ひょっとしたらずっとわたしの勘違いで、わたしのおしゃべりがぜんぶ聞こえているのに聞こえないふりをしてるだけかもしれない。さあ、今日のお出かけはこれでおしまい。家に入れて休ませる時間だ。

264

父をベッドに寝かせて、寝巻きのボタンをはずして、おむつのピンを取る。汚れていないこともある、でも今日はうっすら汚れがついてる。父の体内のどこかでいまも体液が滴り、まだ筋肉が微かに蠕動(ぜんどう)を続けている証拠だ。古いおむつをバケツに放って、新しいのをピンで留める。

265

父にスープと薄めのお茶をあたえる。それから額に唇をあてて夜は寝かせておく。むかしは最後に死ぬのは自分だと思ったものだ。でもいまは自分が死んだあとも数日、父はこうして息をしながら横になって、食べ物があたえられるのを待ってるんじゃないかと思う。

266

でも、なにかが起きる気配はいまのところなくて、例の霊廟に這いこんで後ろ手にドアを閉めるときが来るまでには、まだたっぷり時間がありそうだ。それって、物置へ行けばいつでも一対の蝶番(ヒンジ)が見つかり、からかいや非難の声にわずらわされない眠りにすんなり入ることができればの話だけど。いまみたいにさも哀れを誘う悲嘆にくれていると、一切合切帳尻を合わせて終わりにしたくもなる。どこでもない場所のどまんなかで、とち狂った老いた女王として死ぬ勇気が、わたしにあるのか？　女王の墓といったって、解説はないし考古学者にも解明不能で、白い水漆喰で空の神々を描いた素朴派みたいな絵画でいっぱいの墓だ。それとも理性の亡霊に屈して、われらプロテスタントが知る唯一の告白形式で、自分に自分を説明するつもりなのか？　魂ごと謎のまま死ぬか、秘密をさらけだして死ぬか、そうやって仰々しく自問するのがわたしのやり方なんだ。たとえば——なぜ農場から逃げだして文明世界で死なないのか、文明世界には間違いなく精神病院がたくさんあって、そこではベッドわきに絵本が置かれ、地下にはからっぽの棺が積みあげられて、熟練の看護師がわたしの舌の上に金貨（オボル）を置いてくれる、なぜそんなふうに最期を迎えないのか、自分にちゃんと説明したことがあっただろうか？　法の支配のおよばないこんな区域で、近親姦を禁止する柵がしばしば取り払われる場所で、野蛮なほど鈍麻した状態で日々をすごしてきたここで、ずっとなにをしてきたか説明したことが、理解したことがあっただろうか？　誰の目にも明らかに、ピアノの鍵盤にすばやく十指を走らせたり、帳面いっぱいのソネットを書いたりして、器量の悪さを補う利発な娘になって、やがて勤勉で、質素な、自己犠牲を厭わない、貞淑で折あらば情熱的な良き妻になったかもしれないこのわたしが？　こんな野蛮な開拓地の最前線（フロンティア）で、いったいなにをしてきたんだろう？　これはいい加減な問いではない。この問いに答えてくれる文学大全がどこかできっと待ってるんだ。残念ながらまだ出会えてないけど、おまけにその答えなら、いつだってこの腹のなかから難なく紡ぎだせると自分では思ってるんだ。

「失われた平原（フェルローレ・フラクテ）」を切望する心について書いた詩がきっとある。小高い丘に沈む夕陽へのメランコリー、その秋初の寒さに身を寄せはじめる羊たち、遠く響く風車の唸り、蟋蟀（こおろぎ）の初鳴き、荊の木から聞こえるその日最後の鳥のさえずり、屋敷の壁に残る陽の温もり、揺らぐことなく灯（とも）りつづける台所の灯り。そういう詩ならわたしだって書けそうだ。田舎暮らしへの郷愁を心から追い払うのは、都会で何世代も暮らしたあとのこと。わたしは絶対に忘れない、忘れたいとも思わない。この打ち捨てられた世界の美しさに骨の髄までやられているんだ。本音を言うと、空の神々といっしょに飛び去りたいと思ったことはなかった。わたしの願いはいつだって、彼らが降り立ってこの楽園でいっしょに暮らすことだった。わたしの知る最後の人たちが、幽霊のようなあの褐色の肌の人たちが、わたしの前から夜中にこっそり姿を消したとき、自分が失ったすべてのものを、不老不死で知られる神々のあまく芳しい息で埋め合わせることだった。自分が別の男によって創造されたと思ったことはない（さあ聞こえる聞こえる、終幕に鳴り響く鐘はなんてあまやかなんだろう）、わたしは自分の声で自分の人生を語りつくした（なんという慰めだろう）、どの瞬間にも自分の運命を選んできたのだ。それはここで、石と化した庭園で、錠のかかった門の裏側で、父の骨のそばで死ぬことだ。わたしに書けたかもしれないけれど、それではあまりに安易すぎる（と思った）ので書かなかった讃歌があたりに鳴り響くなかで。

J・M・クッツェーのノワールなファンタジー——訳者あとがきに代えて

べらぼうな妄想小説である。

舞台はアフリカ大陸南端の奥地、語り手は人里離れた農場に住むブッキッシュな独身女性マグダ。農場をとりまく自然へのかぎりない愛と、父への愛憎が独白調で語られていく。驢馬（ろば）の牽く馬車が父と新妻を乗せて屋敷に帰ってくる場面で幕を開けるが、このシーンからして妄想か、という渇いた熱風に吹かれるゴシックロマン風な展開である。

ヨーロッパから新天地を求めて北アメリカやオーストラリアなどへ渡り、広大な土地を占有、開拓した植民者の多くは、自分たちは神に選ばれた者という選民思想に支えられていた。南アフリカでも国家、社会はキリスト教のカルヴァン派の教義と、人種主義に基づく規範によって構築され、内陸の農場では労働力不足を補うために躊躇（ためら）うことなく先住民が奴隷化された。奴隷の売買も盛んだった。

作品の時代設定は二十世紀初め、異人種間の結婚や性交などが名目上禁止されていたころである。その規範を破って褐色の肌の、まだ子供のような、使用人の妻を手なずけて家に入れてしまう父を、マグダは許せない。ついに銃を握って行動に出る。

植民地支配と家父長制における「娘による父殺し」がテーマかと思いながら読んでいくと、女に偽装した男の作家が、禁断の行為におよんだ権力者の男を殺すことだとわかる。でも終盤に向かうにつれて、マグダの独白の底には対等な他者との「交感（コミュニケーション）」への切望が埋められていると気づく。これはクッツェー作品のほぼすべてを貫くテーマだ。

アッサンブラージュ技法

苛烈なタッチで描かれるシーンには、1から266まで番号がふられて区分けされているが、実際に起きた出来事と脳内でくりひろげられる妄想の境界は曖昧で、時間も行ったり来たりする。まだ端正には遠い文体で、そこかしこに浪費に近いことばの氾濫が見られる。これでもかと使われる perhaps（ひょっとしたら、おそらく、たぶん）は、数えてみると一四九回。迫力満点のことばの渦が描きだすシーンは妙にリアルな劇画風で、激しい語調からはまだ三十代の若い作家のエネルギッシュな遊び心がぞんぶんに伝わってくる。痛々しい場面を描きながらも清々しいまでの過剰さである。

一九六〇年代の映画界を激震させたヌーヴェルヴァーグでは、アッサンブラージュという技法が多用された。二十歳すぎのロンドン時代、週末になると新作映画を観に映画館に通ったクッツェーは、その技法を自作に大胆に取り入れる。作品の奥から、南ア特有の埃っぽい乾いた熱気に包まれた、翳りの多い想念が立ちのぼる。その熱量に包まれた実験精神は初作『ダスクランズ』をはるかに凌ぐ。

面食らうのは同一の出来事が幾とおりものバージョンで描かれていることだ。「もう一度、最初から」とばかりに、重複と差異を含みながら、ひとつの場面がくりかえし語りなおされるのだ。映画や音楽の「テイク1」「テイク2」「テイク3」といった撮影技法、録音技法にも似た手法である。最後に事件は起きなかったと言わんばかりのシーンまで出てきて、これもまた幻想かと疑心のなかに投げこまれる。まったくもって油断ならない。

この作品にはフランスの映画監督クリス・マルケルの『ラ・ジュテ』やポーランドの監督アンジェイ・ムンク等の『パサジェルカ』の影響が見られるかもしれない、というのが作家自身のコメントである。

コミュニケーションと言語

南アフリカのカルーと呼ばれる奥地の農場で、昆虫や石やブッシュを相手にひとりで生きてきたマグダは、現実の人間とことばで話をしたい。人と人の触れ合いがほしい。でもそれが叶わない。父はしゃべらないし、母は自分を産んだ直後に死んでしまった。ずっとひとりだった、これからもひとりだ。隣家まで数マイル、郵便局は自転車でまる二日。自分を愛してくれない父に憤怒を募らせ、誰かと気持ちを通わせたいと切望するが、身分制度や言語上の階級性があって、思いは伝わらない。

入植者と先住民との関係を考えると、農場主と娘はオランダ系の白人だ。「褐色の肌の人」「使用人」「農奴」「奴隷」は、本文中でも語られるように、先住民との混血を中心に括られた「カラード」らしいが、これはアパルトヘイト制度の用語で、現在は「コイサン民族（ピープル）」と呼ばれる。ヘンドリック、二人のアナ、ヤーコブなどがこれにあたる。

先ほど触れた（映画からの影響についてのコメントが出てくる）エッセイ集『ダブリング・ザ・ポイント *Doubling the Point*』が出版されたのは一九九二年、アパルトヘイト法の撤廃が宣言された翌年だった。このエッセイ集には各章の前に貴重なインタビューが置かれている。第二章「相互関係の詩学」のインタビューでクッツェーは、小説は作家が情熱を舞台に上げることを可能にするものだとして、主人公マグダにこめた「作家の情熱」について語る。

マグダの情熱は、思うに、イェルサレムのスピーチ[*1]でぼくが語った愛と同種類のもので——南アフリカへの愛（岩やブッシュや山や平原だけの南アフリカではなく、この国とそこに住む人々への愛）であり、それについてはヨーロッパ系植民者とその子孫たちがいくらやっても不十分だった——強さにおいても不十分、なにもかも抱きしめようとしても不十分。とにかくマグダにはその愛というか、愛もどきがあるんだ。（DP、p.61）

植民の歴史と現にある法律が人間関係の序列を規定して縛り、それを破る行為を許さない。自分がすべてを名づける役を担わせられる、とマグダは憤怒を募らせる。主人を欠いた屋敷で、賃金が払われないと怒ったヘンドリックにレイプされても、彼やその妻を家に入れて親交をはかろうとする。ほかに対話の相手はいないのだ。「主従」という縦系の関係しかない共同体のなかで、「交感（コミュニケーション）」という対等な関係を求めようとするマグダ。逃げ場のない孤島のような農場で、この不可能なコミュニケーションへのいや増す願望が切々と語られる。

ここで人と人の関係を切り結ぶ「言語」についてざっくり考えてみる。

南アフリカの農場では開拓農民が使ったオランダ語が土着化して固有に発展し、アフリカーンス語と呼ばれるようになった。本書の舞台となる農場で使われるのは、基本的にアフリカーンス語だ。クッツェーはその世界を英語に「翻訳」して作品を書いている。Born translated と言われる所以（ゆえん）である。その過程でクッツェーは、他言語への翻訳によってこぼれ落ちるものを意識し、意識させるテクストを書いてきた。

開拓者たちは農場労働者である混血（カラード）に対してアフリカーンス語で指令を発した。それを母語として育った有色の人たちがこの言語を使う場合、当然ながらそこに先住民の言語が混じってくる。本書内にも、ヘンドリックが主人の残した上等の服を着てポーズをとる姿に、妻のクライン・ア

＊1　一九八七年のイェルサレム賞受賞スピーチ。二〇一六年にパレスティナ文学祭に招かれたクッツェーは、最終日のスピーチでパレスティナの現状と南アフリカのアパルトヘイトを比較し、明確に定義づけた。

ナが「アイツァ！」と叫ぶ場面が出てくる。「すごい！　かっこいい！」という意味だが、この語は南西アフリカにもとから住むコイサン民族の言語由来の感嘆詞で、さまざまな含みのある語のようだ。

　そして、マグダが空飛ぶマシンに乗ってきた何者かへ自分の存在を訴えるために使う言語は、ユニヴァーサル言語としてのスペイン語だ、と読者は告げられる。ところが白い石で組み立てられるメッセージと詩は誤字脱字の多いスペイン語だったり、ラテン語が入ってきたり、はてはイタリア語、フランス語まで出てくる。これはマグダ（作家）の脳内がラテン語やロマンス諸語の多言語状態であることを暗示しているのだろうか。二十代にパブロ・ネルーダの詩篇をコンピュータでシャッフルして詩を書いた詩人の面目躍如というべきか。悪戯好きな若き作家の遊び心が炸裂しているのが感じられる。というわけで詩句は、マグダはこう書きたかったのではないか、とその脳内をのぞきこむ訳と考えていただければ嬉しい。調べがつくまでは苦労したけれど、大いに楽しんで訳した。

　クッツェーは第一言語である英語、ほぼバイリンガルとして幼児期に農場で身につけたアフリカーンス語、カレッジで徹底的に学んだラテン語、若いころ自分のルーツと思ったドイツ語（ポーランドだったが）、ほかにも独学でフランス語やスペイン語を学んでいる。スペイン語は文法をひと通りやったあとは聖書をガシガシ読んだ、と最近のメールインタビューでも語っていた。

　なぜマグダがスペイン語をユニヴァーサル言語とするかは、先ほど触れた『ダブリング・ザ・ポイント』にヒントがある。アラビア語からの翻訳と偽装するセルバンテスの『ドン・キホーテ』を巨人としてあげながら「われわれが書くポストモダン小説はその肩に乗っている小人だ」と述べているのだ（p.62）。

『その国の奥で』からほぼ四十年後、クッツェーは英語の覇権性に抗して自作をまずスペイン語の翻訳で出版するようになった。「イエスの三部作」の舞台となる架空の移民社会では学習したスペイン語が使われる。最新作『ポーランドの人』は舞台がスペインのバルセロナである。こうして見ると、クッツェーがスペイン語に抱く強い思いには長い歴史があって、第二作目にそれがすでにあらわれていたと言えるだろう。

世界と「わたし」

マグダの展開する自意識と体をめぐる、めくるめく自問が読ませる。自分もそんな存在になりたいと願う石ころやブッシュなどの即時存在について（これは『マイケル・K』にも出てくる）、意識のひねりが入りこむ対自存在や対他存在について、独特なことば遣いでマグダは語る。世界と自分の「あいだ」に入りこむ「ことば（メディア）」。そして「なぜ自分はいま、ここにいるのか」という究極の問い。リアルな現実が激しい妄想の渦に巻きこまれていく瞬間が何度も出てくるが、現実と妄想の境界はかぎりなく曖昧だ。

そもそもフィクションとは、書き手の立ち位置、記憶を反転させて、作品内の登場人物に仮託する試みであり、人は現実があまりにも辛いとき想像の世界で思い切り翼を広げようとする。自分の力ではどうしようもない現実からしばし逃亡するための空想世界。そこはなんでもありの世界だけれど、なにも起きない世界だ。どこからともなく吹いてきて、どこへともなく吹き抜ける風のような、その空虚さを、内陸に広がる石ころだらけの荒野とそのエンプティネスに重ねて、徹底的に考え抜こうとするマグダの姿に若きクッツェーが二重写しになる。

一見わかりづらい哲学論議のなかには、自分が産み落とされた植民地社会の歴史や制度への鋭い批判がこめられてもいる。当時の検閲制度の網をくぐり抜けるため、抑制した暗示的な表現になってはいるが、よく読むとその批判が行間からじわじわと滲（にじ）みでてくるのがわかる。

妄想言語の翼をめいっぱい広げて、思い切り空想空間を飛ぼうとするマグダは、しかし、乾いた大地に取り残される。じっとたたずみ空を見る。刻々と色を変える夕暮れ、強い陽の光に照らされるカルーの大地。マグダを取り巻く自然を描く筆遣いには、ブッシュの棘（とげ）が刺さって手に血が滲みそうなほど荒削りな詩情が感じられる。

ここにはイギリスとアメリカでの約十年におよぶ生活から、南アへ戻らざるをえなくなったジョン・クッツェーが確かにいる。アフリカ南端の片田舎にこのまま閉じこめられてたまるか！という憤怒と野心がマグマのように煮えたぎっている。これはとことん「他者」を求める孤絶した個人の物語なのだ。あふれんばかりのことば遊びと実験精神。初期作品の魅力はこの苛烈さと過剰さにあるのだろう。

出版の経緯

一九七四年に南アフリカの新進の小出版社レイバンから『ダスクランズ』を発表したクッツェ

ーが、広く英語圏の読者に知られるようになったのは『その国の奥で』の出版によってだった。農場での会話部分は最初アフリカーンス語で書かれていたが、作家はそれをみずから英訳したバージョンを作った。フォークナー作品のような米国の南部訛りにしようとしたが上手くいかなかった。そして七七年にまずイギリスで英語のみのバージョン *In the Heart of the Country* が出版され、続いてアメリカでタイトルを一語変えた *From the Heart of the Country* が出版された。翌七八年には南アでも、会話部分がアフリカーンス語の元のバージョンがレイバンから出版された。そこに至るまでの経緯には検閲制度や、イギリスと南アの出版販売権絡みの複雑な事情がある。

南アフリカには「農場小説(プラースロマン)」と呼ばれる伝統的なジャンルがある。農場を舞台にしたリアリズム文学だ。アフリカーンス語の作品が多いが英語の作品もあって、オリーヴ・シュライナーの『アフリカ農場物語』が有名だ。クッツェーは南アフリカの白人文学について論じた八八年のエッセイ集 *White Writing* の「農場小説」の章で、シュライナーをはじめ、C・M・ファン・デン・ヘーファー、ポーリン・スミス、アラン・ペイトン、サラ・ガートルード・ミリンなど、主に二十世紀初頭に活躍した作家を論じている。

二十世紀初めを舞台にした『その国の奥で』も、広義には農場小説の系譜に連なると言えそうだが、形式も内容もその伝統に収まりきらない。反リアリズムのこの断章小説が著名な文学賞のCNA賞を受賞したことは、時代の趨勢(すうせい)を語っているかもしれない。

発表当時、南アフリカには「出版法」に基づく厳しい検閲制度があって、この作品は発禁処分を受ける危険に満ちていた。十分に反社会的であり、半道徳的であり、異人種間の性交を禁止する「背徳法」に違反する行為まで克明に描かれているからだ。

アパルトヘイトが撤廃されたのち、検閲をめぐる情報が解禁された。その膨大な資料を詳細に調べて記したピーター・マクドナルドの『文芸警察 *The Literature Police*』によれば、通常は一冊の書籍を一人の検閲官が読んで報告書を書くところ、この作品は三人の検閲官が細部まで読みこんで議論を重ねたという。だが読者がインテリ層に限定されるから社会的な影響力は小さいとされて、発禁処分はまぬがれた。その経緯については『J・M・クッツェーと真実』の「発禁をまぬがれた小説」に詳述したので、興味のある方は読んでほしい。

マグダからベアトリスまで

最初の作品『ダスクランズ』は二篇のノヴェラから構成されていて、語り手はいずれも男性だ。二作目『その国の奥で』の主人公は女性で、農場をとりまく風景や、鳥や虫や小動物の生態などが細やかに描きだされる。とりわけ早暁や黄昏(たそがれ)の光の描写がすばらしい。それを語るマグダは農場主の娘だが、それから三十数年後に出版された自伝的三部作の最終巻『サマータイム』にも、農場を経営するマルゴという女性が登場する。ジョンの従姉妹だ。

マルゴとジョンがピックアップ・トラックで父方の農場へ帰る途中、トラックがカルーのまんなかでエンストを起こして一晩、車内に閉じこめられる。夜が明け染めるころの辺りの描写が息を呑むほど美しいのだ。農場への愛がジョンの語りとして、カマキリやヒヒといった動物に絡めて、観想的に、パセティックなノスタルジーとともに描かれる。陽が高く昇ってふたりが途方に暮れていると、驢馬に牽かせた荷車が通りかかる。手綱を握っているのがヘンドリック、高齢の農場労働者だ。おや、『その国の奥で』では若者だったヘンドリックが『サマータイム』では老人になっている！　作家がオーストラリアに移り住んだのちに書かれた『サマータイム』の「ソフィーの章」を読むと、『その国の奥で』を書いていたクッツェーのプロフィールが回想的に語られていて、時代と背景が立体的に浮上するのでお薦めだ。

　アパルトヘイト撤廃直後の南アを舞台にした『恥辱』に出てくるルーシーは、都会から田舎へ移り住み、旧い社会規範を受け入れてでも田舎で生きる決意をする。『その国の奥で』のマグダは、時代は遡るが、田舎に生まれた運命を引き受けて、たった独りで田舎で暮らす決意をする。

　これまでクッツェーは数々の作品で女性を主人公にしてきた。具体的には『その国の奥で』のマグダ、『敵あるいはフォー』のスーザン・バートン、『鉄の時代』のミセス・カレン、作家自身のドッペルゲンガー的存在とされるエリザベス・コステロ、さらに『サマータイム』のジュリア、マルゴ、ソフィー、アドリアーナを経て『ポーランドの人』のベアトリスまで。

だが、フェミニズム思想とガチで向き合う姿勢が感じられるようになったのは八六年の『フォー』あたりからで、初期の『ダスクランズ』には、むしろ四〇年生まれの男性が引きずるミソジニー的嗜虐性が感じられ、この『その国の奥で』でもそれは尾を引いている。

　解放への機運が高まった時期に書かれた『鉄の時代』になると、長年にわたる植民地主義の根幹をなす歴史思想と向き合う姿勢が鮮明になる。それは何度目かのフェミニズムの波が大きく世界を揺らした時期とも重なり、アパルトヘイト撤廃前後の九〇年代の南アフリカもまた大揺れに揺れた。『鉄の時代』のエリザベス・カレンが、オーストラリア生まれのフェミニズム作家エリザベス・コステロとしてよみがえったのは、そんな九〇年代だった。以後、コステロはクッツェーとともに大活躍する。

ほぼ半世紀におよぶ時間と、文体の変化と、女性に語らせて違和感のない作品を、哲学を専門とするスペイン語訳者マリアナ・ディモプロスと協働して書きあげるまでになったクッツェーの思想的成熟を思わずにはいられない。

都会と田舎

この作品は一九九七年という早い時期に『石の女』として日本語に翻訳された。選書の慧眼(けいがん)には敬服するが、「石女(うまずめ)＝不妊の女」を思わせるタイトルは残念だ。農場での人間関係に絶望したマグダがカルーの大地に、水漆喰(みずしっくい)を塗った白い石をならべる姿になぞらえたようだが、白い石をならべるのはカルーの風習で、訳者がケープタウン旅行で内陸に足を延ばしたときも、山肌に町の名前 Touvsrivier が白く浮かんでいるのを見かけた。

本書の原題は前にも述べたように *In The Heart of the Country*（その国（田舎）のまんなかで）で、視点を少し後ろに引くと「メトロポリスと辺境」の対比構造がぼんやり透けて見える。作中にも「都会と田舎」をくらべるところが何度か出てくる。具体的にはケープタウンと奥地のことだが、これを「欧米諸国と旧植民地」や「北と南」に平行移動させて考えると、「南」に立ち位置を定めるクッツェーの歩みが見えてくる。タイトルは作家の出発点をあらわしていて、自伝的三部作のサブタイトル *Scenes from Provincial Life*（田舎暮らしの情景）とも響き合っているのだ。その連続性が見えるように、新訳は原タイトルの含みを尊重して『その国の奥で』とした。コンラッドの『闇の奥 *Heart of Darkness*』の Heart（奥）が含まれていることは多くの人が指摘するところでもある。

父方の農場への一途な思いが回想風に描かれている『少年時代』には、農場労働者の暮らしぶりや、自分が白人農場主の親戚なので「クライン・バース（小さなご主人）」と労働者たちから呼ばれる関係について、少年がなにを思ったかが具体的に出てくる。少年期に撮影した写真集『少年時代の写真』を隣に置いて読むと、銃の取り扱いなどについても驚くほどはっきり結像する内容である。

八〇〜九〇年代の南アフリカは、世界的な潮流として、アパルトヘイトという一点において他のアフリカ諸国よりそれなりに詳しく報道された（といっても国際ニュース全体のうち、欧米の情報に比べると微々たるものだが）。文学作品もまた、ネット環境が整っていない時代に、土地の事情を知るための内部情報として読まれがちだった。そんな外部からの圧力にクッツェーは頑固に抵抗した。とはいえ『マイケル・K』『鉄の時代』『恥辱』などには作品背景となった南アフリカの歴史や社会が詳細にわたって描きこまれている。まだ検閲制度の極めて厳しかった七〇年代に、映画技法を駆使した過激な妄想小説を世界に向かってぶつけた作家の姿勢が、くっきりと読み取れる時代になったとも言えるだろうか。

アパルトヘイトへの抵抗運動が世界的に盛りあがった八〇年代を経て体制が変わる激動期、南ア国内に住む良心的白人たちはクッツェーという作家がいることを心の支えにしたと言われている。二〇一八年には有色の主人公が出てくる唯一の作品『マイケル・K』への、同名のオマージュ作品を黒人作家ンティケン・モシェレが書いている。そして今年は『ダスクランズ』の出版五〇周年を記念する催しが、四月にケープタウンで、五月にアデレードで開催された。

J・M・クッツェーという作家は英語が「自分の言語だと思ったことがない」としてその覇権性に抵抗する姿勢を崩さず、西欧合理主義に基づく動物と人間の関係を根底から見なおす作品を発表しつづけてきた。白人の植民者は、抵抗する先住者を動物のように殺しても罪に問われなかった。その政治思想が、凄まじいダブルスタンダードでいまだに幅を利かせる時代に、五百年にわたる植民地経営による蓄財とそれを維持するための暴力が尾を引く世界で、いま、その現実をもたらした歴史に強い光をあてながら、クッツェー作品を読む時代を迎えているのかもしれない。

映画化された『埃(ダスト)』

この作品はマリオン・ヘンセルによって『ダスト *Dust*』（一九八五年、邦題は『熱砂の情事』）として映画化された。クッツェーが書いたシナリオは使われなかったが、二〇一四年に出版された *Two Screenplays* に収録されている。それによれば時代は一九一〇年ころとある。これはケープ植民地、ナタール、トランスヴァール、オレンジ自由国が合併して南アフリカ連邦が成立した年だ。

シナリオには、農場の屋敷、納屋、川、コテージを示すラフな地図と、屋敷内の部屋割りのスケッチがあって、登場人物の特徴も細かく書かれている。マグダは不美人の三十すぎの未婚女性（映画では美貌のジェーン・バーキンが演じている）、父は口髭をたくわえたハンサムな六十男（渋いトレヴァー・ハワード）、ヘンドリックはバントゥー系ではなくコイ人で三十歳前後（ジョン・マチキザは南ア東部出身）とあり、さらにマグダの着る不恰好な黒いドレスの裾丈まで書きこまれている。

クッツェーはナレーションを多用して断続的にシーンをつなぎ、見る者が積極的にコミットすることを誘う作品を希望した。だがヘンセルは途切れずに流れる撮影方法を用いて、家父長制に植民地主義を重ね合わせて「娘の父殺し」を前面に出す作品に仕上げた。ロケ地も南アのカルーではなくスペインだった。というわけで映画『ダスト』は原作者の意図とは異なるものになった。

最後に

クッツェー作品の多くは、ことばを削りに削って、不要な装飾語を消した文体で書かれている。第一作『ダスクランズ』には作家が詩人を目指した十代から二十代の余韻が色濃く残っていて、過剰なイマジネーションとエッジの効いた語の羅列が特徴だった。第二作もその流れにある。マグダの頭のなかで想起されるイメージ、早送りされるシーン、グロテスクなまでに露悪的な場面描写、ぶつ切りにされるかと思えば延々と続く連禱（れんとう）のような語り。すべてはあげなかったけれど、聖書や古典、有名な小説や詩の部分引用（ウィリアム・ブレイクなど）、アリュージョンは数え切れない。新訳ではとにかく、若い作家の思考のリズムと荒削りな文体にチューンナップしながら、流れもつくよう心がけた。

J・M・クッツェーは南アフリカを舞台にした長短篇を九作書いている。発表順にあげると、「ヤコブス・クッツェーの物語」（『ダスクランズ』後半）『その国の奥で』『マイケル・K』『鉄の時代』『少年時代』『恥辱』「ニートフェルローレン」（『スペインの家』所収）『青年時代』『サマータイム』だ。南アフリカの作家として出会ったこともあって、翻訳では歴史や社会に関する細部をはしょらず、潰さず、含みが伝わるよう心がけてきた。九作のうち八作まで訳したことになるが責務は果たせただろうか。そうであれば嬉しい。

流れるようなレイトスタイルで書かれた軽妙洒脱な『ポーランドの人』のあとに『その国の奥で』というゴシックでノワールなファンタジーを翻訳することになったのはアイロニカルと言うほかないが、三十代から八十代へ、およそ半世紀にわたるこの作家の歩みをざっくり考える好機にはなった。それにしても、哲学と論理学と自分の存在を含む植民地主義批判を、抑えた語調で展開する黒衣のマグダ（三十七歳の作家）の頭に入りこむのは、予想以上に手強い作業だった。いまはネット検索が使えるのがありがたい。作家の考え方、言いまわしの癖にもそれなりに慣れて、南ア特有の多言語混じりの英語表現、歴史背景などを調べる手立てや資料も手に入る時代だ。旧訳も大いに参照させていただいた。深く感謝する。

ちなみに翻訳には一九八二年にペンギンから出たペーパーバックのリプリント版とペンギン版の電子書籍を用い、八一年にスイユから出た紙版のフランス語訳と、二〇一三年にモンダドリから出たスペイン語訳の電子書籍を適宜参照した。

思えばこれまで、どれほど多くの編集者、協力者、出版社、知人友人に背中を押してもらったことだろう。あらためて深くお礼を申しあげる。とりわけ疑問や依頼のメールに、世界中のどこにいようと、いつも即座に応答してくれるジョン・クッツェー氏に深く感謝する。その励ましがどれほど大きかったか計り知れない。そして今回は、河出書房新社編集部の島田和俊さんに大変お世話になった。ご尽力に心から感謝します。ありがとうございました。

くぼたのぞみ

二〇二四年、風薫る東京の五月に

付記——作品内には、現在は差別的とされる語がいくつか使われているが（たとえば「ホッテントット、ホットノット」は褐色の肌の先住民を示す、白人植民者が作り出した差別的な表現）、作品の背景となった時代をより正確に伝えるために、そのままとしたことをお断りしておきたい。

著者略歴

J・M・クッツェー

J. M. Coetzee

1940年、ケープタウン生まれ。ケープタウン大学卒業後、イギリスとアメリカで約10年暮らしたのち、ケープタウン大学で教えながら次々と作品を発表。初小説『ダスクランズ』を皮切りに、南部アフリカや、ヨーロッパと植民地の歴史を遡及する、意表をつく、寓意性に富んだ作品で南アのCNA賞、フランスのフェミナ賞ほか、世界的な文学賞を数多く受賞。83年『マイケル・K』、99年『恥辱』で英国のブッカー賞史上初のダブル受賞。2003年にノーベル文学賞受賞。2002年から南オーストラリアのアデレード郊外に住み、2015年から3年間アルゼンチンを拠点に「北」を介さない「南の文学」を提唱して、トランスローカルな文学共同体の形成を試みる。2018年の『モラルの話』から覇権英語に抗して自作をまずスペイン語で発表するようになる。

訳者略歴

くぼたのぞみ

1950年、北海道生まれ。翻訳家・詩人。著書に『J・M・クッツェーと真実』（読売文学賞）『山羊と水葬』『鏡のなかのボードレール』『記憶のゆきを踏んで』、共著に『曇る眼鏡を拭きながら』。訳書にJ・M・クッツェー『マイケル・K』『鉄の時代』『サマータイム、青年時代、少年時代 ― 辺境からの三つの〈自伝〉』『ダスクランズ』『モラルの話』『ポーランドの人』、チママンダ・ンゴズィ・アディーチェ『半分のぼった黄色い太陽』『アメリカーナ』『なにかが首のまわりに』『男も女もみんなフェミニストでなきゃ』、サンドラ・シスネロス『マンゴー通り、ときどきさよなら』など多数。

その国の奥で

2024年7月20日　初版印刷
2024年7月30日　初版発行

著　者　J・M・クッツェー
訳　者　くぼたのぞみ
装　画　熊谷亜莉沙
装　丁　大倉真一郎
発行者　小野寺優
発行所　株式会社河出書房新社
〒162-8544　東京都新宿区東五軒町2-13
電話　03-3404-1201〔営業〕
03-3404-8611〔編集〕
https://www.kawade.co.jp/
印　刷　株式会社亨有堂印刷所
製　本　大口製本印刷株式会社

Printed in Japan
ISBN978-4-309-20907-4